Laura Pariani
Sehnsucht nach Orta

# LAURA PARIANI
# SEHNSUCHT NACH ORTA

*Roman*
*Aus dem Italienischen*
*von Annette Kopetzki*

VERLAG C.H. BECK

Kursiv gesetzte Passagen beziehen sich einerseits
auf Reflexionen der Erzählerin, andererseits markieren
sie einzelne Wörter und Kinderverse, die die Autorin
im Original deutsch verwendet.

Titel der Originalausgabe: La foto di Orta
© 2001 RCS Libri S.p.A., Mailand

© Verlag C. H. Beck oHG, München 2002
Gesetzt aus der FFScala im Verlag C.H. Beck
Druck und Bindung: Kösel, Kempten
Gedruckt auf säurefreiem, alterungsbeständigem Papier
(hergestellt aus chlorfrei gebleichtem Zellstoff)
Printed in Germany
ISBN  3-406-49308-4

*www.beck.de*

SEHNSUCHT NACH ORTA

# EINS

*Die rings um das Bett zugezogenen Vorhänge zeigen an, daß es Nacht ist. Die Tortur der heißen Bleioxydumschläge und Inhalationen, daß Tag ist. Die Qual des endlosen Wartens, daß die Zeit in diesem Zimmer nicht existiert.*

*Mit großer Anstrengung legt der Kranke die rechte Hand auf seine Brust. Einen Augenblick lang spürt er das Pulsieren des Blutes, die schmerzhafte Kontraktion der Muskeln; ist er auch noch nicht gestorben, trägt er doch den Tod in sich, ein schweres und ätzendes Leiden, das ihm das Gehirn zerfrißt. Wann es begonnen hat, weiß er nicht, er erinnert sich nicht.*

*Er schließt wieder die Augen ... ein Fotograf, ein stattlicher, rüstiger Mann, baut das Stativ neben der Buchsbaumhecke auf. Er trägt ein Bärtchen und weiße, in der Mitte gescheitelte Haare, einen Schnurrbart, der an beiden Enden wie der Griff eines Schirms gezwirbelt ist, am Revers der Jacke aus dunkler Wolle steckt eine Blume. Er bückt sich und steckt den Kopf unter das schwarze Tuch, das den Ziehharmonikabalg des Apparates bedeckt; mit der Hand macht er ein Zeichen, man möge stillhalten. Eine Stimme wie aus weiter Ferne: «Ja, genau so, das Profil des Herrn kann so bleiben. Aber bitte aufpassen, daß die Krempe des Hütchens keinen Schatten auf das Gesicht des Fräuleins wirft. Genau, ganz genau so, jetzt ist es richtig ...»*

*Wenn der Kranke einschlummert, geschieht es oft, daß eine lange Reihe von Gestalten an ihm vorüberzieht, denen er keinen Namen zu geben vermag: wie in einer verworrenen Geschichte, in der sich die zahllosen Tage seines Lebens komprimiert haben.*

*Aus der Kehle des Mannes dringt ein dumpfer Laut, als er jäh erwacht, weil er den Geruch von Würmern in der Nase spürt. Der Ausdruck des Gesichts, das im Schlafen eine gewisse Würde bewahrte, verzerrt sich zu einer Grimasse; die Wangen bedecken sich mit Schweißperlen. Was ist passiert? Wo ist der Fotograf geblieben? ... Er beißt sich auf die Lippen, denn durch die Mühsal des Erinnerns, den Zwang, bestimmte Bilder festzuhalten, gerät er manchmal in eine wilde Strömung, die ihn mal an dieses, mal an jenes Ufer treibt; ein Schiffbrüchiger, der die ungewisse Grenze zwischen Wirklichkeit und Traum überquert, um seinen Weg im Nebel fortzusetzen, ob auf der Suche nach einem Anlegeplatz oder der Leere, weiß keiner.*

*Jedesmal wenn er seiner Schwester keuchend zu erzählen versucht, was ihm in seinen Träumen erscheint, wird er für verrückt und dumm erklärt. Und darum hat sich der Kranke, der das wütende Feuer ihrer Augen fürchtet, daran gewöhnt, mit sich selbst zu sprechen; dabei kaut er die Worte, schmeckt die Stille. Denn die schlimmste Einsamkeit ist nicht die, nachts in einem Zimmer eingeschlossen zu sein und gierig auf die Flamme einer Kerze zu blicken. Wahre Einsamkeit heißt, außerstande zu sein, sie zu benennen, dem, was einen erschreckt, einen Namen oder eine Gestalt zu geben. Einsamkeit ist diese Litanei verstümmelter und unverständlicher Bilder.*

*Er stützt sich auf das Kissen, nähert seinen Mund dem Kopfende des Bettes, spürt, wie seine Lippen dem Geschmack von Holz und staubigen Holzwürmern nachfahren, dann sagt er mühsam:*

«Fotografie» und danach «See». Er hält einen Moment lang schweigend inne, lauscht, ob seine Schwester jetzt vielleicht herbeigeeilt kommt, um ihn erbrechen zu lassen, zornig, seine Schuld.

Der Kranke schiebt mühsam den Bettvorhang beiseite. Mit zitternder Hand ergreift er ein Glas Wasser auf dem Nachttisch und trinkt gierig daraus, während die Augen leer über die an der Wand hängende Ansicht eines Brunnens von Bernini irren. «Fotografie», murmelt er wieder in sich hinein und läßt sich auf die Kissen zurückfallen. «See», er läßt das Wort im Mund hin und hergehen wie ein köstliches Bonbon; dann bricht er in ein Gelächter aus, daß ihm der Unterkiefer klappert.

## Das Billett

*Rom, Mai 1883*
*Nachmittag*

**Tristan**
Begehrt, Herrin,
was Ihr wünscht.

**Isolde**
Wüßtest du nicht,
was ich begehre,
da doch die Furcht,
mir's zu erfüllen,
fern meinem Blick dich hielt?
*Tristan und Isolde*
*Erster Aufzug, fünfte Szene*

Endlich allein: Deine Schwester, dieser Plagegeist, ist aus-
gegangen, um sich eine Regatta auf dem Tiber anzuschauen,
irgendwelche Nachwehen der Feiern zur Hochzeit des Grafen
Tommaso di Savoia mit einer bayerischen Prinzessin. Elisabeth und Frau Müller haben zunächst darauf bestanden, daß
du sie begleitest. Oh nein, man verschone dich mit solchen
Zusammenkünften, du bist ja nicht verrückt. Nicht, daß die
Frau von Max dir nicht läge, im Gegenteil, ihr Baseler Akzent
amüsiert dich; nein, es ist deine Schwester, die du dir lieber
vom Leibe hältst: Das ständige Drohen und Klagen mal ausgenommen, fürchtest du sie um so mehr, je öfter sie versucht,

dir um den Bart zu gehen. Und außerdem hassen die Weiber bekanntlich das Schweigen wie die Katzen das Wasser; sie berauschen sich förmlich an ihrer Redseligkeit, darum käme bei einem gemeinsamen Nachmittag nur ein Geschwätz und Gekreische über die Frisuren der römischen Damen heraus und zu allem Überfluß dann noch das Chaos der Menge am Tiberufer: wie Marionetten an einem Faden, der ihre Bewegungen vorwärts und rückwärts lenkt ... nein, nein, all das ist nichts für dich. Auch ohne Nervensägen um dich herum hast du schon genug Narben auf der Seele.

Du sitzt unter dem Sonnenschirm eines kleinen Cafés auf der Piazza Barberini und blätterst durch und durch lustlos in dem roten Baedeker, den du in einer Bücherkiste gefunden hast, die dir mit anderem Gepäck aus der letzten Pension nachgeschickt wurde. Eigentlich schlägst du gerne in deinem alten Führer nach, wenn du in einer Stadt ankommst; aber du weißt schon jetzt, daß du dir nichts Besonderes anschauen wirst: Rom ermüdet dich mit diesem Geruch nach Sünde unter der Pracht seiner Marmorbauwerke.

Überrascht drehst du den kleinen Zettel, der plötzlich aus den Seiten gefallen ist, in der Hand hin und her, empfindest leichten Widerwillen dagegen, verstehen zu müssen: wirkt er doch ganz wie eine dieser mysteriösen Nachrichten, die mitten in der schönsten Geschichte immer dann auftauchen, wenn man es am wenigsten erwartet, um eine Wende des Schicksals anzuzeigen.

Mit nachdenklicher Miene löffelst du langsam deinen Eisbecher, die Waffeln versinken langsam in der Sahne. Geradezu entrückt. Dann plötzlich – ruckzuck, was ist das für eine Hetze und Unruhe, die dich plötzlich packt – läßt du keinen einzigen Happen im Becher zurück ... Das hellgrüne Tischtuch aus Kreppapier auf dem Marmortischchen hebt sich stoßartig im Nachmittagswind.

Du liest den strohgelben Zettel noch ein paarmal, mehr mit den Augen des Gefühls als mit denen des Verstandes: «Morgen, vierzehn Uhr S. M., kein Wort zu P., an den Führer denken». Unverständlich. Dennoch scheinen die dunkleren Buchstaben dieses geheimnisvollen ibis redibis, deren Tinte ein wenig verblaßt ist, mit leichtsinniger Großzügigkeit zu flüstern: «Morgen werden wir beide zum Sacro Monte hinaufsteigen, endlich allein.» So was würde noch den abgebrühtesten Schürzenjäger anbeißen lassen, Frauen sind doch gerissener als der Teufel selbst ... Morgen, vierzehn Uhr. Eine angenehm große Handschrift, schlicht, ohne Schnörkel; hat man sie so vor Augen, beflügelt sie immer noch das Herz wie eine sanfte, kraftspendende Liebkosung.

Wie konnte dieses Billett bloß die ganze Zeit über im Baedeker stecken? Welcher Zauber hat dieses unbedeutende Stück Papier vor den Winden der Verwahrlosung und der Flucht bewahrt ...? Deine Verwunderung rührt daher, daß es sich tatsächlich um jene kurze Nachricht handelt, die Lou für dich an dem Nachmittag am See auf dem Tisch zurückgelassen hatte, und dabei hatte sie diesen listigen Ausdruck im Gesicht, der ihren mädchenhaften Schmollmund betonte, den du so mochtest. Viel Zeit ist vergangen, mittlerweile schon ein Jahr.

Du ziehst das Notizbuch heraus und versuchst im Geist, zwei Zeilen hinzusetzen, doch die Worte tanzen dir vor Augen, und dabei wird dir übel. Lange starrst du noch auf den Tisch, als wartetest du auf ein Wunder oder die richtige Formulierung. Die dir aber nicht einfällt: Die Poesie ist Vers und Reim, doch das Leben ist das Leben ... Mitunter kommt es vor, daß du etwas sagen willst und die Worte schon in dir aufkeimen, in die Kehle hochsteigen fühlst, als wollten sie mit Gewalt aus dem Mund drängen; doch dann stockst du, denn du weißt nicht mehr, was du sagen wolltest. Als ob die Begriffe ihre Aufgabe nicht mehr erfüllten.

Deine Hand ist feucht geworden, sie klebt am Billett. Du schaust dir deine Fingernägel an, die du heute morgen sorgfältig gesäubert hast. Versonnen bleibst du sitzen und betrachtest das am Eingang hängende Schild: Café 20 Centesimi, Mineralwasser mit Tamarinde 30, Turiner Schokolade 30, geeister Milchschaum die Kugel 30.

Du brummelst in dich hinein, es ist dir zur Angewohnheit geworden, Selbstgespräche zu führen. Im Leben eines jeden gibt es einen Moment, den die Romanautoren «schicksalhaft» nennen, und für dich war das der Moment, als dir dieses Billett, das du jetzt in den Händen hältst, überreicht wurde ... Es war die Piazza von Orta Novarese, es war der weite Atem des Sees, es war der duftende Mai, es war die Stunde, die sich dem Abend zuneigt. Gut, sehr gut sogar. Diese Lust, sich zu verlieren und nicht der Gegenwart, sondern einer unveränderbaren Vergangenheit anzugehören, einer Zeit, die wie durch Hexerei nur für dich existiert.

*Allmählich beginnt die Geschichte des Professors sich vor mir abzuzeichnen. Ich weiß zum Beispiel, daß er sich an dem Tag, als er 1882 hier in Orta ankam, beim ersten Blick auf diesen Wasserspiegel ebenso überwältigt und verdammt gefühlt haben muß wie ich. Denn meine Figur ist nicht wie die Allerweltstouristen, die sich vor hübsch aufgereihten Würsten unter den Arkaden fotografieren lassen; aber sie ähnelt auch nicht den Einwohnern von Orta* selber, die an die Schönheit dieses Ortes so gewöhnt sind, daß sie sie fast nicht mehr bemerken ... Nein, ihm hat sich, ebenso wie mir, der See anders erschlossen: durch den Geschmack von Tränen, den jeder Ort am Wasser in sich birgt, im Geruch des Vergessens, den die Grundmauern ausströmen, während sie unter den leisen Bewegungen des Wassers verfaulen.

Ich habe es in dem Moment begriffen, als mir die erste der Fotografien des Professors in die Hände fiel: im Profil vor neutralem Hintergrund, mit dem links gescheitelten, dichten Haar, das buschig nach oben absteht, dem struppigen Schnurrbart, der dunklen Krawatte unter dem schweren Wintermantel. Sie muß nach Orta aufgenommen worden sein, als die Würfel schon gefallen waren, denn der eindringliche, starre Blick unterdrückt mehr als eine gewöhnliche Unruhe.

Da ich mittlerweile lange genug mit diesem Mann gelebt habe, um die ersten Verstehensversuche zu machen, erkenne ich, daß in seiner bleiern erstarrten Miene auf diesem Bild schon eine Art vollkommener Schutzlosigkeit liegt, die Verlorenheit eines Menschen, der sich aller Freude beraubt sieht und drauf und dran ist, die Verbindung mit allen anderen abzubrechen; als enthielte dieser leicht ärgerliche Gesichtsausdruck bereits die furchtbare Fratze der Fotos aus dem folgenden Jahrzehnt.

Ich liebe dieses Bild des Professors, vielleicht weil es das erste war, das mir unter die Haut ging. Dann kamen die anderen, einer geheimnisvollen Ordnung folgend, die ich nur erahnen konnte, während ich die Bilder sammelte; jedes mit dem Bruchstück einer Geschichte, mit einer Stimme, die sagte: Du wirst erzählen. Wie das Licht so manch erloschener Sterne, das noch heute im schwarzen All nach Gefühl, Vergangenheit, Gedächtnis schreit.

Was hast du gesucht an den grünen Ufern dieses Sees, im rosafarbenen Licht des anmutigen kleinen Platzes, der an drei Seiten von Arkaden umschlossen wird und sich an der vierten Seite zum See mit Blick auf die Insel San Giulio öffnet? Ach, die italienischen Häuser, sie entsprechen einem Einheitsgeschmack, der sich bis in die Farbgebung erstreckt – gelb oder ein schläfriges Rotbraun –, die schiefergrauen Dachluken, die nach dem jähen Platzregen an jenem Nachmittag so ungewöhnlich hell glänzten, die Balkone, die sich gegen Abend rüsteten, unerforschliche Lebensgeschichten zu verschließen ... Vielleicht wolltest du ja das Geheimnis eines Städtchens entdecken, das von einer zufriedenen Armut bewohnt wird, die Weihnachten ihren Panettone ißt, Ackerbohnen zu Allerheiligen, ein Ei am Ostermontag, die in der Fastenzeit fastet und in der ersten Sommernacht den Tau einfängt: etwas Einfaches und zugleich Unsterbliches in der menschlichen Gattung. Ganz Italien besteht aus solchen Orten, wo die Leute sich abends am Fenster am Sonnenuntergang erfreuen oder um den Familientisch sitzen, wo sie ihre armen, bitteren, strahlenden Geheimnisse bewahren, all das mit einer fetten, bis zur Schamlosigkeit lethargischen Gemütsruhe: Ungefähr so hast du dir den Süden Europas immer ausgemalt. Vielleicht ist es auch nur eine literarische Idee, die Faszination der Grand Tour: Viele Deutsche erliegen dem verjüngenden Zauber der Vorstellung von einem sinnlicheren, lebendigeren Leben. Und wie deine Landsleute hattest auch du Lust, dich in das Bild einer anderen Welt zu stürzen, indem du tief hineingreifst in den zerzausten Stoff dieses italienischen Gewirrs aus blauen Himmeln und Glyzinien und Einhörnern und Mandolinen und otium.

Du ziehst die Schultern zusammen. Memento, homo. Italien ist für mich kein mögliches Paradies mehr, denkst du. Lou hat, erst mit Hilfe der Kupplerdienste von Paul und Malwida, dann dir direkt ins Gesicht, nein gesagt. Die schöne Pantherkatze ist dir entwischt; das neue Leben, es ist verloren.

Du schüttelst den Kopf, knüllst den Zettel zusammen, den du zerreißen möchtest, um dich von dem unangenehmen fleischlichen Modergeruch zu befreien, der von ihm ausgeht: nach Hurereien; nach eingebildeten, ungesunden, schlüpfrigen, trüben, unzüchtigen, unehrlichen, lüsternen, unkeuschen – also körperlichen – Beziehungen.

Nie hast du Glück gehabt bei den Frauen, nie Blumen aus dem Unkraut sprießen sehen. Bei einigen konntest du vorübergehend Interesse an deiner Person wecken, doch dann ist alles wieder verflogen, ebenso unvermittelt, wie es begonnen hatte, ohne auch nur ein zartes Band gemeinsamer Erinnerungen zu hinterlassen – wie ein kurzes Frühlingsgewitter, das sich nach Donner und Blitz auflöst und nicht einmal soviel Erfrischung bringt wie ein Glas Wasser. Daß du diesen unangenehmen Zoll zahlen mußtest, könntest du der Reifrockmoral deiner Schwester Elisabeth anlasten, der geheuchelten Kritik, mit der das «Lama» regelmäßig alle Menschen strafte, die dich interessierten. Diese Unruhestifterin. Ganz zu schweigen von den bigotten Matronen deiner Kindheit – deine Mutter und deine erste Gouvernante ... wie sie dich gewarnt haben vor den Fallen schlauer Hürchen, wie sie mit göttlichen Strafen und schändlichen Krankheiten drohten. Doch was kümmert dich heute die Prüderie jener Kleingeister, die in der Beschränktheit entlehnter Ideen alt geworden sind?

Es könnte allerdings sein, daß hinter deiner Unerfahrenheit mit Frauen ein grundsätzlicher Irrtum steckt; daß du für die Ehe einfach nicht gemacht bist ... Es will dir nicht gelingen, eine einleuchtende Erklärung zu finden. Sicher ist nur, daß die Geschichte mit deiner russischen Freundin von Anfang bis Ende dem üblichen, miserablen Drehbuch folgte. Zum Beispiel bedeutete an jenem ersten Nachmittag in Orta das, was du Liebe nanntest, nicht mehr, als neben ihr zu sitzen und dabei vom Wetter zu reden und von der friedlichen Stille dieser kleinen Piemonteser Ortschaft, als wäret ihr Menschen, die einander ganz gleichgültig sind, die sich nur zufällig einen Tag lang in einem Ferienort begegnen. Zwei Fremde in einer beunruhigenden Maschinerie von Banalitäten. Du hattest sofort den Eindruck, daß der Wind eine sanfte Bö gefährlicher, unausgesprochener Andeutungen über eure Gesichter blies. Dann kam dein mißtrauisches Zurückweichen, wegen deiner eigenartigen Manie, aus jeder Mücke einen Elefanten zu machen; später nutzte Elisabeth genau diesen Charakterzug für ihre Zwecke, als sie dir von dem Skandal in Bayreuth erzählte ... Doch dir war gleich von Anfang an bewußt: Im Zirkus des Lebens würde zwischen dir und Lou nichts laufen. Ein zu großer Wesens- und Altersunterschied und außerdem ihr Kokettieren mit allen ...

Ach geh, sind doch lächerlich und fruchtlos, diese Gedanken, winzige Bratfische, nach Genueser Art, zwei Dutzend ein Happen. Sieh den Tatsachen ins Gesicht, mein Lieber, denn das Billett, das du in der Hand hältst, lautet: «Morgen, vierzehn Uhr». Noch deutlicher geht's nicht ... Ein Zeichen, daß Lou deine Gegenwart gesucht, dich begehrt, vielleicht sogar geliebt hat ...

Oder sagst du dir das, weil am besten gefällt, was man sich selber singt? Wer weiß. Ein Wurm.

Die Glocken von San Giuseppe läuten, richten einen festlichen Himmel her; auf der gegenüberliegenden Seite antwortet das bronzene Geläut von Sant'Andrea delle Fratte durch die kristallklare Luft.

Du rüttelst dich aus der seltsamen Schlaffheit wach, die dich ergriffen hatte, dir ist, als hättest du deinen Geist träge umherschweifen lassen.

Du steckst eine Hand in die Jackentasche, um das zerknitterte Stück Papier hineinzutun, gleichzeitig suchst du nach etwas, womit du zahlen kannst. «Wo zum Teufel ...?» fragst du dich, während du den Behälter aus Metall schüttelst, in dem nichts klingt. Dann schlägst du dir an die Stirn, ach ja, stammelst du, in der Weste. Die Münzen laut abzählend, legst du sie auf den Tisch.

Du hebst die Augen, um das Fenster des heruntergekommenen kleinen Hotels neben dem Café zu betrachten. Als du hinaufblickst, tritt jemand vom Fenster zurück. Es wird dieses Pärchen sein, das du kurz zuvor hineingehen sahst: Sie wird die Reisetaschen auspacken, mit einem Faustschlag die Härte der Matratzen ausprobieren; er wird hinter diesen groben Gardinen eine Zigarre rauchen. Dann werden sich die beiden vielleicht küssen, berühren ... das eben, was du mit Lou nie machen konntest.

Der verlegene Ausdruck, der schon in deinen Augen lag, als du sie durch die Hoteltür gehen sahst, verstärkt sich, wird deutlicher. Was willst du eigentlich? Dich mit den beiden anlegen? Wo du sie nicht mal kennst ... Laß gut sein, komm. Du steckst die Uhr mit der Silberkette in die Westentasche. Ich habe Zeit, sagst du.

Sieh sich einer diesen Kellner hier an, rund wie eine Mortadella, mit Armen so dick wie Oberschenkel; seine Hände, was für kurze, feiste Finger, ohne Gelenke. Ein speckiges Schwein, gut gemästet, es wartet nur darauf, daß du ihm die Schrotkugel spendierst.

Plötzlich erklingt das Fiepen einer heiseren kleinen Orgel am Ende des Platzes, und du wendest den Kopf. In der Musik löst sich, wie immer, die zähe Wirklichkeit; als sie verstummt, bleibst du ein wenig betrübt zurück. Nur das Geplätscher des dünnen Wasserstrahls ist zu hören, der aus der Muschel des Tritons quillt, um in das graue Steinbecken des Brunnens mitten auf dem Platz zu laufen. Besser gefällt dir jedoch Berninis kleines, vom Wasser überspültes Schiff am Fuß der Spanischen Treppe: Du liebst diese sanft pulsierenden Wellen über dem versunkenen Schiffchen.

Du erinnerst dich gut an den aufregenden Nachmittag vor einem Jahr. So weit das Auge reichte, durchpflügten die Eisenbahnschienen die blendend hellen Reisfelder... Da bist du, kontrollierst aus den Augenwinkeln die unter den Riemen eines schweren Koffers festgeschnürten Bücher (daß nicht ein einziges verlorengeht), Paul, der von einem Flakon Brillantine spricht, den er im letzten Moment in einer Drogerie in Novara gekauft hat (am See weiß man nie, bei dem Wind...). Nachdem ihr aus dem Zug gestiegen wart – zwei Passagierwaggons, ein Gepäckwagen und eine dickleibige Lokomotive mit asthmatischen Dampfstößen –, wechselt ihr an der verschlafenen, kleinen Station Gozzano dann schließlich in eine Postkutsche alten Stils... Du erinnerst dich, daß dieser Karren auf der holprigen und vom letzten Gewitter glitschigen Straße ziemlich schaukelte, als er zum Strand von Buccione hinunterfuhr. Mit jedem Stoß wurde das Gewicht schwerer, mit dem Lou sich seitlich an dich drückte. Und das Leben lachte dir zu,

oh wie es lachte ... Zuletzt der fette, freche Rauch des Fähr-
boots, die blasse Insel auf dem Wasser, das eilfertige Gestol-
per der Hoteljungen, die über euch herfielen ... Und du spürst
nicht mal die Müdigkeit von der langen Reise; denn der feste
Wille hat geschwinde Füße.

Vor einem Jahr, im Mai. Eigentlich ist dies ein Jahrestag.

Eingewickelt in den Überzieher, bist du unschlüssig, wohin du gehen sollst. Du könntest Malwida in der Via della Pol-
veriera besuchen. Das heitere Wesen dieser Frau gefällt dir.
Du kannst dir schon denken, mit welchen Worten sie dich
empfinge: «Aha, der Antichrist hat endlich beschlossen, sich
unter die gewöhnlichen Sterblichen zu mischen, um das Erlö-
sungswerk zu vollbringen, das dem Anderen nicht gelang.»
Sie wäre sogar imstande, dir ein Lächeln zu entlocken. Doch
liefest du Gefahr, deiner Schwester zu begegnen, falls sie nach
der Regatta auf dem Tiber bei Malwida vorbeischaut. Mmh.
Auf den Knauf deines Stockes gestützt, stimmst du die Verse
von Goethe an:

Kennst du das Land
Wo die Zitronen blühn?

Einen Augenblick lang zögerst du, ob du den kleinen Hang
hinaufsteigen sollst, der zur Kirche San Carlino führt. Der
Ausblick auf die Quattro Fontane dei Fiumi und die drei Obe-
lisken lockt dich. Nein, du entscheidest dich doch lieber für
die entgegengesetzte Richtung und spazierst in den geheimnisvollen Goldglanz der römischen Sonne hinein, der deine
untere, nicht vom Hut überschattete Gesichtshälfte aufleuch-
ten läßt. Der Frühling ist eine schlechte Jahreszeit für dich,

grausame Monate, in denen deine Augen besonders schnell gereizt sind; denn überdies erträgst du die Brille nicht, wenn du auf der Straße unter Leuten bist. Zum Glück werfen die Palazzi große, violette Schatten auf das Straßenpflaster der Piazza Barberini. Der Himmel so weit, so hoch.

Und außerdem kommt bald der Abend mit seinem Sternenhimmel, dann wird es noch angenehmer: Manchmal meinst du, die Dunkelheit sei deiner Seele näher.

*Wie meine Figur warte auch ich ungeduldig auf die Nacht: Man arbeitet besser um diese Zeit, ich habe den Eindruck, daß sie mir guttut, denn die Dunkelheit tilgt den Lärm des Tages. Und die nächtlichen Lichter dieses Küstenstrichs von Orta bezaubern mit jener Schönheit, die dem verborgenen Gesicht der Welt eigen ist, das uns normalerweise entgeht; von solcher Intensität, wie man sie plötzlich in den Augen eines Menschen auf einer alten Fotografie entdeckt – ein Funkeln, das aus der Tiefe kommt, nicht fragend, da es schon weiß, wie die Geschichte ausgehen wird ... Der Raum der Erinnerung kann nur in der Dunkelheit hervortreten. So arbeite ich; denn, wie Emily Dickinson sagt, die Nacht ist mein liebster Tag.*

*Während ich, zwischen dem Computer und meinen Befürchtungen hin- und hergerissen, in Gedanken meiner Figur folge, die sich ein Jahr später an ihren ersten Spaziergang in Orta erinnert, wandert mein Blick zu einer Art kleinem Altar aus Fotografien, die ich an den Wandschrank geheftet habe.*

*Auf der ersten sieht man meine Figur, Jahre später, armer Herkules, erschöpft, kraftlos auf einem Bett liegen: Die dunklen Augen starren vor sich hin und sind übermäßig weit geöffnet; die Haare ergraut, die Hände abgemagert, der Mund verschlossen,*

*aus dem jedoch ein stummer, anhaltender Todesschrei dringt. Ein*
*fahles Gesicht, halb schon vom Tod aufgesogen ... Das «Lama» ist*
*ein Schatten von theatralischer Schwärze neben dem Bett.*

*Das zweite Foto zeigt die schöne Russin, sie stützt sich auf*
*einen Schreibtisch, ärgerlich ist die Stirn gerunzelt; man sieht,*
*daß sie zu jung ist: Sie blickt fordernd über die Kamera hinweg*
*und schätzt uns alle ab.*

*Das dritte ist nur ein ovales Porträt wie auf einer Todesan-*
*zeige, mit dem feisten, bartlosen Gesicht des Freundes Paul.*

*Das vierte ...*

*Es ist noch zu früh, von den anderen Bildern zu sprechen.*
*Außerdem ist es das erste dieser Fotos, das mich beschäftigt, mit*
*der schwarzen Gestalt Elisabeths, die die Szene halb verdeckt.*
*Manchmal stelle ich mir nämlich einen dieser unmenschlichen*
*Schreie vor, wie die Besucher in Weimar sie von Zeit zu Zeit aus*
*dem Zimmer des Professors gehört haben wollen; mir ist, als sähe*
*ich die Gäste die Treppe hinauflaufen, um ihm zu Hilfe zu eilen,*
*doch sie, das «Lama», baut sich vor der Tür auf, die Arme weit*
*ausgebreitet, damit ihre massige Gestalt den Augen der anderen*
*verbirgt, was nur sie kennt. Es ist dieses Moment der Verheim-*
*lichung, das mich quält, denn nicht nur die Gäste in Weimar*
*müssen es erdulden, sondern auch ich, die ich erzähle. Doch viel-*
*leicht ist es normal, daß der Kern einer Geschichte, zu Beginn we-*
*nigstens, etwas hartnäckig Dunkles, Fehlendes, Leeres hat.*

Er spaziert durch die Straßen, unser Professor, in einem
Zustand, den Wohlbehagen zu nennen untertrieben wäre; er
ist geradezu euphorisch. Das intensive Licht des römischen
Nachmittags gesellt sich zu der erregenden Erinnerung an das
Billett von Lou, zu jener vagen Bittersüße, die während all die-

ser Monate die Erinnerung an Orta begleitet hat; denn unse-
ligerweise nimmt auch eine Niederlage, wenn sie nur lange
genug im Geist wiedergekäut und liebkost wird, schließlich
etwas Lustvolles an.

In der Tasche umklammert er die Uhr, dabei fühlt er das
schnelle Ticken hinter der runden Scheibe, das die Minuten
eine nach der anderen verschlingt. Hinter der Freude über die
fliehende Zeit nimmt er dennoch den schmerzenden Stich
wahr. Zu langsam ...? Zu schnell? Wer könnte das sagen? Alles geht in diesem Moment durcheinander.

Gib es zu: Du fühlst, wenngleich auf verworrene und widersprüchliche Weise, daß du gerne in diesem Flecken der Provinz
Novara gestrandet wärst. Er vermittelte eine unbestimmte,
süße Vorstellung vom Ausruhen, von einem letzten Zufluchtsort. Über diesem kleinen See schwebte eine melancholische
und sehnsüchtige Stimmung, die der Seele guttat. Eine Luft-
spiegelung? Eine Fata Morgana? Romantische Spinnereien?
Wer weiß? Du erinnerst dich, daß der Wind hoch oben in den
Lüften wehte und die Kastanien, die den Platz säumten, kein
Rauschen von sich gaben. Darum war der Cusio wirklich eine
leuchtende Fläche aus Quecksilber, und diese metallische
Farbe schien über genügend hypnotische Kräfte zu verfügen,
um dich in Lethargie versinken zu lassen. Im Grunde ist das
wahre Glück für Schiffbrüchige wie dich ein unaufhörliches
Hinabgleiten in die Bewegungslosigkeit.

Ist es wirklich so in Orta gewesen, oder vermengt sich die
Vergangenheit mit der feuchten Welt des Traums? Manchmal
zweifelt der Professor an seinem Erinnerungsvermögen. Aber
das kann jedem passieren, *nicht wahr*? Lang zurückliegende

Ereignisse überschreiten die Grenze zur Einbildung, nach einiger Zeit kann man sich nicht mehr auf sie verlassen.

Über die schmiedeeisernen Lorbeerranken eines Gartentors spähst du in den Hof, der sich zu deiner Rechten öffnet. Zwei antike Amphoren, als Blumenkübel benutzt, eine römische Statue, die eine Figur mit Toga darstellt: die Wangen abgezehrt von der Langeweile der Jahrhunderte, die Ringellocken der Haartracht braun vom Moos. Du möchtest in das Grün dieses geheimen Gartens eindringen, doch eine vage empfundene Unruhe hindert dich daran, läßt dich zurückweichen. Auf einmal drängen sich dir die Worte, die du vorhin im Café vergeblich zusammenzubringen versuchtest, eines nach dem anderen auf, einem geheimnisvollen inneren Rhythmus folgend. Fast wiegst du dich ihrer Musikalität gehorchend: «Ich habe in deine Augen geschaut, mein Leben. Und mir war, als versänke ich in einem bodenlosen Abgrund.» Die richtigen Sätze, die du in das Notizbuch hättest schreiben wollen, nehmen vor deinen erstaunten Augen Gestalt an. Denn über jedes richtige Wort staunen wir.

Du seufzt. Eigentlich bräuchtest du in diesem Moment eine freundschaftliche Hand, die sich auf deinen Arm legt, um dich zu führen; du leidest darunter, daß es kein vertrautes Gesicht gibt unter diesen Italienern, die durch die Via Sistina zu der hohen Brüstung der Aussichtsterrasse vor der Kirche Trinità dei Monti streben: rundliche Jungfern in Tand und Tüll mit Sonnenschirm und Überkleid mit Volants; die Männer im Mantel aus Tuch, einige noch im Cavour mit dem weiten Mantelkragen, der bis auf die Unterarme fällt ... Es sind gewöhnliche Leute, mit einem Geruch nach fremder Haut, sie verbreiten nach allen Seiten Körper, Schatten, unverständliche Worte – schweinisches Geschwätz unter vier Augen, wer weiß? – und eilen dabei hastig zu ihren abendlichen Verabredungen. Vor einem Jahr hattest auch du eine Verabredung, das Billett in deiner Tasche ist der Beweis: «Morgen, vierzehn Uhr ...». Doch was bleibt dir jetzt von Orta?

Gleichwohl wirkt dieser Satz wie eine geheimnisvolle innere Antriebsfeder; schwach gespannt ist sie, gewiß: ein kraftloser, müder Antrieb, dessen Wirkung fast erschöpft erscheint, doch noch ist sie nicht ganz erschlafft.

Verdammt, aus diesem Blatt könnte man doch noch eine zweite, dritte, ja sogar vierte Bedeutung herauslesen, *nicht wahr?* ... Einschmeichelnde Stimmen steigen aus diesem verfluchten Billett hoch, um dir durch den Kopf zu schwirren, randvoll mit sonderbaren Bedeutungen – ein sicheres Zeichen, daß sich bald die Kopfschmerzen einstellen werden –, und unaufhörlich wiederholen sie: morgen, morgen, morgen ... Eine Tatsache ist freilich stärker als Worte, die kann man nicht verfälschen. Und daß Lou dich an diesem Tag gesucht hat, ist eine Tatsache.

Du schlägst eine abschüssige Seitenstraße ein, schaust durch die offene Tür einer kleinen Kapelle: eine Gruppe Frauen aller Altersstufen, deren Kehlen unter den hohen Tönen anschwellen: «Gegrüßet seist du Königin, erhabne Frau und Herrscherin, o Maria», der Schein der Kerzen spielt auf den fest an den Nacken geflochtenen Zöpfen. «O Mutter der Barmherzigkeit, du unsres Lebens Süßigkeit», diese Heiligen aus hölzernem Fleisch, Opferlämmer ohne Eingeweide, dieser zum Altar umgewandelte römische Sarkophag: die religiösen Bauwerke Roms sind wahrhaftig der beunruhigendste Beweis dafür, daß jedes Ding nur vorübergehende Geltung hat, «Aus Tod und

Elend rufen wir, o mächtige Fürsprecherin, bei Gott sei unsre Helferin!», denn die Zeit macht sich einen Spaß daraus, den Sinn der von Menschenhand hervorgebrachten Dinge zu verändern, und all unsere Bemühungen sind bestimmt, zu Staub zu zerfallen; erbärmliche Idioten sind wir, einer Vorstellung von Ewigkeit nachzurennen.

Weiter hinten eine Blumenhändlerin, aus ihrem Korb voll fleischfarbener Rosen steigt feuchte Frische auf. Daneben ein schwitzender Schankwirt mit verschränkten Armen, er sitzt auf der obersten Stufe einer Treppe, die in die Tiefe, zu einer Art Krypta aus schwarzen Schatten führt; auf einem Hocker steht einladend ein Teller mit Gemüse in grüner Soße, bei dessen bloßem Anblick man schon ein genüßliches Kratzen im Hals verspürt. Ein mageres Fräulein in granatroter Seide wirft dir ein kleines Osterlächeln zu, während sie dich überholt, auf ihren Schultern wogt eine Kaskade lockiger Haare; eilig macht sie sich davon. Fügsam und fasziniert folgst du ihr mit den Augen, du erkennst, daß sie die perfekte Verkörperung deiner jugendlichen Phantasien ist, die niemals befriedigt werden sollten: Sie ähnelt einigen niedlichen Dienstmädchen zu Haus, die du in deinem Zimmer begehrt hast, nachts, in der bedrückenden Stunde des Halbschlafs, der Wahnvorstellungen, der Sünde; Mädchen mit Kirschmündern, deren geheimnisvolle Nacktheit du manchmal durchs Schlüsselloch beobachtet hast – und vielleicht haben sie deine fiebrige Gegenwart auf der anderen Seite der Tür gespürt, denn sie entkleideten sich wie in einer langsamen Zeremonie, die sie deinen begierigen Blicken darboten ...

Ein Lumpenhändler. Ein Plakat an der Straßenecke: Madame Durand, die Wahrsagerin; auf dem Bild umgibt ein Kranz von Sonnenstrahlen die grauen Haare der französischen Pythia. Weiter vorn eine Straßenhändlerin um die vierzig, mit Augen von einem trüben Schwarz, wie Kohle; du läßt dich einen Moment lang vom leuchtenden Glanz der Erdbeeren in ihrem Körbchen ablenken, dann kaufst du ihr gebrannte Haselnüsse ab, wählst sie sorgfältig aus, denn die dunkleren haben einen bitteren Geschmack.

Ein Vergnügen: so erstaunlich das auch sein mag, es ist das richtige Wort für dein Spazierengehen: Du suchtest etwas, das dir erlaubte, der Flut rührseliger Erinnerungen zu entfliehen, und im Hin und Her der Menschen auf den Straßen Roms hast du genau das gefunden, was dich abzulenken vermag. Ein unbändiges Vergnügen des Herzens, der Eingeweide, des Verstandes. Der einzige Schönheitsfehler: wie neugierig diese Italiener sind, alle schauen dich an. Vielleicht fällst du auf, da du wie alle einsamen Menschen einen unnatürlichen Gang hast; um so mehr als du, angezogen von der architektonischen Raffinesse der Kuppel von Sant'Andrea delle Fratte, mit dem leichten Schauer, den sinnliches Vergnügen immer hervorruft, bei jedem dritten Schritt den Kopf hebst, die Hand zum Schutz vor der Sonne an die Stirn gelegt: Denn um Schönheit recht zu erkennen, muß man Zurückhaltung wahren, den Blickwinkel so weit wie möglich verengen, ja sich am besten still in einen Hauseingang stellen und den Kopf dabei an einen der Steine dieser Mauern legen, die die Sonne aus weiter Ferne aufgewärmt hat.

Du wirst denselben Weg zurückgehen und dich, nachdem die Hauptstraße überquert ist, in die kühle Höhle einer kleinen Gasse vorwagen, wo die Pflastersteine mit Moos zusammengeschweißt sind und es von wilden Katzen wimmelt. Die Welt, die du kennst, ist woanders, weit weg von diesem Stadt-

viertel. Hic sunt leones. Hinter den rußgeschwärzten Tür-
schwellen das Zischen aus Kohlebecken, das Brodeln aus
Kochtöpfen; ein ekelhafter Geruch nach Armeleutesuppen,
Küchenschaben, zerbröckelter Zeit. Du atmest mit dem
Taschentuch vor dem Mund, du hast eine empfindliche Nase.
«Die Scheiße der Armen stinkt noch ärger», sagt ein Sprichwort in einem Konzentrat aus grausamer Weisheit. Wahrscheinlich erinnerst du dich mit einer gewissen Verlegenheit
daran. Deine Schritte werden in der dunklen Gasse laut und
rhythmisch widerhallen.

Eine Alte, in einem Winkel sitzend, die Haare unter einem
Kopftuch aus leichter Wolle zusammengebunden, wird einen
Rosenkranz nuscheln und dich einen Augenblick lang aus weit
aufgerissenen, triefenden Augen anstarren: «Heilige Jungfrau,
wer zum Teufel ist denn das.» Ein kleiner Junge wird greinen.
Zwei Frauen, stämmige Gestalten, werden auf den Stufen einer
schmalen Treppe aus rohen Steinen ihre Kinder stillen, während sie in den weichen Silben südlicher Trägheit miteinander
tuscheln. Eine heruntergekommene Rasse, unzuverlässig,
Leute, die imstande sind, sich verrückt zu stellen, bloß um das
Salz nicht bezahlen zu müssen, erzählte dir vor ein paar Tagen
ein französischer Journalist im Zug.

Lärm in einem Innenhof, der sich vor dir öffnet. Italien,
das sind wirklich zwei Welten oder zehn oder hundert. Hier
steht es vor dir und lacht, die Hände in die Seiten gestemmt:
eine Frau mit einem Reisigbesen in der Hand, die vom Fegen
aufgewirbelten Staubwolken schweben in der Luft: «Nu hör
sich einer das an, was brummelt der denn da?», und eine andere erscheint, Eiweiß in einer Salatschüssel schlagend, an
der Tür und erwidert: «Na, s'Glaubenskenntnis spricht er»;
und eine dritte: «Ja, den beklau'n se noch als Blinden in der

28

Wüste, ein Jude in nommine pattris muß das sein, guckt doch bloß mal, was für'n Kopp ...» Da haben wir's, sie machen sich lustig über dein fremdartiges Aussehen, deine Blindheit; unter Gelächter hagelt es lauthals Verwünschungen: «Feine Frau, die den geboren hat. Judenmemme, die böse Saat, da kommt der Teufel mit Locken und Bart.»

Sieh dir an, wie sie leben. Servum pecus, sine nomine plebs, Kanonenfutter, oder man könnte auch sagen: nie eine Wahlmöglichkeit und keine Geschichte, Herdenleben in einer Welt vor der Entstehung des Individuums, direkt aus Schlamm und Spucke zusammengerührt: Die Moral ihrer Seelen gehört Gott, der Körper der Erde, ihre Habe dem, der sie anfaßt. Aber so übel ihnen das Leben auch mitgespielt hat – denn, mal ehrlich, ihnen bleibt doch nichts anderes übrig, als abends den Hosengürtel enger zu schnallen –, sie lachen trotzdem, machen Witze: die ganze Woche krank und am Sonntag keine Leich. Als ob die Plackerei des Lebens Einverständnis zwischen ihnen schüfe.

Eine Gruppe kleiner Jungen wird mit klappernden Holzschuhen um dich herumwuseln. Ohne den Fremden überhaupt wahrzunehmen oder auf seine ungewöhnliche Erscheinung achtzugeben, werden sie an einer dunklen Straßenecke miteinander raufen wie kleine wilde Tiere mit fahrigen Augen.

Dies alles – ziellos über das alte Kopfsteinpflaster zu wandern, diese Bengel zu betrachten, der plötzliche Wunsch, so zu sein wie sie, auf einer Treppenstufe zu sitzen und sich Geheimnisse zu erzählen – erscheint jemandem, der wie du in den Süden Europas gekommen ist, um einem Traum zu folgen, und schon vorher weiß, daß es sich nur um einen Traum handelt, ganz und gar ungewöhnlich ... Wann bin ich ein Kind gewesen? fragst du dich. Nie hast du auf der Straße mit den anderen Verstecken spielen können. Sie hielten dich gewaltsam im Haus, in diesen dunklen, strengen Räumen. Du erinnerst dich an die Puppen deiner Schwester, plumpe Gestalten, mit all ihren Schleifen und Quasten, abends wurden sie in ihre Schachteln eingeschlossen, als wären es Särge; die gespielten Spaziergänge um den Tisch im Eßzimmer herum, Elisabeth als Witwe verkleidet, mit einem abgewetzten Dreispitz, von dem ein schwarzer Schleier über ihren Rücken hing, und du mußtest so tun, als ob du ihr kondolierst; oder auch an deine Qualen als Schüler, wenn die langatmigen Unterrichtsstunden dich anödeten; an die ostentativ beschworene Arbeitsethik: Wer nicht sät, der erntet nicht ... Du hörst die nervöse, kalte Stimme deiner alten Gouvernante wieder, wenn sie aus ihrem Buch mit den «erbaulichen Erzählungen» vorlas, einem schweren, rot eingebundenen Wälzer: schreckliche Geschichten von ungehorsamen Kindern, die ohne Erlaubnis der Eltern zum Schlittschuhlaufen nach draußen gingen und ertranken, weil das Eis unter ihren Füßen zerbrach; kleine Diebe, die sich mit Marmelade vollstopften, nachdem sie die Anrichte aufgebrochen hatten, und dann unter grausamen Magenkrämpfen schreiend starben; andere stahlen die Bratäpfel aus dem Ofen und verbrannten sich den Mund ... Geschichten, die man auswendig lernen mußte, und wehe, eine einzige Silbe fehlte: Diese Hexe packte dich an den Schultern, schob dich in eine Ecke hinter der Schranktür und befahl dir, dort im Dunkeln so lange stehen zu bleiben, bis sie kommen würde, dich zu holen: «Wehe dir, wenn du dich von hier wegbewegst!»

Und dieses ganze Martyrium nur, um dich gehorchen zu lehren: erst den Eltern, dann der Kirche und den Lehrern, später der großen *Heimat*. Als du endlich selber lesen konntest, wurde dir klar, daß die schrecklichsten und grausamsten Einzelheiten dieser Bestrafungsgeschichten fast immer irrsinnige Einfälle dieser alten Schachtel waren, die sie aus purer Lust an deiner Einsegnung erfunden hatte. Du siehst sie noch vor dir, die häßliche Vettel, den Leuchter in der einen, den Nachttopf in der anderen Hand; und sofort steigt die Wut wieder in dir hoch. Denn es kommt oft vor, daß du von dieser Zeit träumst, von bestimmten Moralpredigten, die zu jenen Jahren gehören: Das Geld wächst nicht auf Bäumen, das können wir uns nicht erlauben ... Sätze, die du vor allem von deiner Mutter zu hören bekamst. An deinen Vater hast du spärliche, verschwommene Erinnerungen: daß sich zum Beispiel seine Augen oft trübten, dann ging er in sein Zimmer und schloß sich darin ein. Sofort befahlen sie dir, keinen Lärm zu machen, weil es ihm schlechtging. «Schweigen»: ja, das ist eines der Worte, die deine frühen Jahre kennzeichnen ... Du erinnerst dich an die fortwährende Dämmerung in seinem Zimmer durch die zugezogenen Vorhänge, wo man kaum den schwachen Widerschein einer Überdecke aus Taft erkennen konnte, die das dick aufgeplusterte Federbett bedeckte; im Halbdunkel hochaufragende Schränke, schwarz wie Särge, aus Palisanderholz, mit großen, tiefen Schubladen. Es war verboten, dieses Zimmer zu betreten; nur hineinsehen durfte man, durch einen Spalt in der Tür die graue Hautfalte im Nacken deines Vaters erspähen ... Und die Gouvernante, die dich auf der Schwelle entdeckt, die Finger schon auf dem viel zu hohen Türgriff: Was machst du hier? Sofort bittest du um Verzeihung und dann ab in die Ecke, zur Strafe. «Strafe» ist ein weiteres Schlüsselwort deiner Kindheit; schwarz und schwer wie ein Schrank. Oft träumst du von diesem unheimlichen Dunkel, in dem du nachts nur schwer einschlafen konntest, weil du dir vorstelltest, deine Eltern würden unterdessen den bösen Plan schmieden, dich im Wald auszusetzen, wie im Märchen von Hänsel und Gretel. Wie furchtbar war es, in diesem Konzentrat aus finsteren Jahrhunderten ein Kind zu sein. Schatten des Schweigens; Schatten auch der Strafe.

Du zuckst zusammen, als sie schreiend an dir vorbeilaufen, diese glücklichen Rotznasen: mit zerzausten, dunklen Haaren, die nach den unbegreiflichen Geheimnissen der Erde, des Wassers und des Windes riechen. Könnte man doch so in die Welt blicken, voller Lust am Leben. Mit allen Sinnen die sommerlichen Freuden genießen, Reifen, die über das Pflaster rollen, rot bemalte kleine Schubkarren. Doch die Mühle dreht sich nicht vom gestrigen Winde, deine Zeit geht zu Ende, und wer zur Jacke geboren ist, kommt zu keinem Rock. Jetzt, wo du dem Alter entgegengehst, ohne einer Kindheit entwachsen zu sein, die du nie gehabt hast, wird dir bewußt, daß es gut wäre, alles hätte einen Anfang, würde aber nie aufhören, ein Ende zu sein. Mit ein paar Leben mehr hättest du vielleicht zu irgend etwas kommen können in dieser Welt, die nichts ist als das völlige Fehlen jeden Sinns. Zum Beispiel verstehen, was du falsch gemacht hast.

Blecherne Regenrinnen, Gitterwerk aus kleinen Pfeilern. Wer hat gesagt, daß die Gebrüder Grimm das Märchen von der Gänseliesel geschrieben haben? Sieh sich einer dieses Mädchen an, das dir in der Gasse entgegenkommt und eine Hühnerschar vor sich hertreibt: mit der Schürze voller Flicken, Unschuld im rundlichen Gesicht, der wirren Mähne aufgelöster, brauner Haare, die ihr lang den Rücken herabfallen. Ein zartes Figürchen, das in den schweren Holzschuhen wie ein Spatz hüpfen muß. Sieh sie dir an, wie sie am Stengel einer Margerite kaut: Es ist der halb geöffnete Mund dieses Kindchens, der dir sagt, daß im Frühling die Erde blüht. Die Rufe, mit denen sie die Hennen antreibt, offenbaren die Stille unter einem dunklen Haustor, jene einsame Sehnsucht wie ein vergessenes Liedchen.

*Suse, liebe Suse, was raschelt im Stroh?*
*Das sind die lieben Gänschen,*
*Die haben keine Schuh ...*

Unser Professor wundert sich jetzt, daß er plötzlich imstande ist, dieses Kinderlied wieder auszugraben. Wo mag er es gehört haben? Er kann sich nicht erinnern, daß es in seiner Vergangenheit Kinderbücher mit Märchen und Fabeln gegeben hätte. Eher erinnert er sich an viel ernstere Sätze, deren verzauberten Klang er in seiner Jugend genossen hat:

Wahrlich, ich sage euch: Einer von euch wird mich verraten.

Sieh, und das Schattenbild unserer Erde, der Mond, kommet geheim nun auch, die Schwärmerische, die Nacht, kommt.

Panta rei.

Ich bin alles, was ist, was war und was sein wird. Kein Sterblicher hat je meinen Schleier aufgehoben. Wer ihn sieht, findet sich selbst.

Mein Kriton, wir sind dem Asklepios einen Hahn schuldig, entrichtet ihm den und versäumt es nicht.

An einer Biegung der Gasse wird nun eine tiefe Stille jedes Geräusch verschlucken. Eine tote Katze, die Eingeweide zersetzt. Es wird dir so vorkommen, als hättest du lange geschlafen: Ein unbestimmbares Gefühl der Leere weckt dieser Geruch nach Verwesung; oder auch nach Tod oder auch nach Vergessen.

*Moment mal. Dieses Gefühl kenne ich nämlich gut. Wenn ich manchmal in eine dieser Gassen schlüpfe, die sich den Hügel hinaufschlängeln, zwei Schritt nur entfernt von den achtlosen Routen der Touristen, dann stoße ich an jeder Ecke auf den gespenstischen Anblick steinerner Waschtröge voller Schimmel, in denen es von Schnecken und Unkraut wimmelt, sehe aufklaffende kleine Fenster mit ausgerissenen Scharnieren, aus denen ein kalter Hauch dringt, der nach Fäulnis riecht. Lebhaft überfällt mich dann der Eindruck, daß es gewisse Gelenkstellen im Leben gibt, die für immer steif bleiben. Es ist das gleiche, verwirrende Gefühl, das ich habe, wenn ich gegen Morgen fröstelnd auf dem Sofa einschlafe und von Gerüchen träume. Keine Menschen, auch keine Stimmen. Nur Gerüche: die faulige Ausdünstung eines Weihwasserbeckens oder der Geruch nasser Holzspäne; vor allem letzterer, er geht allen anderen voraus, ist nahezu elementar, denn mit diesem Geruch in der Nase meine ich zum erstenmal begriffen zu haben, daß die Welt sich nach einem Plan bewegte, der größer ist als ich selbst: mit zwei, drei Jahren, in der Tischlerwerkstatt meines Großvaters, zwischen dem Geruch feuchten Holzes, der für mich der Geruch der Tränen und der Trauer ist.*

*Und wer weiß, aufgrund welcher seltsamen Verbindung sich dieser Gedanke für mich mit dem düsteren Profil des Professors auf dem Foto verknüpft, der wie eine hölzerne Gliederpuppe verlassen auf dem Bett liegt. Etwas unbestimmt Monströses schwimmt in seinen wässerigen Augen. Als ob dieser kranke Körper – der Kopf geneigt, die Gestalt eingefallen, schlaff und fühllos die Arme – das ausweglose Bild des Schicksals darstellt, das uns*

*alle erwartet. Denn was sind wir im Grunde anderes als Mario-*
*netten, die früher oder später auseinanderbrechen und für immer*
*zerstört sind?*

Vor dir selbst fliehen und dich verlieren.

Fröstelnd von der leichten Brise, die den Abend ankündigt, eine Liebkosung fast, die besänftigt, knöpfst du dir mechanisch den Überzieher zu.

Du liebst die, die nicht anders denn als Untergehende leben können.

Doch Liebe, dieses Wort läßt dich erzittern.

Du erinnerst dich, daß nach dem Gewitter dieses ersten Nachmittags in Orta auf dem Wasser des Sees abgeknickte Blumen schwammen. Das sinkende Licht warf silberne Reflexe auf die Granitsteine eines Gemäuers am Ufer, an dem die kleinen, gekräuselten Wellen sich brachen. Woran erinnerst du dich noch? Ach ja, ein Mann neben einem Boot, die Hosen bis zu den Knien hochgekrempelt, mit nacktem Oberkörper. Ein Schwarm Vögel flog über die Straße, denn du hörtest ihr Flügelschlagen ganz nah; dann hobst du den Kopf zur grünen Geometrie der Palmenblätter, die dich aus unvermuteten Ecken überragten. Ein paar Wolken zogen hoch oben am Himmel vorüber.

Ein Wind, der nach See schmeckte, ein Boot zum Fliehen ...

Einen Augenblick lang überraschst du dich bei dem Gedanken, daß der Anblick eines Gewässers intensivere Empfindungen auslöst als jede andere Landschaft, sei sie städtisch oder ländlich: Vor allem bei letzterem ergreift uns ein zartes Mitgefühl für das, was vor uns da war, ergeben und stumm darauf wartet, daß wir es entdecken; bei einem See, einem Meer, einem Fluß dagegen überrascht uns eine undurchschaubare, sich ständig verändernde Bewegung, deren Gesetze ein Geheimnis für uns bleiben.

Du steckst dir eine geröstete Haselnuß in den Mund, sie brennt ein wenig auf der Zunge.

Nie ist dir das Wasser so grausam fremd erschienen wie an jenem Tag in Orta.

In deiner Vorstellung wird Lou zu einer aufreizenden Undine, die triefend aus dem See steigt. Dieses Bild hat dich gepackt und dringt so tief in dein Inneres ein, daß die alte Wunde wieder zu bluten beginnt: Denn wer einmal vom Honig gekostet hat, vergißt dessen Süße nicht mehr; und plötzlich verursacht Lous Gesicht einen heftigen, verzweifelten Schmerz, wie die Erinnerung an eine Tote. Als du dich umblickst, ist die Welt einen Augenblick lang erloschen: das Singen dieses kleinen Brunnens, das frische Weiß der Spitzen dieses Bretterzauns, die Farbe der Blumen ... Ohne sie ist alles luctificus, zerstört, *kaputt*. Das Herz erkaltet.

Deine Hand zittert vor Verlangen, dir an die Nase zu fassen, sie zu kratzen. Um dich herum die Stille alter Häuser, die Mauern aus zerfressenen Steinen. Ach, dich wird schon niemand sehen. Niemand wird sich wundern, wenn du dir die Nase kratzt. Doch wer weiß, ob es hinter den Läden eines dieser Fenster nicht ein Auge gibt, das dich heimlich beobachtet, jemanden, der lachen könnte, wenn er dich bei einer so närrischen Geste überrascht? Aber was gäbe es da überhaupt zu lachen? Du spürst einen ekelhaften Geruch, der dir die Nase verkrustet, diese Gasse riecht wie ein Pissoir. Wie ein Vereinslokal? Nein. Wie ein Bahnhof? Ähnlich. So durchdringend, abscheulich, nach Ammoniak.

*Der Schuster hat Leder,*
*keine Leisten dazu.*
*Darum gehn die Gänslein barfuß*
*und haben keine Schuh …*

Dir stehen die Jahre deines Lebens vor Augen, oder nein, eher hörst du sie wieder, denn nicht mit deinen kranken Augen, sondern mit dem Gehör rekonstruierst du Erinnerungen. Dein Gedächtnis besteht nicht aus Formen und Farben, sondern aus dem immateriellen Gespinst der Musik: die geliebten Stimmen, die Klangfülle der Luft, der ganze Gesang der Welt. Und während dir das kleine Lied von den Gänsen wieder einfällt, wirkt der einbrechende Abend beruhigend wie ein umfriedeter Garten. Vielleicht ist es ja auch das Gold des Sonnenuntergangs, das dir zu Kopf steigt wie die Neige eines Weinglases und wieder Mut einzuflößen vermag. Doch jetzt fühlst du dich nicht mehr so aus tiefster Seele glücklich wie noch vor einer Stunde bei der Kirche Sant'Andrea delle Fratte; womöglich war jene sonderbare Euphorie, die dich ergriffen hatte, nichts anderes als die Vorahnung, daß du aufhören würdest, glücklich zu sein.

Wer weiß, ob es morgen schön wird, das ist eine Manie, das erste, was der Professor in der Zeitung nachschaut, ist immer der Wetterbericht: Höchsttemperatur 25,2 Grad, Tiefsttemperatur 19,3 Grad, Niederschlag 1,4 mm.

Reglos dastehen, über die eigenartige Dimension der Zeit nachdenken. Ausgerechnet als es zu dämmern anfängt und die Fenster eines Wohnhauses hell werden: Noch vor einer Minute war es Tag, und jetzt strahlen Lampen und Kerzen. Lichter, die dem müden pater familias bedeuten: Komm nach Haus, denn die Frau hat sich am Herd zu schaffen gemacht, und der Teller Nudeln steht auf dem Tisch, auch wenn der Käse dazu nicht gut aussieht; komm zu den Kindern zurück, die auf deine Knie klettern wollen, komm ins Bett deiner Ehefrau ... Obwohl du die Bedeutung eines heimischen Herdes wegen deines Vagabundenlebens nie kennengelernt hast, reagierst du doch auf dieses Zeichen, auf einmal bist du fast in Versuchung, eine dieser Treppen hinaufzusteigen, einzutreten in diese Fülle des Familienlebens, auf das die Lichter hindeuten. Wo ist jemand, der dich liebt? Ist es möglich, daß es für dich nirgendwo einen Platz gibt?

Es wird jetzt Zeit für den Professor, in sein Zimmer zurückzukehren. Dort, zwischen dem mit Papieren überladenen Tisch und dem plumpen, perkalbezogenen, roten Sofa, wird er endlich die Beziehung zu Elisabeth klären müssen, über die Art und Weise nachdenken, wie sie sich bisher verhalten hat. Oder über seine eigenen Versäumnisse. Denn alles ist wieder in Frage gestellt worden durch das, was Elisabeth ihm heute beim Mittagessen gesagt hat: Und die erneuten Vorwürfe seiner Schwester haben dem Professor überhaupt nicht gefallen. Es sei höchste Zeit, mit dieser Geschichte aus Orta Schluß zu machen: Schon vor einer Weile habe er zugegeben, daß sie eine heilige Pflicht erfüllt, wenn sie ihm gewisse Hintergründe aufdeckt; doch jetzt müsse er wirklich damit aufhören ... «Du weißt noch immer nicht, wie es wirklich gewesen ist», hat das «Lama» ihn angeschrien. Und da hat der Professor Angst bekommen. Ja, er weiß es nicht. Niemals hat er etwas gewußt. So wie Elisabeth vor ihm stand, erschien sie wie ein wildes Tier. Er hat einen Schritt nach hinten gemacht, sich auf den Sessel fallen lassen, zitternd vor Scham und Wut darüber, daß die Schwester sich in seine Privatangelegenheiten einmischt. Eine Angewohnheit, die das «Lama» immer schon hatte: Als Mädchen trat sie in sein Zimmer, ohne anzuklopfen.

Doch jetzt muß Klarheit geschaffen werden. Obgleich er eigentlich immer, wenn Elisabeth in seiner Nähe ist, in Verwirrung gerät, schreibt der Professor seine derzeitige Betroffenheit auch dem Billett zu, das nach einem Jahr zufällig wieder aufgetaucht ist: Das lastende Schuldgefühl, weil er die Ereignisse von Orta zu verdrängen versucht hat, ist dank des Billetts der subtileren Bedrohung der Erinnerung gewichen. Damit hat es seiner Sorge die Gestalt eines Rätsels gegeben: Kann es denn wirklich sein, daß in Orta die Liebe aufblühte?

In einer kleinen dunklen Straße versteckt sich die anbrechende Nacht im halbgeschlossenen Auge einer schwarzen Katze, die unbeweglich auf einer Schwelle liegt. Die Gasse hat sich völlig geleert und sieht jetzt so traurig und still aus, daß sie kein Ort mehr für Passanten aus Fleisch und Blut zu sein scheint, sondern nur noch für böse Luftgeister gemacht, die dir mit teuflischen Stimmen ins Ohr raunen: morgen, morgen … Und schon erwachen wieder die gewohnten, kaum zu bezwingenden Ängste.

Über der Piazza Barberini der niedrige Flug der Schwalben, ein durchdringendes Kreischen, dessen Lautstärke bei jeder Kehre wechselt.

## ZWEI

*Wieder ist es Nacht, in den Ecken des Zimmers lauert un-
durchdringlich dichte Dunkelheit, das listige Summen des Todes,
der sich in diesem Haus eingenistet hat.*

*In dem kleinen Lichtkreis, den die Nachttischlampe auf die
schwere Bettdecke wirft, schickt die Frau sich an, zu Bett zu gehen. Wer ihr beim Auskleiden zusähe, würde sie fast nicht wiedererkennen: als ob sie mit den Kleidern auch den Glauben an ihre
eigene Kraft ablegte, den sie während des Tages ins Gesicht gemei-
ßelt trägt, in der harten Falte der Lippen und der Aggressivität
ihrer komplizierten Mannweib-Frisur. Der Kummer gräbt ihr
noch tiefere Falten. Ach, so viele Sorgen ... Und damit nicht genug,
erlaubt sich dieser Klugscheißer von Sekretär heute doch, mir
mitzuteilen, daß aus den Mappen von 1882 Briefe verschwunden
sind, die er schon in der früheren Neuanordnung katalogisiert
hatte; außerdem fehlen seiner Meinung nach Fotografien. Seiner
Meinung nach? Wer hat ihn denn je danach gefragt? Ich bin es
doch, die bezahlt, ich, die hier kommandiert ... Aber man kann
sich ja wirklich auf niemanden mehr verlassen.*

*Sie holt einen Umschlag aus der Tasche des Morgenrocks, legt
ihn auf den Nachttisch. Dann wickelt sie sich den Schal um die
Schultern und schlüpft unter die Decken, um die Bibel aufzu-
schlagen. Doch plötzlich nimmt sie die Lesebrille ab und schärft*

*die Augen, als hätte sie das Gefühl beschlichen, dort hinten in den dunklen Ecken des Zimmers atme ein fremdes Wesen. Das Weiß der Gardinen an den Fenstern rührt sich nicht.*

*Man muß diesem Dummkopf klarmachen, daß ich es bin, die entscheidet, was aufbewahrt werden soll und was nicht. Ich weiß alles über dieses Jahr. Ich bin diesem kleinen Juden, der ein so affektiertes Benehmen hatte und auch körperlich entartet war, entgegengetreten und habe ihn vor aller Augen disqualifiziert, vernichtet. Ich habe diesem Weib die Stirn geboten und sie angeschrien: «Ich werde nicht zulassen, daß der Ruf meiner Familie in den Schmutz gezogen wird!» Ich mußte meinen Bruder vor aller Welt entschuldigen, wie einen armen Betrogenen, der Mitleid verdient, der die Nerven verloren hatte und seine Verbitterung verbergen wollte, indem er anderen ins Gesicht spuckte. Denn die Kämpfe des Lebens trägt man mit schlau angelegten Biographien aus, da gewinnt immer der, der am dicksten aufträgt... oh ja, schwere Artillerie braucht es da; und dennoch gibt es Situationen, wo eine Korrektur, ein Vertuschen genau den erforderlichen Kontrapunkt setzt; und wenn einer kein Ohr für diese Musik hat und lieber knurrt, ist es besser, er hält sich fern davon.*

*Die Frau hört die Stimme des kranken Bruders, der oben in seinem Zimmer mit sich selber spricht. Er ist ihr Kreuz, wie sie den Besuchern zu sagen pflegt, die kommen, um Neues über ihn zu erfahren; und in gewisser Weise stimmt das: Dieser Mann, der hinter der Wand aus Holz seine unverständliche Litanei aus verstümmelten Sätzen rezitiert, ist der Kadaver ihrer Familie und ihrer Geschichte.*

*Sie vernimmt Worte, deren Sinn nicht zu entschlüsseln ist, denn sie sind nur Ton: Gewalt, Wut, Verzweiflung. Die Frau ver-*

sucht, sich auf die aufgeschlagene Seite zu konzentrieren, doch obwohl ihre Augen Zeile für Zeile über die Seite wandern, dringt die Bedeutung der Sätze nicht zu ihr vor. Lesen ist unmöglich. Sie schließt die Bibel, nachdem sie den Umschlag als Lesezeichen hineingelegt hat.

Aufseufzend löscht sie das Licht. Wenn er mich doch wenigstens schlafen ließe, murmelt sie vor sich hin. In der völligen Dunkelheit hallt das Klagen des Kranken jedoch noch stärker durchs Haus, so daß ihr scheint, als vibrierten die Gegenstände im Zimmer alle davon und als zeichnete sich das vom angestrengten Schreien entstellte Gesicht des Bruders wie eine teuflische Fratze an der gegenüberliegenden Wand ab. Fast meint sie, einen widerwärtigen Geruch nach Pisse, nach Unrat in der Nase zu haben, denn diese Kanaille tut das ja absichtlich, daß er sich in die Hosen macht ... Nein und nochmals nein, sie wird nicht aufstehen. Soll er doch heulen, soll er am Brüllen ersticken; hat er sich nicht im Grunde sein ganzes Leben lang von den anderen absondern wollen? Dann mag er jetzt die Einsamkeit genießen, die er immer gesucht hat.

Wenn Fritz wenigstens bald sterben würde.

## Unter den Philistern

*Nizza, Februar 1887*
*Abend*

**Tristan**
Krachend hört' ich
hinter mir
schon des Todes
Tor sich schließen ...
*Tristan und Isolde*
*Dritter Aufzug, erste Szene*


Als er nach dem Spaziergang am Hafen im Hotelzimmer angekommen ist, fühlt sich der Professor hochgradig erregt vor nervöser Erschöpfung. Eine Welle eiskalten Schweißes überläuft seinen Körper und füllt seine Beine mit Blei. Er schwankt und hält sich am Tisch fest, ihm ist, als müsse er gleich ohnmächtig werden.

Dieser Kopfschmerz raubt ihm seine ganze Persönlichkeit, läßt seinen Nacken steif werden. Schnell, den Kopf zwischen feuchte Wickel; die Glut, die ihm das Gehirn weichkocht, mit Wasser eindämmen ... Es wird nichts Schlimmes sein, der Wind vielleicht. Seltsam, die milde Wärme in Nizza, dieser erste Hauch des Frühlings, tut ihm normalerweise gut. Doch heute wehte der Schirokko, wenngleich nur schwach. Ein Wetter wie in Orta ... Doch was dir vor allem Schwindelgefühle verursacht hat, war das Geschrei der Menge, das Spektakel der am Karneval krankenden Altstadt: Ausbrüche lautstarker Ausgelassenheit sind dir immer unangenehm.

Du weißt nicht mehr, wo du die kleine Geschichte gelesen hast, wie sich Heraklit, um zu genesen oder aus Wut oder um der Welt Gottweißwas zu beweisen, im Mist begraben ließ. Bis zum Kinn, entsetzlich ... Das häßliche und bemitleidenswerte Bild des Dunklen, der im Kot eines Dunghaufens versinkt, taucht stumm, aus weiter Ferne vor dir auf; denn manchmal müssen die Gedanken sich mühsam einen Weg bahnen, bevor sie unsere Aufmerksamkeit erregen. Um so mehr bei dir, da jeder Erschöpfungszustand dich in die dunklen Jahre der Kindheit zurückbringt, als die Krankheit sich bei dir zu Hause einnistete, in der Zeit, als dein Vater über lange Zeit im Sterben lag. Immer noch hast du diesen Arzneimittelgeruch in der Nase, der durch die dunklen Flure zog, bis in dein verschlossenes Zimmer unter die hochgezogene Bettdecke, unter der du dich verstecktest, um ihn nicht zu riechen, bis hinein in das feuchte Dunkel zwischen den Schenkeln. Und mit diesem Geruch verbindest du das Bild Hiobs, der auf einen Berg aus Schlamm und Fäulnis geworfen wird, während der Himmel Graupel auf ihn niederregnen läßt und er sich an der Grausamkeit des Schmerzes berauscht; und dabei fällt dir auch jenes Sprichwort ein, das dir viele Male gesagt wurde: Ein guter Amboß fürchtet keinen Hammer. Unsinn! Du warst klein, aber nicht klein genug, um nicht schon zu wissen, daß bestimmte mit Krankheit verbundene Gefühle dich für immer begleiten würden, da konntest du noch so viele Fluchten ersinnen: Hat man sie einmal erfahren, bleiben sie bis in alle Ewigkeit: Du kannst gehen, wohin du willst, mein Lieber, sie werden immer mit dir sein. Strafe und Schweigen ... Nein, der

Mensch ist kein gelehrsames oder politisches Wesen, wie die Philosophen jahrhundertelang getönt haben; sondern im Grunde nur ein Lebewesen, das erfahren hat, was Krankheit bedeutet.

Das Spitzendeckchen aus roter Wolle auf der dickbäuchigen Kommode, das Fischgrätmuster des mit Bohnerwachs gewienerten Parketts, das Fenster auf die Straßen Nizzas, wie eine Theaterloge. Unbegreiflicherweise kehrt die Ruhe zurück.

Das große Bett mit dem Messinggestell schüchtert den Professor fast ein wenig ein, doch er wirft sich trotzdem darauf. Er muß an all die kalten, sterilen Betten denken, in denen niemals etwas geschehen ist, er hat darin nur geschlafen oder sich krank hin und her gewälzt, ein ermattetes Gewicht hineingedrückt wie ein Toter auf dem Katafalk. Er lauscht den unterdrückten Geräuschen in der Pension: gedämpfte Schritte über die Flurteppiche, Türen, die sich vorsichtig öffnen, das Schlagen einer Uhr.

Jetzt wäre es angenehm, in ein lauwarmes Bad zu tauchen, sanft und weich zu werden wie in einer Umarmung, deren köstliche Sinnlichkeit man genießt. In seinem Kopf, dem einzigen Körperteil, der aus diesem phantastischen Wasserbett herausragen dürfte, wachsen langsam fleischige Rosen mit wollüstigen Blütenblättern, von einer erregten Einbildungskraft unregelmäßig gezeichnet... Schade, daß er nur diese beiden ungenügenden Kinderhände hat, um den Schmerz des Verlangens zu stillen. Doch unterdessen steigern sich die Phantasien und beginnen zu kreisen: Es ist der Strudel der Vorwürfe in Isoldes Sopran – «Wüßtest du nicht, was ich begehre ...?» –, der um den Professor säuselt, sich ausdehnt und schließlich in einem Schwall explodiert: Frage, Zündschnur,

46

Verdammung. Oh, wenn doch Schluß wäre mit dieser Stimme, die ihm in die Ohren zischt. Erbarmen, Erbarmen.

Du wolltest dich zärtlichen Empfindungen hingeben, dich in einer Einsiedelei aus Träumen verlieren; aber die Erinnerungen sind wie Krätze auf der Haut, wenn man sich kratzt, scheint es Erleichterung zu bringen, doch das Jucken bleibt, ja, es wird noch schlimmer. Gewisse Ereignisse der Vergangenheit brechen auf, erzeugen quälende Krämpfe wie ein Nessusgewand, das die Haut verbrennt, du erstickst an ihnen, zermürbst dich, verlierst den Verstand: Es ist die Seele, die das Fleisch spürt und das Fleisch die Kette.

Schlagartig in dieses gewöhnliche Hotelzimmer zurückversetzt, hörst du, wie ein heftiger Windstoß durch die Vorhänge geht, der die Ringe an ihrer Holzstange gegeneinanderklappern läßt, ein unangenehmes Geräusch wie von Knöchelchen.

Stocksteif wartest du darauf, daß die Migräne heraufzieht. Im Moment empfindest du noch keinen richtigen Schmerz, nur einen Anflug: Eher ist es die Angst vor den Kopfschmerzen, wenngleich so lebhaft, daß sie einen Moment lang von einem wirklichen Leiden nicht zu unterscheiden ist. Ein Riß, der von Minute zu Minute tiefer zu werden droht. Und doch versuchst du dich vom Gegenteil zu überzeugen, es ist alles in Ordnung, nein, die Wände des Zimmers schwanken nicht ... Endlich aber gibst du der Angst nach und bereitest dir eine reichliche Dosis Opium zu: Wichtig ist vor allem, daß die Stimmen aufhören, daß du so bald wie möglich wieder zu dir kommst und die Vernunft an ihren Platz zurückkehrt; daß du im Vollbesitz deiner geistigen Fähigkeiten bist.

Eine Stunde ist vergangen. Die Pendeluhr in der Pension de Genève schlägt acht. Die Bühne des Theaters im Kopf schließt. Jetzt ist keine Zeit mehr für Ängste. Es ist kein Platz mehr dafür da.

Du wirst zum Abendessen in das Restaurant gegenüber gehen. Wasch dir das Gesicht. Trockne dich ab. Erinnerst du dich, wie hilflos du dich fühltest, an jenem Abend nach deiner Ankunft in Orta, nachdem Lou am Nachmittag dieses geheimnisvolle Billett für dich hinterlassen hatte? Ein Kloß saß dir im Magen. Damals hattest du freilich einen Grund: Es war die Erwartung der Liebe. «Wie das Pferd, das zu laufen sich sträubt, wenn es im hohen Alter zwischen schnellen Wagen auf die Kampfbahn zurückkehrt ...», großartige Sappho, die diese Art Herzklopfen gut kannte.

Stimmengebrodel und ein starker Geruch nach Gewürzen schlagen dir im Eingang des Restaurants entgegen. Schräge Wandspiegel, mit Girlanden bekränzte Säulen, der maître, der sich mit geschmeidigen Bewegungen zwischen den Tischen bewegt, mit der Serviette spielend, die über dem Ärmel seiner schwarzen Frackjacke hängt. Beeile dich, such dir schnell einen Platz aus. So viele Menschen: ach ja, es ist Karneval. Außen blank und innen Stank, du aber versuch wenigstens, keine Aufmerksamkeit zu erregen ... Du erinnerst dich, daß du beim Betreten des Speisesaals des Hotels in Orta deine Freunde schon dort sitzen sahst, zusammen mit einigen Landsleuten, die sie am selben Nachmittag kennengelernt hatten; alle saßen zum See hin gewandt, der langsam dunkler wurde. Nun kommt dir ein eigenartiger Gedanke, daß die Welt nämlich genau das ist: eine Menschenmenge, die dir den Rücken zukehrt, woanders hinschaut und dich nicht beachtet...

In dieser Ecke des Speisesaals gibt es Deckenmalereien, dunkel vom Rauch, mit großen Feuchtigkeitsflecken. An deinem Nebentisch sitzen zwei Deutsche in mittleren Jahren und ein in exzentrisches Weiß gekleideter Amerikaner, der süße Zigaretten raucht.

Also gut, ergeben wir uns: auf, unter die Herde gemischt und gepflegte Konversation gemacht. Über das Personal. Über gedeckte Tische, über die guten Schweizer Hotels. Über den jüngsten Fall von Wassersucht, der heute in der Zeitung steht. Und daß früher alles in Ordnung war und heute dagegen. Los, singen wir die Passionsgeschichte, daß uns der Speichel vom Munde trieft.

Ein junges Mädchen erscheint, eine Französin, sie ist kostümiert. Sie setzt sich neben den Amerikaner, der sie den anderen als seine Verlobte vorstellt; sie dürfte etwa dreißig Jahre jünger sein als er. Sieh dir das an, unter welch mädchenhaftem Erröten sie ihn anlächelt und dabei auf seinen Mund starrt, sicher nicht, um die Bedeutung seines Geredes zu verstehen, sondern einfach in Erwartung seiner Hitze. Und wie sie ihn küssen, welche Worte sie ihm wohl ins Ohr flüstern wird... Der Professor muß an seine eigenen Lippen denken: zu blaß und schüchtern, fast leblos, hat Lou ihm einmal gesagt... Alle sprechen deinem Empfinden nach mit zu lauter Stimme, diese tierische Brut, die gierig nach Neuigkeiten und Vorspeisen pickt, sie grinsen, weil sie zufrieden sind mit ihrer Auswahl aus der Speisekarte oder mit Gott weiß was, aber sie sehen dich nicht an, ach, Eiseskälte liegt in ihrem Lachen, sie bemerken es nicht, daß du ihnen zuhörst. Ein wenig aufgelöst vom Wein – wie unangenehm das Gaslicht in diesem Saal ist –, siehst du Lou vor dir, wie sie sich langsam die Handschuhe aus grauem Wildleder auszieht. Bei der Schamlosigkeit dieser Erinnerung – so nackte und weiße Hände – möchtest du fast die Augen senken, so schüchtern dich deine eigenen Gedanken ein. Und die Stimmen im Kopf, verflucht, kommen zurück; der Riß tut sich von neuem auf ... Was haben sie euch da aufgetischt? Einen geschmacklosen Braten, als Beilage mittelmäßige Karotten, einen Rotwein, der ein bißchen zu schwer ist, zum Glück hat der Kellner ja gesagt, es sei ein anständiger Wein. Doch du wirst dich nicht in diesem preußisch-französischen Gemisch anbiedern, du willst dich bei niemandem einschmeicheln. An Lou wirst du denken, die an jenem Abend in Orta nur Augen für andere hatte; wie dieses dunkelhaarige Persönchen mit der Maske, das dich nicht ansieht, sondern bloß auf die kaum verhüllten, phallischen Anspielungen achtgibt, die der Amerikaner ihr zuwirft; glücklich wie all diese Menschen, Herrin über ihre Zukunft, nachsichtig gegenüber den Sünden der Vergangenheit, voll Vertrauen in die Gegenwart ... Es ist, als ob sich mir das Gehirn verklebt, eine Konversation bei Tisch legt immer Vogelleim für Leute wie mich aus, andererseits würde der gesunde Menschenverstand zu der goldenen Regel raten, sich nicht aufzuregen, denn es ist wirklich nicht der Mühe wert: laissez-faire, laissez-passer, wen kümmert denn dieses weinblattumrankte, beerenbehängte, vergnügungssüchtige Volk, sich gehen lassen, nicht zuhören, nicht in das Ochsengesicht dieses Menschen sehen, der dir gegenübersitzt, diese grellen Lichter, beleidigende Achselgerüche, weingeschwängerter Atem, sich gehenlassen, diese vulgären Gesichter, sich vollkommen fallenlassen, das ist der Schlüssel für den inneren Frieden, schließlich ist ja Karneval. Bitte, Fritz, verbirg deinen notorisch übertriebenen Zorn dieses eine Mal, sei ein bißchen nachsichtig mit diesen Geschöpfen und ihrer dümmlichen Zunge, es sind Leute, die Gedichte erblühen lassen möchten, wenn sie vor einem Tischtuch sitzen, und doch nur Albernheiten auskotzen können ... Hättest du das allerdings vorher gewußt, daß dir heute abend nichts schmecken will: die Fleischbrühe fade, der Braten zu faserig. Bemüh dich, langsam zu kauen, mit Bedacht, so wie man ein Abführmittel aus Jalape herunterschluckt. Du hast es eilig, wieder allein zu sein, auch um zu leiden, braucht man Ruhe,

denn Lou hatte an jenem Abend nur Augen für die anderen.

Die beiden Deutschen haben in ihrem Gespräch die Oper von Wagner ins Spiel gebracht, blablabla, das ist nun doch eine alte Krankheit, die deinen Zorn immer noch auflodern läßt. Einen Augenblick lang verspürst du Lust, dich in Hitze zu reden. Doch welchen Sinn hätte es, von der Aufführung des *Parsifal* zu sprechen, die du vor ein paar Tagen in Monte Carlo gehört hast? Diesen Virtuosen des Lärms, die ein Grunzen defäkieren, wirst du es nicht erzählen. Schließ die Augen, sich gehenlassen, dieser Amerikaner mit den über die Glatze geklebten Haaren, du mußt dem Kellner sagen, daß du noch Wein willst,

denn Lou hatte an jenem Abend nur Augen für die anderen.

Von der Aufführung hast du in dem Brief gesprochen, den du gerade an deinen Freund in Venedig geschrieben hast. «Ich habe einen kleinen Abstecher nach Monte Carlo gemacht», hast du geschrieben; du nimmst dir vor, diesen Satz zu streichen: Er klingt, als wollte sich jemand für etwas entschuldigen, dessen er sich schämt. Dieses Vorspiel des *Parsifal* hat dir indessen außerordentlich gut gefallen: melancholisch – das Zittern eines Schleiers, das Grollen eines fernen Donners, der uns auf schwindelerregende, sternenweite Abgründe zustürzen läßt –, wie ein liebender Blick ... Nein, mit dieser ungezügelten Karnevalsgesellschaft wirst du nicht darüber sprechen, diesem Milieu voll lasterhafter Anspielungen, bestehend aus Rauch, zweifelhafter Unterwäsche, billigem Parfüm. Du wirst dich nicht gemein machen mit dem Feuerwerk dieser Lachsalven, mit diesen Schwätzern, die sich als Philosophen aufspielen. Du wirst schweigend dabeisitzen, so wird deine Seele sich vor ihnen erheben, unbefleckt,

denn Lou hatte an jenem Abend nur Augen für die anderen.

Wie mich diese Münder anekeln, die sich bewegen, ohne die Gesichter, zu denen sie gehören, im mindesten ausdrucksvoller zu machen; träge, mißtrauische Kleingemüter mit einem äffischen Vaterunser im Mund; man könnte wahrhaftig sagen: Masken, auf denen Jahrtausende der Lüge lasten, durch eine rußige moralische Brille betrachtet ... Sie belästigen mich, man möchte, daß ich mich hinzugeselle. Nein, nicht ich, der ich das Licht unter dem Scheffel bin. Ich werde ihnen keinen Schritt entgegenkommen. Wenn sie doch alle krepieren könnten, dieses Gesindel, wenn sie doch hinter ihrem Rücken krachend die Türen der Nacht zuschlagen hörten, diese Philister aus stinkender Scheiße. Toleranz, Ursprung allen Übels ... Daß die teuflischen Furien ihnen den Kopf in glühenden Sand bohrten, daß das Gewürm ihrer rülpsenden Mägen in die Waagschale geworfen würde.

«Ist etwas nicht in Ordnung?» fragt dich der Deutsche, der

neben dir sitzt; auf dem Kopf eine gelbgrüne Mütze, die aussieht wie ein Stück Roquefort. Da sieht man es: Der Pöbel, der dir mit seinem grellen Gelächter in den Ohren dröhnt, lästig wie schweres Reisegepäck, wird als normales Ereignis angesehen, während dein Ernst ein Zeichen von Wunderlichkeit ist ... Du erträgst ihn nicht mehr, diesen Zwang, sich fröhlich geben zu müssen, dich deiner Seele zu entleeren, jedes Wort abzuwägen, dich einem Lärm anzupassen, der bloße Erscheinung ist; die gewichtigeren Dinge sind nicht so geräuschvoll,

denn Lou hatte an jenem Abend nur Augen für die anderen.

Und da wirken die Stimmen und das Gelächter auf einmal gedämpfter, und Lou kommt aus der Tiefe der Erinnerungen zu dir. Du kannst ihre Gestalt nicht genau erkennen, doch du siehst das Licht, das sie umgibt, fast als ob ihre Seele sich dir zeigte. Du kneifst bestürzt die Augen zusammen, denn ihr zerstreutes Lächeln unterstreicht die unüberwindliche Entfernung, die ihre Welt von der deinen trennt. Genau wie bei jenem Abendessen im Hotel von Orta.

Du fühlst, wie eine Mauer aus Schmerzen deine Seele mit einem Gewicht beschwert, das hundertmal schwerer wiegt als die menschliche Bösartigkeit, aber du findest keine Worte, um es auszusprechen.

Du siehst dich und sie wieder, wie ihr euch gegenübersteht, ihr sprecht ohne Worte

«Warum sprechen Sie nicht?»

«Ich weiß nicht.»

«Wollen Sie nichts essen?»

«Ich weiß nicht.»

«Haben Sie keinen Hunger?»

«Ich weiß nicht.»

Ihr hattet noch einen Tag vor euch, den ihr zusammen ver-
bringen würdet, einen Spaziergang auf den Sacro Monte, bei
dem noch alles zu gewinnen war, verflucht ... Liebste Freundin,
die du dir meine Verschlossenheit nicht erklären konntest,
warum hast du mir an jenem Abend nicht nachdrücklicher
Vorhaltungen gemacht und mich offen gefragt: Professor,
habe ich etwas getan, was Ihnen mißfallen hat? ... Zu Beginn
des Abends in Orta lächelte Lou ohne Grund; aus ihren Mäd-
chenzähnen strahlte die Sicherheit. Ohne daß sie etwas verlangt hätte, lag in ihren Augen die alte, unerklärliche Selbstge-
wißheit jener Frauen, die wissen, daß sie das Recht haben zu
bekommen, was sie wünschen. Ich aber bin stumm geblieben, mürrisch, ich soll verdammt sein, wenn ich weiß, warum ... Ich erinnere mich daran, daß Paul, weil ich mich ganz
offensichtlich nur aus einer mißmutigen Stimmung heraus
verweigerte, wohlwollend wie eine günstige Fügung einschritt
und im Gespräch mit Lou meine Stelle einnahm. Von dem
Moment an beachtete sie mich nicht mehr. Und ich litt wie
ein Hund, denn ich erkannte, daß das, was ich für diese Frau
empfand, nicht nur Begehren, sondern Liebe war – oh ja –,
eine Liebe, deren erschütternde Gewißheit mich lähmte ... An
diesem Abend habe ich mich abgewiesen gefühlt, denn ich
begriff, daß es nicht sein durfte, weil du so jung warst und ich
ein lächerlicher Alter ohne irgendein Anrecht auf die Poesie
der Gefühle; du warst schön, ich dagegen ... Als ob ich ins
Dunkel zurückgefallen wäre, habe ich dich zitternd von dort
betrachtet, das Innerste nach außen gekehrt, deinem Urteil
ausgesetzt. Das Nichts, das ich war, ließ sich mit den Händen
greifen. Panikgefühle überfluteten mich, wie in der Kindheit,
wenn sie mich mit Schweigen bestraften, mich ausschlossen:

Bei Tisch verhielt sich meine Schwester, als wäre ich Luft, saß neben mir, ohne das Wort an mich zu richten; ging an mir vorbei, als sei ich unsichtbar; löschte mich mit ihrer Stummheit aus ... Strafe, das Wort, das sich hinter all meinen Handlungen verbirgt; quälend wie die Erbse, die einen selbst dann nicht schlafen läßt, wenn man sie mit zwanzig übereinandergelegten Matratzen bedeckt.

Wie ein Schlag trifft dich dieser furchtbare Gedanke: Niemand hat dich je wirklich kennengelernt. Du bist für die anderen immer nur ein zitternder Schatten gewesen. Vielleicht wirst du sterben, ohne daß irgend jemand gesehen hätte, wie du wirklich bist.

Ach, deine Kindheit hat dir das Schweigen wie eine Erbschaft hinterlassen, die es dir unmöglich gemacht hat, dich einem anderen Menschen hinzugeben, dich demütig von einer freundlichen Hand berühren zu lassen. Und so lebst du noch heute in diesem Niemandsland, wo du nie etwas anderem als deiner eigenen Stimme begegnest. Ein Exzentriker, genau das bist du für deine Umgebung; einer, der sich allen Einordnungen entzieht, so daß man ihn lieber argwöhnisch meidet.

Sicher wäre eine ungeheure Kraft vonnöten, um diese Vergangenheit abzuschütteln, die dich unbarmherzig umgibt, ein sehr viel größerer Mut als der, den man in Situationen der Gefahr für Leib und Leben braucht. Doch dazu taugst du nicht: Zuletzt tappst du immer wieder in die Fallen, die dir die Vergangenheit aufstellt, unauslöschlich die Erinnerung an den Schauder bei manchen strengen Blicken Elisabeths, die dich tagelang verfolgten; als könnte die Schwester immer noch, ohne anzuklopfen, in dein Zimmer hereinplatzen und dich nackt auf dem Bett entdecken, ohne daß du die Möglichkeit hast, dir etwas überzuwerfen.

Sie haben die Tische beiseite gerückt und zu tanzen begonnen. Geschickt drehen sich die Frauen auf ihren hohen Absätzen. Schmale Taillen, die du mit zwei Händen umspannen könntest; du spürst die Nähe dieser imponierend selbstgefälligen Körper, die zweifellos reif sind für jeden Wunsch. Woran liegt es nur, daß die einfache Geste, mit der sie einen Zipfel des Rocks anheben, um beim Tanzen nicht zu stolpern, solch eine unerträgliche Sinnlichkeit besitzt?

Die kleine Verlobte des Amerikaners spielt gedankenverloren mit ihrer Perlenkette. Es fehlt nur noch, daß der Faden jetzt reißt und wir alle gezwungen wären, in die Knie zu gehen und unter die Tische oder zwischen die Beine der Tanzenden zu kriechen, um, fortwährend um Entschuldigung bittend, nach Perlen zu suchen.

Dir scheint, als ob die Zügellosigkeit der außer Rand und Band geratenen Meute alle im Saal angesteckt hat. Um so schlimmer für dich, du hättest wissen müssen, daß ein Abend im Karneval besonders ungeeignet ist, um dich unter das Volk zu mischen. Wie konntest du das bloß vergessen? ... Die Empörung ist alt, dieses Gefühl, das du jetzt in dir aufsteigen spürst. In Leuten dieses Schlages steckt etwas Verabscheuungswürdiges, sie tragen das Brandmal gemeiner Dummheit: Die einen besitzen wohlmeinende Überzeugungen, andere versprechen das Blaue vom Himmel herunter, eine dritte Gruppe steht über diesen Dingen, eine vierte, fünfte, zweihundertfünfzigste sprüht Funken, weil sie auf einem Berg ordinären Zasters sitzt; und in Elisabeth treffen sie alle zusammen, sie wäre sofort bereit, an der Spitze all derer zu marschieren, die jeden vernichten möchten, der sich, wie du, nicht anpaßt und ins gleiche Horn bläst wie sie.

Diesem groben, liederlichen Volk zurufen können: Erzittert, Philister! und alle zusammenfahren sehen. Die Peitsche schwingen, schreien: Auf die Knie, Abschaum! Kriecht im Staub vor mir, Würmer!

Und sie weichen widerstrebend zurück – die grünen Champagnerflaschen warten weiter darauf, entkorkt zu werden, kreisrund geweitete Augen blicken erstaunt und verständnislos ... Was ist denn mit dem los? Was geht hier vor? Warum auf einmal? War er nicht bis vor einem Augenblick noch ein kränkelnder und geistesabwesender Professor? Hatte er nicht ganz verhangene Augen? Warum führt er sich jetzt wie ein Verrückter auf?

Und ich: Ihr erbärmliches Gesindel! Ihr wolltet mich kleinkriegen, fast wäre es euch gelungen; denn Menschen wie mir, die zu empfindliche Nerven und ein Hirn voll böser Blitze haben, brecht ihr gern das Rückgrat, die stoßt ihr mit Vergnügen in die Schlangengrube der Skandale, die zertrümmert ihr mit Lust, nur weil sie nicht wie ihr die Frechheit besessen haben, sich eine Frau zu nehmen. Doch jetzt hat der Spaß ein Ende!

Und erstaunt heben sie ihren Schweinsrüssel von dem Knochen, den sie auf ihrem vergoldeten Teller abgenagt haben; deine Schwester verschüttet vor Schreck den Wein, mit dem sie soeben anstoßen wollte, die Zähne fletschend, sagt sie mit spöttischem Unterton: Fritz, was fällt dir ein? Da sitzen wir hier ganz friedlich und kümmern uns um unsere eigenen Angelegenheiten ...

Oh, die Sibylle hat gespuckt! Doch ich bin taub für ihre Entschuldigungen und Bitten, ich blicke sie höhnisch an: Auf die Knie, Elisabeth!, denn ich habe es satt, dich vom Katheder herab predigen zu hören. Es nützt dir überhaupt nichts, daß du mir schöntust mit deinem Schmollmündchen, du kriegst mich nicht. Was meinst du, welche Lust das ist, dich böse anblicken zu können, du Hexe, denn nachdem du mich endlich so weit hattest, die Beziehung zu Paul und Lou abzubrechen, hast du mir vorgegaukelt, mir nah sein zu wollen, dich in jenem Sommer abends an mein Bett gesetzt und versucht, mir meine intimsten Geheimnisse zu entlocken: Du weißt doch, daß du mir alles sagen kannst, nicht wahr? ... Auf die Knie!, weiß wie ein gebleichtes Bettlaken will ich dich sehen, deinen nach Entsetzen und Angst stinkenden Unterrock riechen, diese albernen, anmaßenden Prachtsäulen auf dich stürzen lassen. Ich, der Samson der Leere. Ich, der große Schmierenkomödiant. Ich, der Weise. Die Stimme, die in der Wüste ruft. Der Begründer der neuen Moral. Ecce homo.

Hast du laut gesprochen? Es muß eine Halluzination gewesen sein. Vielleicht sind ja auch dieser Speisesaal, diese kreischenden Menschen nur eine deiner lästigen Phantasien. Wahrscheinlich ist das ganze Universum eine solche und du selbst mehr als alles andere. Genug, um Himmels willen. Du hast heute abend sicher zuviel Opium genommen, daß du so außer Fassung gerätst.

Trotzdem bist du schlagartig ruhig, fast wärst du bereit, mit Lou zu sprechen; jetzt – das wurde dir vorhin klar, als du an die Aufführung des *Parsifal* zurückdachtest – da du den Wunsch verspürst, einige Erinnerungen zurückzugewinnen, dich über ihre fernen Schatten zu beugen und jene stummen Gespräche fortzusetzen, in denen wir den geliebten Menschen, die nicht mehr sind, verspätet die Antworten gönnen, die wir ihnen damals, als sie noch lebten, verweigert haben.

Seit endlos langer Zeit schon schweige ich. Ich höre den Klang deiner Stimme, liebe Freundin, gerade so, als wärst du hier. Welch eine sinnlose Liebkosung. Mir schwirrt die Liebeserklärung durch den Kopf, die ich damals machen wollte. Zumindest glaube ich, daß es sich damals so verhielt, ich kann mich kaum mehr erinnern, entschuldige bitte.

Doch war ich es, der an jenem Abend nicht sprechen wollte, ich gebe es zu. Zwischen diesem Moment und dem Spaziergang auf den Sacro Monte verging ein Tag. Ein einziger Tag. Das Fatum hat mir wahrhaftig wenig Zeit gegönnt.

*Ein Echo aus vielen Sätzen, in dem man umhergehen kann wie in einem dichten Geschichtenwald. Denn das Leben anderer zu schreiben ist fast so, als erzählte man einen Traum: Ich erfinde nichts, ich rekonstruiere, brauche höchstens etwas Intuition; ich lasse mitfühlende Finger aus Worten über das zarte Gespinst der Ereignisse fahren, auf die die Fotografien anspielen, und dort, wo es zerrissen ist, muß jede Leerstelle des Rätsels dasjenige passende Stück erhalten, das die richtige Nuance besitzt – ein schneidender Blick, ein Handschuh, der auf einer Anrichte liegenblieb –, bis ein vollständiges Bild entstanden ist. Und wenn das Einfühlungsvermögen durch die fortwährende Anstrengung ausgelaugt ist, bleibt mir nichts anderes übrig, als mich von dem Roman zu lösen, den kleinen schwarzen pulsierenden Strich auf dem Bildschirm zu verlassen und nach draußen zu gehen, um eine Stunde lang zwischen den nächtlichen Landungsstegen umherzuirren: zur Rechten immer den dunklen See mit seinen Schwänen, die mit nach vorn geneigten Hälsen schlafen, wie kleine, kranke Frauen, und seinen Booten, die zum Schutz vor der Feuchtigkeit mit einem Segeltuch zugedeckt sind. Wenn ich dann nach Hause zurückkomme, vernehme ich die Stimme der Fotografien wieder deutlich, vor allem die, die aus dem Bild von der Totenmaske des Professors zu mir dringt: das aschfahle, unerträgliche Antlitz des Scheiterns, verwüstet von den zwei Vertiefungen, die einmal Augen waren.*

*Mit Reißzwecken habe ich das Bild der jungen Lou daneben geheftet. Ihre Haare sind von einem hellen Lichtschein umgeben, sie blickt sehr ernst in das unergründliche Objektiv des Fotoapparates, eine Hand liegt wie schützend auf ihrem Bauch. Ich kann mir die Bewegung vorstellen, auf die sie anspielt: Finger, die etwas unterhalb der Brust konzentrische Kreise zeichnen, während sie sich fragt, was man wohl fühlt, wenn man ein Kind erwartet, und voll Haß an den unvermeidlichen Moment denkt, der allen Frauen in der Liebe bestimmt ist; wenn der eigene Körper verunreinigt ist, besudelt, verletzt ...*

*Einen Moment lang bin ich auch sie. Doch gleich darauf wecken andere Fotografien meine Aufmerksamkeit, die in einem merkwürdigen Verhältnis zueinander stehen, wo unterschiedliche Elemente hineinspielen – die widersprüchliche Beziehung des Herrschens und Beherrscht-Werdens, die Selbstkastration, der Wunsch, verschlungen zu werden, die Macht der Zeugenschaft ... Kurzum, andere Geschichten tauchen an der Tür auf; also gut: Öffnen wir, sollen sie hereinkommen.*

Nach dem Abendessen ist es im Zimmer des Professors ein wenig feucht, wie es oft vorkommt in Orten am Meer: Verflixt, er hatte das Fenster offenstehen lassen. Der Zorn von eben ist jedenfalls ganz und gar verraucht, um einer zermürbenden Schwermut zu weichen. Er kann ein so unbewohnbares Leben nicht mehr aushalten.

Wie glücklich ist er in Orta gewesen, und er war sich dessen nicht einmal bewußt. Jetzt denkt er mit einem Gefühl daran zurück, das sehr viel stärker ist als bloße Wehmut: Mit wilder Sehnsucht spürt er, wie diese Tage sich immer weiter entfernen, unwiederbringlich von seiner derzeitigen Bitterkeit verjagt.

Auf diese peinigenden Gedanken folgt die Angst: Also werde ich ewig leiden müssen? Schweigen und Strafe ... Wegen dieser Rose, die ich nicht gepflückt habe? Nicht einmal ein mildernder Umstand sei mir gewährt? Weil ich unter fürchterlichem Gelächter in Elisabeths Falle getappt bin? Manchmal ist es schwierig, sich klug zu verhalten, um so mehr als die Tatsachen, durch die Berichte des «Lamas» böswillig verzerrt, scheinbar gegen Lou sprachen. Und es hat Zeit gebraucht, bis ich den Betrug durchschaut habe ...

Auf die Angst folgt das Schuldgefühl. Es steckt etwas Verkehrtes in mir, quält sich der Professor. Wenn man bedenkt, wofür ich mich hielt ... Es ist die Krankheit, die Verderbnis, die ich in mir trage wie eine tiefsitzende, faulige Schwangerschaft. Wenn das so weitergeht, werde ich eines Tages in einer Krankenhausakte landen, gebrandmarkt mit dem Etikett des Wahnsinns, das von allen üblichen, klinisch unanfechtbaren Verfahren bestätigt wurde. Mir ist, als wüßte ich das insgeheim schon seit jeher.

Schließlich herrscht aufs neue die Angst: Ich bin ein erledigter Mensch. Ein Ex-Mensch.


Auf dem Balkon gegenüber bläht sich unterdessen ein aufgehängtes Bettlaken in der nächtlichen Brise wie ein silbernes Segel. Das Leben geht weiter, als ob nichts Besonderes geschehen wäre. Er blickt einen Moment lang auf den Morgenrock aus bordeauxroter Wolle, der über dem metallenen Kopfende des Bettes hängt. Er ist ein wenig fadenscheinig an den Ellenbogen, er sollte sich einen neuen kaufen.

Wer den Professor jetzt sehen könnte, würde weder Leiden noch Angst wahrnehmen, so wenig Ausdruck gönnt seine Strenge sich selbst gegenüber dem eigenen Gesicht.

*Guten Abend, Gute Nacht.* Du gehst zum Fenster, um die Läden zu schließen. Und auf einmal – furchtbarer Irrsinn der Erinnerungen – siehst du dich wieder, wie du an jenem Abend in Orta am Fenster deines Hotelzimmers stehst: Du betrachtest den verlassenen Platz, die Außentreppe des kleinen Rathauses direkt vor dir, das Flackern des Laternenscheins auf dem Pflaster, matte, langsame Lichter, wie weit entfernte Schläge einer Glocke. Die Welt der Dinge kann nicht sprechen, denkst du, doch offenbar rührt in manchen Momenten aus den Tiefen des Lebens eine verirrte Welle aus Liebe und Leidenschaft an uns, so wie die Seele manchmal herandrängt, bis sie uns unfreiwillig über die Lippen geht.

Du hörst das unangenehme Gepolter zweier Fensterblenden, die geschlossen werden, ein bereits nächtlicher Ton, der vom Kummer der Trennung spricht; wie die Stimme Tristans:

Krachend hört' ich
hinter mir
schon des Todes
Tor sich schließen ...

Erneut hörst du das Klatschen eines Bootes im schwarzen Wasser des Cusio; und siehst noch einmal den Mann vor dir, den du – ein paar Stunden, ein paar Jahre zuvor – aufgefordert hattest, dich nach dem Abendessen abzuholen, um mit dir eine nächtliche Rundfahrt auf dem See zu machen. Du hattest ihn fast vergessen: ein Italiener mittleren Alters, brünett und ohne Hut ... Du hast ihn dabei überrascht, wie er vor dem Hotel stand und unbewegt auf dein Fenster starrte. Als das Kind, das neben ihm wartete, dich am Fenster bemerkte, wie du in die Richtung der beiden blicktest, stieß es den Mann in die Seite, der sofort den rechten Arm hob und kurz winkte, eine Geste, die dir zweifellos bedeutete, du möchtest herunterkommen. Du hast gestaunt, daß der Fährmann so pünktlich war, und dir schnell den mit preußischblauer Seide gefütterten Überzieher angezogen.

Ein Nachtfalter flatterte unbeholfen um die gedrechselten, kleinen Säulen des Schranks. Der Schal, den du Lou im Scherz weggenommen hattest, lag auf dem Nachttisch. Bevor du die Kerze gelöscht hast und nach draußen gegangen bist, hast du ihn, wie den Nacken einer Katze, gestreichelt.

Wie kommt es, daß du dich nach all den Jahren so genau an jenen Abend erinnerst, die unbedeutendsten Einzelheiten aufzählen kannst? Vielleicht weil du dir diese Stunden in Orta viele tausend Male ins Gedächtnis gerufen hast. Zum Beispiel könntest du den Flur dieses Hotels Meter für Meter beschreiben: die geschlossenen Türen, die Türgriffe aus Messing, der Schatten der Vorhänge, die Biegung der Treppe, der staubige Geruch, der rote, an mehreren Stellen durchgewetzte Läufer. Du siehst die kurze Strecke wieder vor dir, dabei zählst du die Zimmer, um das deiner Freundin zu finden; gleichzeitig legst du dir den Satz zurecht, mit dem du ihr mitteilen willst, daß du eine nächtliche Bootsfahrt auf dem See machen willst. Nachdem du angeklopft hast, ist hinter der Tür ein Geräusch zu hören wie von etwas, das zu Boden fällt, wie das Quietschen einer Schranktür. Du räusperst dich durch das Schlüsselloch, wünschst ihr eine angenehme Nachtruhe; gerade willst du gehen, als ein leises Lachen mit tiefer Stimme, das nur von Lou stammen kann, dich auf der Stelle innehalten läßt: Der erschrockene Ton dieses unterdrückten Lachens klang irgendwie gespielt. Wenn nun jemand bei ihr war? Die Überraschung ließ dich zur Salzsäule erstarren.

In diesem jähen Aufbrechen der Zeit und der Erinnerungen siehst du dich wieder, wie du das Ohr ans Schlüsselloch legst, als dürfte dir nicht das geringste Geräusch entgehen, doch du hörst nur dein eigenes mühevolles Keuchen und Atmen mit trockenem Mund. Das glänzende Holz der Tür zeigt dir in seiner spiegelnden Tiefe das blasse Oval deines Gesichts, ein trauriger Narziß im Überzieher ... Einen Augenblick lang kommst du sogar in Versuchung, den Griff herunterzudrücken. Welch ein Skandal wäre das gewesen, sagst du dir.

Seltsame Gedanken, *nicht wahr?* Die Zeit ist in einer beunruhigenden Gegenwart zum Stillstand gekommen, und diese Gegenwart enthält alles: Orta und das, was danach kam, und diesen Karneval in Nizza und einen Moment lang das Nichts, in dem man auf einmal das Greinen eines Kindes aus einem der angrenzenden Zimmer hört.

Warum ist dir diese lächerliche und peinliche Episode mit dem Schlüsselloch und dem Kichern von Lou wieder eingefallen? Du setzt dich, den Kopf zwischen den Händen. Vor den Augen die Spuren ihrer nackten Füße auf einem sandigen Uferabschnitt des Sacro Monte in Orta, bei jenem denkwürdigen Spaziergang vor ein paar Jahren. Zierliche, leichte Frauenfüße – fast nur der Abdruck der fünf Zehen – neben dem deiner Schuhe, mit einer markanteren und tieferen Spur. Und eure Schatten, die euch wie eine Schleppe folgen, während die jungen Buchsbaumbüsche bei jeder Berührung raschelten. Und du, der du nervös zu lachen versuchst, denn du spürtest, daß die Liebesgeschichte mit ihr unmöglich war – wenn man an der Grenze der Empfindungsfähigkeit angelangt ist, weiß man, ohne es aussprechen zu müssen, daß man weiter nicht gehen kann –, du hast trotzdem versucht, dir deine Angst nicht anmerken zu lassen. Denn stumm bleiben kannst du gut: Schweigen und Strafe ... Und auch Lou lächelte, ihre Haare hatten sich aus dem Knoten gelöst und tanzten ihr ungezügelt auf den Schultern herum. Du hättest ihr gerne gesagt: Sie haben einen so heiteren Ausdruck, liebe Freundin, dann erschien dir diese Bemerkung übertrieben, und du schwiegst. Kein größerer Schmerz, als sich im Elend an die glückliche Zeit zu erinnern.

Du hast dich zum Ausgehen umgezogen, die Füße gewaschen. Auf dem niedrigen Tischchen, das aus unerfindlichen Gründen «Rauchtisch» heißt, liegt der Brief an Köselitz. Du wirst ihm von dem außerordentlich starken Eindruck berichten, den die Reise nach Monte Carlo und das Vorspiel des *Parsifal* bei dir hinterlassen haben; obwohl es schwierig sein wird zu erklären, warum du hingegangen bist, welchem heimlichen Bedürfnis du damit nachgegeben hast ... Eines ist jedoch sicher: Wagners Stück hatte etwas Erhabenes, ähnliches gibt es noch bei Dante und sonst nirgendwo. Vielleicht wird Heinrich sich fragen, wie diese Wertschätzung sich mit dem Groll vereinbaren läßt, den du immer noch gegen diesen Mann hegst. Nein, natürlich sind die schrecklichen Kränkungen, die Wagner dir angetan hat, nicht vergeben, doch, wie soll ich sagen?, sie sind ein wenig in den Hintergrund gerückt ... Schlicht und einfach vom Opium gedämpft, von dem du in letzter Zeit so stark Gebrauch machst?

Ein Schauer läuft dir über den Rücken, während du dir langsam die mageren Beine abtrocknest. Diese nassen Abreibungen haben dir jedenfalls gutgetan, fast haben sie den Nebel aus deinem Kopf vertrieben.

Du wirst dich wieder anziehen. Spuren nasser Füße auf dem Boden. Betrachtet man sie länger, sehen sie so traurig aus, daß du die Füße noch einmal neben diese Abdrücke setzt, damit sie nicht so allein sind. Doch dann bemerkst du, daß von der seltsamen Spur, die daraus entsteht, etwas Unheimliches, geradezu Monströses ausgeht ... Du solltest dich mit dieser armseligen Wahrheit abfinden: Niemand geht mehr neben dir, du bist gestorben an den widerwärtigen Beleidigungen von Wagner und Cosima, du bist gestorben an der wütenden Eifersucht deiner Schwester Elisabeth, gestorben an den abgebrochenen Freundschaften, an deiner erbärmlich gescheiterten Liebe zu Lou, am Unverständnis für deine Werke.

Und doch bist du immer noch hier; obwohl du, wenn du dich im Spiegel betrachtest, deutlich siehst, daß du nicht mehr du selbst bist. Natürlich sind da noch dieselben Augen, derselbe riesige Schnurrbart, doch du bist wie in eine andere Dimension übergegangen, jenseits des Spiegels. Gestorben am Überleben. Ertrunken in der dröhnenden Einsamkeit deiner dunklen Mitternacht.

Schuld des Professors, wenigstens was Lou betrifft. Hätte er doch wahrhaftig vorhersehen können, daß es mit einem jungen Mädchen dieses Alters keine wirkliche Verständigung geben konnte; einem so wankelmütigen und ungebärdigen Wesen ... Diese Zwanzigjährigen, die sich mit Gefühlen beschäftigen, um die Langeweile und die Fliegen zu vertreiben.

Wie an jenem Abend in Orta, als er vor dem Schlüsselloch ihrer Tür kniete und durchaus merkte, daß er wie ein lächerlicher Narr aussah, doch gerade darum so tat, als suche er etwas auf dem Boden, um zu einem würdevollen Verhalten zurückzufinden.

Als er darauf mit wütender Behendigkeit die Treppen hinunterlief, war der Professor sich sicher, daß sie einen Mann in ihr Zimmer gelassen hatte. Doch wen? Paul vielleicht? Ach Unsinn, er war ein Freund, um nichts in der Welt hätte er ihn verraten. Und doch, je mehr Treppenstufen er zurücklegte, desto unsicherer wurde er, ob er nicht eigentlich vor Wut aus der Haut fahren sollte. Mit wachsendem Zorn verfluchte er beide.

Beim Durchqueren der Hotelhalle schien er die Beherrschung wiedergewonnen zu haben – das tapfere Schneiderlein, das sieben auf einen Streich erledigt –, und mit gleichgültiger Miene fragte er den Portier, ob Herr Paul noch außer Haus sei – oh ja, kein Detektiv ist argwöhnischer als ein eifersüchtiger Mann ... Man gab ihm zur Antwort, der Herr sei just vor wenigen Minuten zurückgekehrt. Dem Professor war, als müßte die noch lauwarme Glutasche seiner Wut wieder auflodern. «Ich hingegen gehe aus», erklärte er in angriffslustigem Ton.

Kaum ins Freie getreten, spähte er nach oben zu Pauls Fenstern: Es brannten jedoch keine Lichter. Unglücklich blieb er in dem Zweifel zurück, den die Nachforschungen nicht hatten ausräumen können.

Blind bin ich gewesen, denn statt an jenem Abend voller Zorn wegzugehen, hätte ich den Mut finden sollen, Lou klar und deutlich zu sagen: Hör mich an, als ich dich zum ersten Mal sah, habe ich sofort begriffen, daß meine Liebe zu dir war wie ... meine Liebe war wie ... meine Liebe zu dir ... Oder besser noch, ich hätte mich überwinden und ihr sagen sollen: Mach die verdammte Tür auf, laß mich dich umarmen, ich will beweisen, daß auch ich fähig bin, Zärtlichkeiten zu geben, nicht nur tödliche Selbstbestrafungen.

Ich habe in deinem Fall alles falsch gemacht, liebste Lou. Darum suche ich dich immer noch und bitte flehend um eine Begegnung mit dir: um Vergebung zu erbitten. Das ist mein Ziel seit Monaten: Verzeihung für die eingebildeten Kränkungen, die erfundenen Schuldzuweisungen; für das brummige Schmollen, für Schatten, für nichts ... Doch ob ich sie gewähren oder selber erhalten will, kann ich noch nicht sagen. Andererseits zeigt mein ganzes Leben in diesen letzten Jahren, daß man sich nicht selber verzeihen kann. Um verzeihen zu können, muß man mindestens zu zweit sein.

Du verläßt die Pension de Genève und gehst auf die Straße. Das aufdringliche Parfüm einer Passantin streift dich. Als sie dich überholt hat, dreht die Frau sich langsam nach dir um, hebt dabei den Schleier: Da erscheint dir im Licht der Straßenlaterne ihr weiß bemaltes Gesicht, die kindlich gezeichneten Lippen sind blutrot, die Augenbrauen so blau gefärbt, daß sie schwarz aussehen. Eine Handvoll Konfetti trifft dich am Hals, das Gipspulver brennt dir in der Kehle. Wenig fehlte, und du hättest vor Überraschung aufgeschrien, du machst eine abwehrende Handbewegung, vade retro ...

In der Ferne Schreie und Pfiffe; die große schwarze Menge liegt auf der Lauer.

Die von kleinen gelben Laternen erleuchtete Straße Nizzas wird gleich verzerrte, irreale Umrisse für dich annehmen; wie in einem Alptraum, denn dein Hörsinn klammert sich noch an die Erinnerung an jenen fernen Abend in Orta, das Rascheln, das du hinter ihrer Tür gehört hast, jenes dünne Lachen, das in deinen Ohren lauter, lauter, immer lauter wird.

Ganz plötzlich beeilst du dich, fast läufst du auf den Platz zu, der sich am Ende der Straße öffnet, als ob der Schmerz dich zu leicht gemacht hätte; du läufst, damit du außer Atem gerätst, damit du müde wirst, damit dein Kopf sich wieder mit Gewicht füllt. Die Kraft ist genügsam, die Schwäche verschwenderisch.

# DREI

Die Bedienstete, die auf das Ächzen des Kranken hin herbeigeeilt kommt, ist weder jung noch alt; ein altersloses Mannweib mit
wirren Haaren und dem erschöpften Aussehen eines Menschen,
der mitten in der Nacht sein warmes Bett verlassen mußte. Sie ver-
richtet ihre Pflegedienste nun schon seit vielen Wochen; eine
wahre Tortur ist das mit Madame, die es ständig mit den Nerven
hat, und auf der anderen Seite diesem armen Menschen, bei dem
sich Phasen der Erstarrung und ganze Tage ununterbrochenen
Gebrülls abwechseln. Ganz zu schweigen davon, daß die Atmosphäre dieses Hauses einem angst machen kann: Man spürt, daß
hier etwas Finsteres nistet.

Seufzend läßt sich die Frau auf dem Bettrand nieder. Beobachtet man die beiden Gestalten in diesem Moment – der in den
Bettlaken versunkene Professor und die Dienstfrau, die ihm die
Hände drückt –, möchte man meinen, sie stammten aus zwei verschiedenen Menschenwelten. Nein, eher ähnelt der Kranke einem
großen Insekt mit dünnen Beinchen und eckigen Bewegungen.
Seine Lippen, die das Fieber trocken und rissig gemacht hat, verleihen der ganzen Erscheinung eine brüchige Trockenheit, und er
sieht aus, als ob er beim geringsten Stoß zu Staub zerfallen würde.

Sich hin und her wiegend singt die Frau:

*Kommt ein Vogel geflogen,*
*setzt sich nieder auf mein Fuß,*
*hat ein Zettel im Schnabel,*
*von der Mutter ein Gruß.*

*Als ob es darum ginge, ein Kind in den Schlaf zu singen.*
Doch unter diesem besänftigenden Singsang kommen die verwirrten Schreie des Kranken wie durch Zauber nach und nach zur Ruhe. «Musik», sagt er nuschelnd, und in seiner Stimme ist keine Verzweiflung mehr, nur noch Müdigkeit. Die trüben Augen rollen vor Dankbarkeit, die Falten glätten sich, als ob das Gesicht sich verjüngt hätte. Denn in diesem Zimmer existiert die Zeit nicht, die Ewigkeit ist Musik, die Goldmünze des Traums oder das Delirium des Fiebers.

*Kommt ein Vogel geflogen.*

Der Kranke versucht, sich zum Sitzen aufzurichten, die Augen weit aufgerissen, doch anstatt die Erscheinung der Frau neben sich deutlich zu erkennen, fühlt er eher, daß sie auf dem Bettrand sitzt und seine Unruhe besänftigt – eine kühle Hand auf seiner Stirn, die an einer Höllenküste segelt, schützende Arme, die ihn wiegen und an das andere Ufer geleiten … Er bewegt schaukelnd den Kopf zu der Stimme der Frau; entsetzlich allein mit seinen endlosen, wirren Träumen.

Es ist die ungeheure Kürze einer schwarzen Nacht voller Fangarme, die zu dieser Geschichte gehört, die noch nicht zu Ende ist … selbst heute nicht, obwohl dieser Mann schon seit hundert Jahren tot ist.

# Gespenster

*Venedig, April 1884*

*Nacht*

## Isolde

Daß ganz sie sich neige,

winke der Nacht.

*Tristan und Isolde*
*Zweiter Aufzug, erste Szene*

Jetzt muß der Professor sich wirklich beruhigen und darf nicht mehr an den Brief des «Lamas» denken, der ihn heute derart in Rage brachte, daß er Gift und Galle gespuckt hat. Er will sich darum eine Spazierfahrt auf dem Wasser gönnen, das ist genau das Richtige gegen die Traurigkeit. Die Gondel ist stabil und geräumig; die Polsterung der kleinen Sitzbank angenehm weich; in der Tasche steckt eine Schachtel Pralinen, als Trostmittel.

Mit zwei Ruderstößen hat der Gondoliere das Boot bereits vom Ufer wegbewegt. Ein Kind kauert neben ihm – ein Sohn, ein Enkel, wer weiß – mit der Laterne auf den Knien: Es stört überhaupt nicht, sitzt stumm da.

Nachdem du dich in den Plaid gewickelt hast, biegst du den Kopf zurück, um mit leerem Staunen in den großen Vollmond zu starren, der über die Dächer lugt; nur im Osten ein klein wenig angenagt, wie eine alte, abgegriffene Münze.

73

«Wo soll's denn hingehen, mein Herr?»

Am liebsten würdest du eine gleichgültige Handbewegung machen, als wolltest du sagen, soll er doch fahren, wohin er möchte, Hauptsache, er läßt dich in Ruhe. Der Samtbezug des Sitzes, der sich so weich anfühlt, so sinnlich: Ja, das ist wichtig. Schwarzer Himmel von jener Dichte und Tiefe, wie nur die italienischen Nächte sie haben. Über den dunkleren Gassen, in die kein Mondlicht fällt, wirkt das Funkeln der Sterne fast wie glitzernder Puder. Schließlich murmelst du die Adresse von Köselitz in Cannaregio.

Warum nur mußte Elisabeth zum x-ten Mal mit diesen giftigen Unterstellungen über deinen Charakter kommen und daß es sich nicht auszahlen würde, die Geschichte von Orta wieder auszugraben? Sind denn nicht schon zwei Jahre vergangen? Bei all dem nicht wiedergutzumachenden Leid, das sie dir schon zugefügt hat, indem sie deine Freundin verleumdet und dich dazu gedrängt hat, sie zurückzuweisen, ja dich sogar glauben machte, daß ... Du mußtest eine doppelte Dosis vom Chloralsaft nehmen, um die Kontrolle über dich zurückzugewinnen.

Die Gondel gleitet still zwischen engen Häusern von pittoresker Armut hindurch. Es ist befremdend, sich durch dieselben Kanäle zu bewegen, über die der Blick sonst von den Brücken aus schweift. Man hat das Gefühl, die Orientierung verloren zu haben. Woran dachtest du? Ach ja, Orta ... Wie merkwürdig, auch dort hast du in der ersten Nacht ein Boot gemietet, um eine nächtliche Rundfahrt auf dem See zu machen; sie waren auch dort zu zweit, ein Fährmann und ein Kind, *nicht wahr*? Die wunderlichen Wiederholungen des Lebens ...

Welch ein Frieden. Genau das wolltest du: nachts über das Wasser gleiten, die betörende Trägheit auf diesem Klappsitz,

der Vollmond, der einen Augenblick lang von den Marmor-
massen einer Brücke verdeckt wird, der Gondoliere sagt heiser: «Rialto, mein Herr.» Spüren, daß du dich im Griff hast.
Hier oder am See von Orta in einem kleinen Boot sitzen, das
auf die Insel San Giulio zufährt, im hellen Mondlicht, das
sich vom Turm von Buccione bis zu den gegenüberliegenden
Bergen ergießt, die steilen Felswände der Madonna del Sasso
herabfließt, auf das Pella-Ufer fällt und das Wasser in sil-
bernen Schuppen erzittern läßt. Genau so ein Mondwasser,
wie es jetzt an die Gondel klatscht und deine Hände, die so
kalt sind wie die eines Toten, mit weichen Wellen umspült.
Ein müder Fährmann auf den Wassern der Zeit, so fühlst du
dich.

Sanft ist das Geräusch der Wellen, die heimlich versuchen,
das Boot zu ertasten und davongleitend immer noch auf ihrem
Vorhaben bestehen. Die Palazzi des Canale Grande wirken
wie dunkle Schläfer, im Traum ganz in sich zurückgezogen.
Wie lang vergangen inzwischen die Lichter an den Ufern von
Orta. Körperlos. Und im schwindelerregenden Silber dieses
Mondes durchdringt dich einen Augenblick lang bis ins Mark
die klare Erkenntnis, daß du in den Wassern jenes kleinen
Piemonteser Sees den Weg zu den Inseln der Seligen hättest
finden können, wenn nur deine Schwester sich nicht dazwi-
schengestellt hätte. Als das Boot in jener Nacht auf die Insel
San Giulio zufuhr, meintest du, einen Moment wirklicher Begeisterung zu erleben; wie ein Matrose, der plötzlich Land entdeckt. Es war nicht der banale, romantische Gedanke, «ich
habe das Gefühl, als sei ich schon einmal hier gewesen» ...
Nichts von alledem. Es war, als wärest du urplötzlich am Ziel
angelangt. Solche Momente gibt es durchaus im Leben, scheinbar gleichen sie vielen anderen, doch in diesem läßt eine feine,

hauchdünne Linie den Lauf der Dinge unversehens in eine neue Zeit einmünden.

Es war nämlich während jenes nächtlichen Spaziergangs, als dir die Stimme Zarathustras durch den Kopf schoß; etwas Neues gärte in dir, aber es handelte sich nicht mehr um Philosophie und auch nicht um jene Aphorismen, die du sorgfältig in deine Hefte zu kleben pflegtest: Es war ein wildes Gedicht, das Gestalt annahm, eine Rose unbekannter Art, die darauf drängte zu erblühen.

Ach, könntest du diese Dinge an die Freundin schreiben, die du verloren hast; oder vielleicht müßte man eher sagen: die deine Schwester dir entrissen hat ... In Elisabeths Brief von heute: «Was das Fräulein betrifft, das du kennst, so habe ich gerade eben Nachricht über sie erhalten ...»

Ihre Nachricht ... Eine Zeile von Lou würde mein Herz erleichtern, bedeutete Tröstung. Ich warte auf Nachricht von Ihnen ... Da mich die Eifersucht nicht mehr vergiftet, könnte ich ihr jetzt sogar schreiben. Nachricht von deinen roten Lippen. Reich mir die Hand, mon amie, dein Pulsschlag, um meinen wiederzubeleben ...

Unterdessen geht die Fahrt weiter durch finstere, kleine Kanäle; darüber öffnet sich ganz leise eine Balkontür, und aus der engen Öffnung schlüpft eine weiße, schlanke Figur, man erkennt sie nicht genau, vielleicht eine Frau im Nachthemd, die an die Brüstung gelehnt stehenbleibt. Betrachtet sie das Pulsieren der Sternbilder oder das vorbeifahrende Boot? Von einer Turmuhr läutet es nach italienischer Art zur Viertelstunde, der helle Klang begleitet die Gondel, die bald darauf in einen größeren Kanal einbiegt. Und die Hunde am Ufer bellen, bellen.

Eine pythagoreische Freundschaft zu dritt – du, Paul und Lou –, das, mußt du zugeben, hätte dir wirklich gefallen. Ein großes Haus, wo mit dreifacher Intensität gelebt wird und der Reiz fortwährender Entdeckungen nie verfliegt: wo man bei sich selbst bleibt, doch sich gleichzeitig in den Freunden verlieren und wiederfinden kann. Bei Gesprächen über erhabene Dinge. Ein erlesener Traum nur, kein Ort in der Wirklichkeit. Jahrelang hast du dir ein geschütztes Versteck erträumt, wo man nicht gezwungen ist, sich die Ohren zu verstopfen, um die Phrasen und Leiern der Idioten vom Dienst nicht mehr hören zu müssen, einen Ort, an dem dich die Echos der nachgeplapperten Stilblüten deiner Schwester nicht mehr erreichen. Und versteckt im erquicklichen Hort, bereitet ihr drei euch gegenseitig zärtliche Vergnügungen: Der Vormittag ist der Arbeit und der Meditation gewidmet, gegessen wird gemeinsam, am Nachmittag, je nach Stimmung, Bäder oder Spaziergänge, nach dem Abendessen Lektüre und gegenseitiges Vorlesen.

Dieser Plan erforderte natürlich eine kleine, einsame Insel: Die Wahl der Umgebung, in der man lebt, ist nicht nur eine Frage künstlerischer Sensibilität, sondern auch des Komforts für den Geist, der Schlüssel zur Landschaft des eigenen Inneren, wenn man schreiben will.

Eine schwarze Masse auf dem schmalen Gehweg, der am Kanal entlangläuft: Dort steht ein Mann mit einem kleinen glühenden Punkt auf den Lippen; mit jedem Zug glimmt die Zigarre stärker auf.

Es wäre wunderbar gewesen, diesen Plan vom gemeinsamen Haus zu verwirklichen.

Kennst du das Land,
wo die Zitronen blühn?

Wie geht das Gedicht weiter? Wie aus sehr großer Ferne meinst du die Stimme Elisabeths zu hören, die es stockend rezitiert, deine Ohren mit Mißklang peinigt. Wie ein nicht gestimmtes Instrument.

Die Gondel gleitet am Eingang eines mit kleinen Lampions erleuchteten Hauses vorbei. Ein Bekannter hat dir erklärt, daß sich dort ein Bordell befindet. «Außergewöhnliche Mädchen», erzählte er kichernd, «denn sie machen einem wirklich alles, wenn Sie verstehen.» Was könnte dieses «wirklich alles» wohl bedeuten? Ich bekomme schon Angst, wenn ich mir meine Hände vorstelle, die über Frauenschenkel streichen und sich bis zum Bauch vorwagen, in einer Umarmung, einer Hitze, die einem die Sinne raubt ... und dann was, oh Gott, was denn noch? ...

«Wo soll ich Sie hinbringen, mein Herr?» fragt der Gondoliere hinter dir.

Du blickst dich um: Inzwischen bist du fast am Haus von Köselitz angekommen, doch du verspürst auf einmal kein Bedürfnis mehr, noch einmal hineinzugehen. So anstrengend ist das Reden, die Worte wiegen schwer, brennen.

«Nach San Michele», sagst du dem Mann, um dich dann auf dem Sitz der Gondel zusammenzukauern wie ein krankes, frierendes Tier.


der in das Fleisch gerammte Mond, sieben Plejaden werfen ein irisierendes Licht auf das süßfeuchte Fleisch einer Frau, die sich hingibt, es wäre Sünde, gewiß, doch weniger häßlich und demütigend, als wenn man sich selbst befriedigt ... ach, was könntest du Lou überhaupt in einem Brief schreiben? Dumm, so dumm bist du, was könntest du ihr Herbes, Neues, Aufregendes bieten, da du nicht mehr von heute und auch nicht von gestern bist ... ihre Mädchenbrust, fest verschnürt, unter den Falten des weißen Hemdchens verborgene Formen, aber wie soll man diesem herrlichen Mädchen erklären, daß einer der Gründe, die ein Gespräch über Gefühle schwieriger und ungewisser machen – und ihm paradoxerweise erlauben, auf um so zartere Weise tiefsinnig zu sein –, die Unmöglichkeit ist, anders denn durch das Fleisch zu existieren ... das sind Dinge, die dir das Herz zerreißen ... du darfst nicht mehr daran denken: Du hast sie verloren, Dummkopf, wie dumm war es, so blind dem Trommeln deiner Schwester hinterherzulaufen: Ein Drachen, ja, das ist Elisabeth, eine Furie mit aufgelöster Mähne, eine Isebel, ganz ohne Busen der Barmherzigkeit ... möge der Henker ihr die verleumderische Zunge in einem Schraubstock zerquetschen, sie verdient nichts anderes ... doch nun bist du ihren Klauen entkommen, du weißt Bescheid über das, was sie dir und Lou angetan hat, ihre Spitzfindigkeiten werden dir nicht mehr weh tun, es wird ihr nicht mehr gelingen, dich zurückzuschleifen

Nachdem sie die Sacca della Misericordia hinter sich gelassen hat, nimmt die Gondel Kurs auf die offene See, in Richtung San Michele. Befährt die Regionen der Chimären. Dort hinten liegt die Gräberinsel, die schweigsame.

Frösteln. Eine Wolke hat sich vor den Mond geschoben. Du hast die ganze Welt für dich, für deinen Schmerz. Auch das rhythmische Geräusch des Ruders hat einen leidvollen Klang. Und darum ist es gut, daß der Gondoliere und das Kind bei dir sind, denn unerträglich wäre dir die Einsamkeit in dem dunklen Brunnen, in den die Nacht sich jetzt verwandelt hat.

*Es ist nicht einfach, die Geschichte der Liebesverwirrung des Professors zu erzählen, vielleicht weil mich jetzt, während ich schreibe, ebenfalls eine Frühlingsnacht mit einem dickflüssigen Vollmondlicht umgibt. Mit einem brennend heftigen Verlangen nach Zärtlichkeit. Mit den hauchdünnen, leuchtenden Fäden, die die Sterne über ihre unendlichen Entfernungen hinweg auswerfen. Mit dem feuchten, märchenhaften Duft der Seenixen, die sich ihre Haare aus Algen über die grünen Schultern kämmen möchten. Während ich vor den Fotografien des Professors stehe und als ich die Hand hebe, um mit dem Finger die Veränderung seiner Gesichtszüge im Verlauf eines Jahrzehnts nachzuzeichnen, habe ich den Eindruck, daß mir etwas entgeht: die Linie der Augenbrauen, die Augenhöhlen, die Nase, die ausgeprägten Wangenknochen, die immer mehr hervortreten ... Und ich frage mich: Wie ist er wahnsinnig geworden? Schreien, Klagen, Halluzinationen? Oder gibt es eine andere, geradezu fade Art, sich selbst zu verlieren, eine Erkrankung, die eher unbeobachtet bleibt, eine Art unaufhaltsam wachsenden, lethargischen Abscheus vor allem, so daß ein starkes Gefühl wie der Schmerz fast eine Erleichterung wäre?*

*Das Bild des Professors, wie es aus den Fotografien auftaucht, entzieht sich mir noch; doch hat es nichts Ungreifbares oder Verschwommenes. Das liegt auch daran, daß mit der Handlung, die sich in meinem Kopf zu gestalten beginnt, ein bestimmter Prozeß leidenschaftlicher Anteilnahme einsetzt, der, das weiß ich jetzt schon, zu einer Verschmelzung führen wird: du/ich.*

Der Duft von Moos auf den alten Mauern, die den Friedhof umgeben, die Feuchte des Johanniskrauts, ein Grabstein mit einer Inschrift und einem Adelswappen ... Was stellt es dar? Das ist nicht zu erkennen, die kleine Laterne, die das Kind in der Hand hält, spendet nur wenig Licht. Der Gondoliere hat ihm den Auftrag gegeben, den deutschen Gast auf einem schnellen Rundgang über den Friedhof zu begleiten ... die Ausdünstungen der Wurzeln bestimmter Bambuspflanzen, die im Wasser stehen, ein einschläfernder, starker Duft nach Blumen, denn es ist die Zeit, da die Nachtigall müde ihre großen Lieben besingt ... Diese Nacht aus dunklen Zypressen im Mondlicht dringt durch die Nasenflügel und zieht bis ins Gehirn.

Dort steht das Kind neben dem Professor, der sich zu Tode erschöpft auf eine Steinbank am Rand der Friedhofsmauer hat fallen lassen. Wie er so steif dasitzt, die Hände wie zum Beten gefaltet, erinnert er an eine dieser großen Statuen, die manche Grabkapellen schmücken, zumal die Lichtreflexe des Flämmchens aus der halberloschenen Laterne Schlieren auf die dicken Gläser seiner Brille werfen und sie geheimnisvoll aufflackern lassen wie die irrlichternde Fackel eines finsteren Hexenmeisters.

Eine grenzenlose Müdigkeit hat ihn ergriffen, die ganze Welt ringsumher schneidet ihm Fratzen: Im Kopf des Professors vermengen sich einen Augenblick lang die Stimmen des üblichen Kopfschmerzes mit Geschichten von Ungeheuern und Gespenstern aus grauer Vorzeit, die ihm in seiner Kindheit an Winterabenden erzählt wurden.

Was redet dieses Kind da ständig? Daß es gefährlich ist, sich um diese Zeit auf der Insel aufzuhalten? Daß hier auf dem Friedhof nachts die Geister der Verdammten umgehen? Dem Professor entschlüpft ein kleines Lächeln, doch er muß zugeben, daß dieser Ort wirklich düster ist: Ihm fehlt das Erfrischende, das Plätze mit Bäumen und Pflanzen normalerweise besitzen, selbst die kleinsten ... Hinter dem Haus von Köselitz zum Beispiel liegt ein armseliges Gärtchen, in der Mitte ein Hühnerstall mit einem Holzzaun gegen die Kanalratten; dies Garten zu nennen, wie sein Freund es tut, ist vielleicht übertrieben, da es sich nur um ein paar Tomaten, Kräuter und Karotten handelt; doch wenn es regnet, verwandelt sich dieses verlassene Fleckchen Grün vollkommen und duftet herrlich nach Rosmarin ...

Der kleine Gehilfe des Gondoliere brummelt weiter vor sich hin, er scheint wirklich Angst zu haben. Dem Professor kommt der Satz in den Sinn, den seine Mutter zu ihm sagte: «Geh und frag deinen Vater, ob er eine warme Suppe möchte.»

... an manchen Abenden, spät, wenn das Haus verstummt ist und sein Vater, in eine Decke gehüllt, krumm in einem Sessel hängt, dabei unverständliche Worte murmelnd. Das Kind versucht, ihn vorsichtig wachzurütteln, doch da hebt der Mann langsam den Kopf: Seine Augen sind nicht verschleiert, sondern sein Blick ist so eindringlich, daß man eine Gänsehaut kriegen kann. Und sein Vater sagt: «Laßt mich in Ruhe.» Mit einer Stimme, die er gegenüber dem Sohn sonst nie gebraucht. Der Tonfall eines Menschen, der sich von dem, den er liebt, verraten fühlt; der niedergeschlagene Blick Samsons, dem die Hochzeit schiefgegangen ist: «Hättet ihr nicht mit meiner Kuh gepflügt, so hättet ihr mein Rätsel nicht beantworten können!», so zeigt ihn eine Abbildung in jenem großen Buch, das auf dem Schreibtisch thront, eingebunden in schwarzes Leder und auf der Vorderseite die gelbe Aufschrift: Altes Testament. Und während der Vater seinen Kopf wieder in den Händen verbirgt, verspürt das Kind einen seltsamen Schmerz, es fühlt sich zurückgewiesen, so daß es später beim Nachtgebet Gott bittet, so etwas möge nicht noch einmal passieren ...

Wenn ihm diese Szene heute wieder vor Augen steht, als ob er sie von außen betrachtete, quälen den Professor zwei Gedanken, die jedoch so eng zusammengehören wie die noch grünen Hälften einer geschlossenen Bohnenschote: daß Kinder und Kranke nichts anderes tun können, als auf Gott zu hoffen, daß Kinder und Kranke sich immer von Gott verlassen fühlen.

Der Professor ist so in seine Erinnerungen versunken, daß er kaum bemerkt, wie mühsam es für das Kind ist, ihm mit der schaukelnden Laterne zu folgen, und vielleicht verflucht der Junge ihn auch, während er von einer kleinen nächtlichen Mahlzeit aus süßen Kürbishappen träumt ... Wieder hat die Unruhe unseren Mann ergriffen. Sonderbar: Trotz seines angestrengten Versuches, sich das schöne Gesicht von Lou ins Gedächtnis zu rufen, kommen ihm statt dessen Erinnerungen an den Anblick Elisabeths – der hinterhältige Blick über dem blauen Samtkleid, die in dicke schwarze Wollstrümpfe gehüllten, strammen Schenkel –, die sich in den Vordergrund drängen, und sie trägt denselben Ausdruck subtiler Bosheit im Gesicht wie manche Chimären, die über den Portalen alter Kirchen in dunklen Stein gehauen sind ... Elisabeth, die hitzig mit mir auf dem Bett herumrollt, bei diesem Kinderspiel, wo wir uns gegenseitig betasten; und die Schreie werden in der Umarmung erstickt, damit wir es gerade so wie die Erwachsenen machen, die wir heimlich beobachtet haben. Ein Spiel nur, *ach*, vollständig bekleidet ... seltsam, fast hatte ich das vergessen, das ängstliche Gefühl, das dieses Spiel mir jedesmal auf der Haut und im Blut hinterließ: eine verwirrende Erregung in den Leisten, die heißen Arme meiner Schwester, die mich umklammerten, ihr Gewicht auf meiner Brust, ich weiß nicht, wie ich mich ausdrücken soll, aber es war, als ob in meinem Inneren ein Kampf stattfände, den ich zwar nicht ganz begriff, der mich aber bedrückte und mit Abscheu vor Elisabeth erfüllte. Ich muß ungefähr zwölf Jahre alt gewesen sein ... Ich weiß nicht, wie viele Monate dieses Spiel aus wilden Umarmungen andauerte, bei denen wir grunzten wie Todfeinde; wir wurden jedesmal ungestümer; bis es eines Tages passierte, daß ich sie küßte. Sie biß mich in die Lippe, ich schrie vor Schmerz ... Das war das Ende, wir nahmen das Spiel nie wieder auf; überdies quälte ich mich schon seit Wochen mit Sätzen, die mir im Kopf herumgingen, Sätze, die ich zufällig von einem Mitschüler im Internat gehört hatte: daß bei «gewissen Dingen» zwischen Bruder und Schwester Monster herauskämen, halb Kröte, halb Hund, oder auch schwachsinnige Kinder; und das hatte mir einen furchtbaren Schrecken eingejagt, obwohl ich genau wußte, daß ich mit Elisabeth nur gespielt hatte – beide angezogen, vollständig bekleidet, *ach* ...

Na los, atme durch, denk an etwas anderes, halt den Oberkörper gerade, du willst doch nicht, daß der Blick dieses Jungen dich ertappt, denn bei Nacht hat ein verschlossenes, in sich gekehrtes Verhalten immer etwas Verdächtiges und Verwerfliches ... Zähl doch lieber die Sterne oder die Anzahl dieser ausgetretenen, abgestoßenen Stufen. Kurzum, beschäftige deinen Geist in irgendeiner Weise; egal, bloß nicht an das «Lama» denken. Im Grunde ist dies eine schöne Nacht, nicht wahr? Kein Mensch weit und breit ... man könnte sich fast einbilden, hier frei genug zu sein, um Geschichten zu erfinden, sogar eine neue Welt. Vielleicht ist bei allen Menschen, die wie du schreiben, eine Art Unzufriedenheit mit der Wirklichkeit der Grund, warum sie sich gedrängt fühlen, sie zu verbessern, sie in einer Welt aus ganz persönlichen Bildern und Geschichten neu zu erschaffen. Wahrhaftig, man könnte sagen, daß das Schreiben dein Glück ist.

Eine schlechte Angewohnheit von dir, dieses Wort «Glück» zu gebrauchen, da du doch gar nichts besitzt ... Jämmerlich ist das Leben eines Vagabunden, wie du einer bist: Schließlich nimmt es die Umrisse eines unergründlichen, eintönigen, weißen Gemäldes an; denn auch das Tier im Käfig, das läuft und läuft, meint, in die Höhe zu klettern, doch es dreht nur sein Rad.

Was macht eine Kröte hier mitten in der Lagune? Mit ihrer kleinen, plumpen Mißgestalt ... Als du klein warst, haben sie dir erzählt, daß man sterben muß, wenn einen so ein Untier anspuckt. Als du dich bewegst, hört ihr Quaken auf: Schickt sie sich etwa an zu spucken? Als du stillstehst, beginnt sie wieder mit diesem unangenehmen Ton, der ihr die Kehle bläht.

Ich lausche der Stille auf der Insel. Das gesamte Universum ist konzentrisch um mich geordnet, mit dem großen gelben Mond und den Sternen, die wie Nadeln mit goldenen Köpfen in den schwarzen Samt des Himmels gesteckt sind. Ewige Brillanten. Oder wenigstens sagen wir gewöhnlich so, ohne zu bedenken, daß ihr Funkeln Widerschein einer Flamme ist und das Verglühen ihr Sternenschicksal; ganz so wie das unsere.

Unterdessen hat der Gondoliere den Professor und das Kind wieder an Bord genommen, um gleich darauf vom Ufer abzustoßen. Der Schiffsboden hebt und senkt sich leicht, die kleinen Wellen teilen Ohrfeigen aus. Ein weiches Geräusch, wie Schläge, die von einer Decke gedämpft werden.

Der Deutsche fragt, was diese großen schwimmenden Korken bedeuten, der andere erklärt ihm, daß es fliegende Netze sind, das heißt Netze, die nicht verankert sind, damit sie den Strömungen folgen können. Später werden Fischer kommen und sie einholen. Tatsächlich sieht man auf See mehrere Boote mit einer runden Abdeckung am Heck: Wer dieser Arbeit nachgeht, verbringt die Nacht darunter. Der Professor fragt sich, wie das Leben dieser armen Menschen aussieht, die auf harten Brettern schlafen können und die weite Luft atmen; diese einfallsreichen Italiener mit ihrer Kunst des Sich-Arrangierens versetzen ihn immer wieder in Erstaunen.

Er beobachtet, wie das Licht der Laterne sich in den Wellen spiegelt, faul und apathisch wie eine runde Feuerqualle. Er betrachtet die mageren Beine und Schultern seines Charon: Wenn der Wind ihm das Hemd aufbläht, wird er zum Buckligen, aber kaum daß der Windstoß vorüber ist, fällt der Stoff schlaff zusammen und offenbart seine schmale Silhouette.

Der Gondoliere beklagt sich: Solche wie er haben große Verluste durch die verfluchten Vaporetti, die seit kurzem eingesetzt werden. Wegen dieser schwarzen Krähen, die unablässig von einem Ufer zum anderen eilen, um dort alles aufzupicken, muß man sich damit begnügen, ein paar lumpige Münzen zu ergattern, und knauserige Deutsche spazierenfahren, die auch noch ein Dankeschön erwarten!

Während er mit rhythmischen Schlägen rudert, fordert der Mann, womöglich in der Hoffnung auf ein Trinkgeld des Fremden, den Jungen flüsternd auf, dem Professor die Geschichte des Kultes von San Marco zu erzählen. Und dieser beginnt hastig, eine auswendig gelernte Litanei aufzusagen, mit der die Kunden bei Laune gehalten werden sollen.

Du erinnerst dich, daß man dir auch in jener Nacht auf dem See von Orta Legenden erzählte; besonders beeindruckte dich die Geschichte von den Fährleuten des Cusio, die sich weigerten, den Heiligen Julius auf die Insel zu bringen, die in fernen Zeiten von Schlangen verseucht war.

Da hast du dich in Erinnerungen an die Zeit von damals verloren, und jetzt, wo du wieder in die Gondel zurückgekehrt bist, die nach Venedig zurückfährt, stellst du fest, daß der Junge mit seiner eintönigen Litanei aufgehört hat und nun seine eigenen Ideen dazugibt, und man sieht, daß es diesem Knirps nicht an Phantasie fehlt, denn jetzt gerät er beim Reden sogar in Fahrt und erzählt, daß der gefallene Engel – also der Dämon Luzifer, klar? –, als er die Schönheit der Erde sah, die wohlgestaltet und ohne Fehler war, erkannte, daß er so etwas niemals hätte schaffen können, worauf er den Kopf zwischen seine sündigen Tierbeine steckte und vor Wut weinte, so daß seine Tränen, die so bitter waren wie Gift, die Meere und Seen der Erde bildeten; dann stürzte er sich als Drache in die Tiefe, nahm die Gestalt eines feuerspeienden Reptils an, das keiner je verjagen wird, und lag unablässig auf der Lauer, um die Gedanken derer zu verschlingen, die seiner Höhle zu nahe kamen ... «Aber dann erschien der Heilige Georg, denn der hatte überhaupt keine Angst vor den Ungeheuern aus den Abgründen ...» Der Junge spuckt ins Wasser und lacht vor sich hin.

Genau wie in Orta. Dort hieß der Heilige jedoch Julius, ach, ich habe schon oft genug an diese Nacht auf dem See zurückgedacht. Italien quillt über von Geschichten mit Drachen und Heiligen ... Verschwindet endlich, Erinnerungen, soll der Teufel euch mitnehmen, nach Paraguay zum Beispiel.

Lou, liebe Freundin, es ist so qualvoll, sich an die Briefe zu erinnern, die wir uns geschrieben haben, an Sätze, die zwischen Unsicherheit, Ressentiment und Verachtung schwankten und uns an gegenüberliegenden Ufern zu Stein werden ließen; jeder von uns verwies die Liebe in eine andere Zeit: so wie dieser Fährmann erzählt, wenn einer fischt und im Netz eine Schlange entdeckt, dann wirft er sie schnell in das Wasser zurück, aus dem sie kam ... Wir sind nicht imstande gewesen, das Gift zu erkennen, welches uns von den anderen verabreicht wurde; schuldig bin vor allem ich, der ich den Verleumdungen Elisabeths geglaubt habe, doch wie hätte ich mir vorstellen können, daß eine Frau den eigenen Bruder derart hassen kann? ... Ich bin erschöpft, ich verliere den Faden. Laß gut sein, Fritz, dies ist nicht der richtige Moment, um im Boot einer Angstattacke zu erliegen, denk daran, daß du in Kürze im Hause deines Freundes Köselitz weilen wirst – San Canciano, calle nuova 5256, du hast es dem Gondoliere schon zweimal gesagt –, und du wirst dich im Sessel ausstrecken, während Heinrich für dich spielt, seine Hände werden ganz sachte über die Tasten gleiten und sich behutsam von ihnen lösen, als ob er sie streichelte; und das von der Klaviermusik erfüllte Zimmer wird größer erscheinen, eine sichere Insel, an der sich die Wellen der Angst vergeblich brechen ...

Der Kopfschmerz hat etwas Teuflisches; Schuld daran ist der Gesang dieses Kindes, sein Blick ist schmachtend, der Mund ein wenig geöffnet: Er besiegt mich, er zwingt mich, mit ihm in die flüssige Hölle der Erinnerungen und der Tränen hinabzusteigen, während ich mich doch an andere Dinge erinnern möchte, nicht an diese Nacht in Orta. Denn vielleicht habe ich Lou nie geliebt, wenn die Liebe etwas Schönes und Süßes ist, weiß der Teufel, was das für ein Gefühl war, das ich für sie empfand: wie ein Windstoß, der durch die Luft fährt und die glatte Oberfläche dieser schwarzen Wellen aufrauht; wie das kurze, klatschende Nichts, das das Leben eines Fisches gewesen ist, der in einem dieser Netze gefangen wird.

Venedig schläft. Oder vielleicht nicht, im Gegenteil, alle sind wach, bleiben jedoch still. Während die Gondel in der nächtlichen Ruhe wieder durch enge, kleine Kanäle fährt, die nach Wasserpflanzen und Fäulnis riechen, springt plötzlich unter einer Straßenlampe die Skulptur eines Drachens aus einer Mauer hervor. Diese aus dem Wasser aufgetauchte Stadt ist übervoll mit geheimnisvollen Wesen: Basilisken, geflügelte Löwen mit einem Buch zwischen den Beinen, die großen Ungeheuer der Antike, die vielleicht wirklich unter dieser Lagune schlafen und in jedem Moment das formlose Dunkel der Gewässer aufschäumen lassen können, die Drachen von Marco Polo, Attilas Lanzen; doch gibt es auch den feinen Ziegel, den Marmor der Treppen, der seit einer Ewigkeit von Füßen poliert wird, den goldenen Ring, mit dem der Doge in seinem Prunkschiff Bucintoro Venedig mit dem Meer vermählt, die harmonisch gebogene Linie der Gondeln, die etwas von einer Geige hat... Der Professor fragt das Kind: «Kannst du die Geschichte von dem Heiligen und dem Drachen noch einmal erzählen? Ich habe nicht genau verstanden, was passiert ist, erzähl sie noch einmal, *bitte*». Denn der Junge hat auf eine nüchterne, schlichte, aber ursprüngliche und mitunter wirkungsvolle Weise erzählt. Das Kind gähnt: «Jawohl, mein Herr, die Legende berichtet, daß der Heilige Georg auf seinem weißen

Pferd hierherkam ...» «Und das Ungeheuer?» fragt der Deutsche zuletzt. «Ihm wurde der Kopf abgeschnitten, Sie müssen es aber nicht glauben, wenn Sie nicht wollen.» Und der Fahrgast lächelt: kein Märchen ohne ein gutes Ende.

*Während ich auf dem Sofa die* Matthäus-Passion *von Bach höre, betrachte ich den Altar aus Fotografien, der vor mir am Schrank hängt, und sage mir noch einmal, daß sich Geschichten auszudenken letztendlich nur eine andere Art und Weise bedeutet, in den Dingen zu sein: sie sich gerade so lange als wahr denken, wie nötig ist, um sie zu verstehen.*

*Ja, aber.*

*Wieder in einer der letzten Aufnahmen von ihm: im Halbschatten des düsteren Zimmers in Weimar, in dem die Schwester ihn einschließt, die träge Schlaffheit seines kranken Körpers und der weiße Fleck seines Schlafrocks, der große Kopf mit dem fahlen Gesicht, der schiefe Blick ... Man meint, in den Augen einen aufblitzenden Funken zu erkennen; vielleicht ein jähes Erschrecken, weil die Pendeluhr im Salon schlägt, oder der Blitz des Fotografen. Oder etwas anderes, womöglich ein Schimmer von Bewußtsein, von Erinnerungen ...*

*Zu diesem Zeitpunkt fortgeschrittener psychischer und physischer Zerrüttung kann es unmöglich etwas anderes gegeben haben, das behaupten wenigstens die von der Schwester bezahlten Ärzte; und Elisabeth war einer jener Menschen, denen gegenüber man sich keine andere Meinung erlauben konnte ... Es läuft mir kalt den Rücken herunter, wenn ich daran denke, daß sich in ihr jahrelang, wie Rost auf altem Eisen, Groll angesammelt hat, eine tiefe Verbitterung, Rachepläne gegen den intelligenten Bruder, der sie ignorierte, weil er sie verachtete; und daß Elisabeth sich dann*

*plötzlich aufgrund bestimmter Umstände in die Lage versetzt sah,*
*das Objekt ihres Hasses ganz in ihrer Hand zu haben, während er*
*sich durch seinen unglücklichen körperlichen Verfall nicht mehr*
*wehren konnte. Ich brenne vor Zorn, wenn ich die Berichte der Be-*
*sucher der Villa Silberblick lese, die von den Schreien des ans Bett*
*gefesselten Kranken erzählen.*

Bist du glücklich gewesen mit Lou? Aber was bedeutet das
Wort Glück eigentlich? ... Du hast in Orta Augenblicke echter Begeisterung erlebt, doch dann, zack, genügte eine Lappalie wie ein
hinter der Tür vernommenes Kichern, dich in Verzweiflung zu
stürzen; wie der Küchenjunge im Märchen, der nachts zum
Feiern in den verzauberten Palast gebracht wird, doch am Morgen wieder auf der Streu im Stall erwacht. Bei genauerem Nachdenken kommst du allerdings zu dem Schluß, daß du in solch
großer Verwirrung gelebt hast, daß du diese Zeit unmöglich
richtig beurteilen kannst: dein vierzigstes Lebensjahr, das ängstliche Umherirren von Stadt zu Stadt, das wirre Knäuel deiner
Gefühle gegenüber dem ganzen weiblichen Geschlecht. Nichts
weniger als das.
Der Schatten einer Brücke, ein auf der Brüstung abgestellter
Korb. Stell dir vor, er fällt herunter. Ein Körper, der in eine Flüssigkeit getaucht ist, wird nach oben gestoßen, genauso wie ...

Ihr fahrt an einem kleinen Platz vorbei. Du wunderst dich
über die magische Stille Venedigs zu dieser Stunde, am Ende
der Nacht. Keine Stimmen, nicht einmal diese winzigen, unaufhörlichen Geräusche, die man nicht wahrnimmt, obwohl
sie da sind, darum wirst du dich später, morgen vielleicht, an
sie erinnern.
Dann erwachen, aus heiterem Himmel, die Spatzen.

# VIER

Mit langsamen, mühevollen Bewegungen hat sich der Kranke, so weit er kann, aus dem Bett vorgebeugt. Die Riemen, mit denen er festgebunden ist, schneiden ihm in die Brust. Mit einem brennenden Schmerz in der Seele betrachtet er den Nachttisch, er dürstet nach einem Tropfen Wasser. Von ferne erklingen die Geräusche des Hauses; durch den dicken, baumwollenen Filter der Bettvorhänge gedämpft. Kaum vorstellbar, daß nur wenige Schritte von hier das Leben weiter pulsiert. Dieses Zimmer ist der Mittelpunkt eines Universums aus Unwirklichkeit.

Er streckt die Hand aus, um das Glas zu ergreifen, doch er schafft es nicht: zu weit weg. Mit seiner unbeholfenen Bewegung gelingt es ihm nur, das Glas umzustoßen. Von der Marmorplatte des Nachttisches tropft die Flüssigkeit langsam auf den Teppich.

Noch eine Anstrengung, und der Kranke packt mit den Fingern ein Stück zusammengeknülltes Papier, das Elisabeth in eine Ecke des Bettes geworfen hat. «Der Brief von diesem Verrückten aus Venedig», verkündete sie heute nachmittag, als sie das Zimmer betrat; und dann las sie ihm einige Passagen laut vor, wobei sie bestimmte Sätze mit verzerrter Stimme besonders betonte.

Die eiskalten Fingerkuppen des Kranken glätten das zerknitterte Papier, so gut es geht. Der Mann liegt lange Zeit reglos, starrt

*auf das Blatt, das er nah ans Gesicht geführt hat. Die Augen ta-*
*sten die Zeilen ab: «Ich kann nicht umhin, Sie daran zu erin-*
*nern, daß Ihr Bruder in der ersten Zeit seiner Krankheit stunden-*
*lang am Klavier improvisiert hat, wobei er keine einzige falsche*
*Note spielte. Dies und die demonstrative Höflichkeit, mit der Ihr*
*Bruder sich fortwährend vor den Besuchern verbeugte, hat in mir*
*denselben Verdacht geweckt, der Bettina von Arnim beschlich, als*
*sie Hölderlin besuchte. Dieser behandelte die Besucher mit Anreden*
*wie «Eure Hoheit» und erwies ihnen so viele, lächerliche Ehr-*
*furchtsbezeigungen, daß man zu der Ansicht gelangen konnte, sein*
*Wahnsinn sei nur eine Maske, um sich vor der Welt zu schützen.*
*Ich bin daher fast überzeugt, daß Ihr Bruder die Geisteskrankheit*
*anfangs nur simuliert hat, um nicht mehr mit denen sprechen zu*
*müssen, die ihm Ärger bereiteten.» Schwer zu sagen, ob der*
*Kranke im Halbdunkel des Zimmers lesen kann; und ebensowe-*
*nig, ob er dem Brief irgendeinen Sinn entnimmt. Es scheint eher,*
*als betrachtete er die deformierten Finger, die das Blatt halten, die*
*langen, verhärteten Nägel, als würde er sie nicht wiedererkennen.*
*Denn im dunklen Reich der Krankheit nehmen auch die gewöhn-*
*lichsten Dinge das vage und mysteriöse Aussehen von Traumge-*
*spinsten an.*

*Er nähert das Blatt dem Mund, als wolle er es küssen. Ein*
*dumpfer Ton dringt aus seiner Kehle, ein Gurgeln, das zu einem*
*Wort wird: verrückt. Er lacht laut, dann beginnt er, an einer Ecke*
*des Papiers zu lutschen, dabei schmatzt er mit seiner Spucke. Er*
*hält die Augen geschlossen, und ein Krampf verzerrt seine Ge-*
*sichtszüge.*

# Der freche Tag

*Orta Novarese, Mai 1882*
*Morgengrauen*

### Tristan

O könnt' ich die Leuchte,
der Liebe Leiden zu rächen,
dem frechen Tage verlöschen!

*Tristan und Isolde*
*Zweiter Aufzug, zweite Szene*


Der Morgen bricht an, als der Fährmann von Orta dich auf dem Festland absetzt, nachdem er den Lohn und ein Trinkgeld kassiert hat. Du siehst dem Mann und dem Kind zu, wie sie das Tau lösen, die Ruder eintauchen und dicht am Ufer entlang davonfahren. Ihr winkt euch keinen Abschiedsgruß zu.

Der See dünstet seine träge Melancholie aus, die nach Sumpf riecht, während das Boot kleiner wird, je weiter es sich entfernt. Du drehst dich zu dem kalten, morgendlichen Platz um, den nur ein Hund überquert, was seine Leere um so deutlicher hervorhebt.

Doch dieses rosafarbene, schlaftrunkene Licht, das das Pella-Ufer überflutet, kann dich nicht vergessen machen, daß Lou dich gestern hinter ihrer Zimmertür verspottet hat, als sie mit den Zähnen der Herzenskälte lachte. Warum hat sie das getan? Halblaut fragst du dich das, denn du hast sogar Angst vor deinen eigenen Gedanken.

Rund wie große schwarze Blasen kommen dir die Fragen aus dem Mund, rollen über das Kopfsteinpflaster und rufen ein unendliches Staunen in dir hervor.

*Manche Fragen setzen sich in uns fest, sie schmerzen, sie bergen eine Gefahr, doch es gelingt uns nicht, ihnen unmittelbar auf den Grund zu kommen. Später erst – wenn das Leben fast vorüber ist – kehrt man zu ihnen zurück und ahnt, daß sie bereits die Kälte des Abschieds enthielten.*

*In gleicher Weise sind manche Geschichten Schatten im Abgrund der Kehle. Denn man kann vielleicht aus Gewohnheit schreiben, als Beruf, fürs Geld, doch ich schreibe, weil ich nicht anders kann; weil es die einzige Form ist, die ich kenne, schweigend zu sprechen; weil diese Erzählung im Grunde mein Geheimnis ist.*

An der Fassade des kleinen Rathauses von Orta fällt ein Sonnenstrahl auf das Stadtwappen: eine dicht belaubte Zypresse, umgeben von einer kreisförmigen Mauer. Hortus Conclusus eines ewigen Frühlings, abgeschieden von der Welt. Ein ringsum begrenzter Horizont, darum kann innerhalb des Gartens nichts daran erinnern, daß es jenseits seiner Mauern Dornen und Mühen gibt. So lautet das allgemeine Gesetz, dem zufolge jedes Lebewesen nur innerhalb eines begrenzten Umkreises gesund und stark heranwachsen kann: Denn die Seelenruhe und das glückende Tun hängen beim einzelnen wie bei der Masse davon ab, daß es eine Trennlinie gibt, die das, was man mit dem Blick erfassen kann – und darum klar ist –, von dem scheidet, was außerhalb unseres Lebenskreises liegt – die fremde Welt, die wir nicht erklären können ... Nomen est omen. Sieht man sich nämlich an, wie die Orte beschaffen sind, an denen wir zufällig geboren werden – hier eine fette, saftige Erde, dort ein elendes Dornengestrüpp –, wird verständlich, warum in den Menschen die Vorstellung vom Paradies oder der Hölle entstand.

Wir befinden uns jedenfalls in Orta, im Garten.

Von hohen Mauern umschlossen, wie auf dem Wappen dieses Städtchens: so erträumt sich der Professor seinen Zufluchtsort. Denn es sind die Blicke der anderen, die ihm lästig sind; ein erdrückendes Gewicht auf den Schultern; ständige Ursache von Anspannung.

Als er klein war, bekam er oft zu hören: «Gott sieht dich.» Aus vielen Gründen verstörte ihn die Vorstellung, er sei jederzeit einem prüfenden Blick ausgesetzt. Die Gouvernante wollte ihm mit diesem Satz vielleicht das Laster austreiben, in der Nase zu bohren oder die Hand an jene schändliche Stelle zu legen. Wenn ihm dieser Gedanke kam – Gott sieht dich –, bestrafte er sich mitunter selbst, indem er auf Knien durch das Zimmer rutschte; obwohl die Buße das Schuldgefühl nicht immer beseitigte.

Urplötzlich – wie konnte das geschehen? War er so in Gedanken versunken gewesen? – hat sich der Platz mit Karren gefüllt. Sie gehören zu einer Pilgergruppe, gestern hat man dem Professor davon erzählt: Es gibt Leute, die von weit her kommen, die ganze Nacht hindurch reisen und am Morgen dann zum Sacro Monte hinaufsteigen, um Sündenablaß zu erbitten ... Ein biblisches Gewimmel von Eseln und Gäulen und Menschen, denen noch die Plackerei des langen Weges anzusehen ist, die Haut gerötet von der Kälte der kahlen

Landstriche, die sie durchquert haben, denn die Nachtluft hat ihnen ordentlich zugesetzt. Hinfällige, in der Spreu des Alters verirrte Greise, fast schon nicht mehr ganz bei sich, die Stirn gezeichnet von dem, was sie durchgemacht haben; finstere Ackersmänner, mit einem hervorstehenden Kropf am Hals und weiten, schlotternden Hosen. Ein Kranker krümmt sich, in eine Decke gehüllt, auf der Pritsche eines Karrens.

Welch ein entsetzliches Schauspiel des Elends.

Sie essen eilig im Stehen. Ein Töpfchen heiße Milch wandert von einem Mund zum anderen, ein Stück kalte Polenta mit Knoblauch, ein Bissen Käse; was übrigbleibt, wird in einen schwarzen Lappen gewickelt, für später. Es sind arme Schlucker, die nichts als Gottergebenheit gelernt haben, die jeden Tag aufs neue ihren Krümel Armut auflecken; Menschen, die leben, weil die Luft nichts kostet. Die aber vor Feuer glühen. «Hört mich alle an! Um der Barmherzigkeit Christi willen!» schreit eine Alte und stimmt das gesungene Gebet des Rosenkranzes an, während sie eine hölzerne Kette mit großen Perlen durch die Finger zieht; die Frauen antworten kräftig, die Männer singen halblaut mit, einige im Falsett.

Der Professor fühlt sich unangenehm berührt.

Plötzlich heult ein Hund zwischen den Karren auf. Deine Erinnerung führt in die Zeit zurück, als du ein Kind warst: Einmal hast du gehört, wie ein Hund in der gleichen Weise jaulte. Dann hast du ihn gesehen, den Kopf nach oben verdreht, er zitterte in der Stille des Morgengrauens, wenn selbst die Tiere sich verlassen fühlen. *Ach*, das Sterben, eine große Mühsal, sogar für Hunde.

Während es langsam hell wird, verliert der Himmel die Sterne.

Der Tag ist da, wenn der Hahn zum letzten Mal kräht, die Tiere nach Kleie und Hafer verlangen und die Kinder zu greinen anfangen.

Noch willst du nicht ins Bett gehen. Du schlüpfst in die enge Gasse, die zum alten Kloster San Rocco führt, während du dich wieder von den Gespenstern deiner Kindheit umzingelt fühlst.

*Als unser Mops ein Möpschen war,*
*da konnt er freundlich sein,*
*jetzt brummt er alle Tage*
*und bellt noch obendrein ...*

An der Schwelle der kleinen Kirche angekommen, die dem Heiligen geweiht ist, stützt du die Hände auf den Türklopfer in Form eines Hundekopfes, dessen unterer Teil von all den Händen, die sich im Lauf der Jahrhunderte an dieser Schwelle aufgestützt haben, fast bis zur Unkenntlichkeit abgewetzt ist. Er ähnelt dem Gesicht eines Fötus, den du in einem naturgeschichtlichen Museum gesehen hast. Bei der Berührung des eiskalten Metalls schrickst du zusammen, es sieht fast so aus, als ob der Hund dich zähnefletschend angrinst ... Warum? Etwa weil ich gerade eben auf dem Platz kein Mitleid mit allen Hunden der Welt gehabt habe? Hunde sind wie der Tod: Sie wollen Knochen ... Und sie hätte gestern abend nicht lachen dürfen: Das macht man nicht mit einem Mann, der ihr seine ganze Liebe angeboten hat. Jedes andere Verhalten, doch nicht dieses kleine, selbstgefällige Lachen. Dich zum

Teufel schicken, ja, dir ihren verächtlichen Blick ins Gesicht bohren, dich mit Fingernägeln ausweiden, die giftige Zunge herausstrecken, dir den Absatz eines ihrer Schühchen in den Rücken rammen, während du dich vor dem Schlüsselloch ihrer Tür herunterbeugst. Aber kichern, nein ... Das niemals.

Die Erinnerung an gestern abend läßt dich erröten, zermalmt dir die Knie.

wahnsinnig bist du, sieh dir deine Schläfen an, wie bleich sie geworden sind, mit sauer erkämpftem Scharfsinn mußt du Bücher schreiben, denn nur das kann dich für deine Leiden entschädigen, die Migräne, die Augenkrankheit, deine geistige Einsamkeit; du, der du Hand an die Jahrtausende gelegt hast, sieh dir an, wie heruntergekommen du bist, dummes, betrogenes, ausgelachtes, geprügeltes Tier

Man weint, um etwas herauszulassen, um einen Teil des Schmerzes, der uns ausfüllt, loszuwerden; sonst würde man platzen. Und deine Augen glänzen feucht, denn du bist leider verliebt.

Unterdessen gibt die Tür des Kirchleins von San Rocco dem unbewußten Druck deiner Finger nach. Du bleibst im Eingang stehen, zwinkerst mit den Augenlidern beim Flakkern einer Votivlampe, die vor dem Altar brennt. Dein Blick wird von den Lichtreflexen angezogen, die die Flamme auf die Trompe-l'œil-Dekorationen der Mauern wirft.

Du blinzelst mit den spärlichen Wimpern, ein größeres und ein kleineres Auge. Du streichst dir mit einer Hand über das Gesicht, die schlaffen Wangen, den langen Schnurrbart. Die üblichen Kopfschmerzen kehren zurück. Schon kommt der Schüttelfrost, du spürst, wie der Magen sich verkrampft, die Kehle sich zuschnürt vor Angst. Während du auf die flakkernde, kleine Flamme starrst, meinst du ihr unerträgliches Brennen zu fühlen. Wie lange noch werde ich das aushalten, bevor ich endgültig zu Asche geworden bin? Was wollen diese Fresken mit dem wandernden Heiligen sagen, der unverhältnismäßig riesenhaft aus den pestkranken, betenden Gestalten herausragt, was bedeuten diese Wappen und Symbole – Waffen, Füllhörner, Girlanden? Die kleine Kirche scheint ein Geheimnis zu bergen. Wenn du es herausfinden könntest. Du drehst langsam den Kopf, doch da ist niemand, den du um Erläuterungen bitten kannst.

Schatten auf den Wänden, etwas pulsiert, diese Kirche hat Lungen. Die Schrecken der Kindheit, welch ein Luxus für die Phantasie.

Die Schellen an einem Karren, der vor der Schmiedewerkstatt gegenüber der Kirche angehalten hat, unterbrechen jäh die Stille des Morgens, lassen dich zusammenschrecken, als wenn sich plötzlich ein Riß in der Mauer aufgetan hätte. Ich bin wirklich nicht mehr in der Lage, alleine herumzulaufen, denkst du, während du dich auf den Rückweg zum Hotel machst.

Als wäre er nicht mehr bei sich, klammert der Professor sich einen Augenblick lang an dem Vorsprung in einer Mauer aus versetzt angeordneten Steinen fest, wie ein Blinder. Es scheint ihm, als sickerte aus den abgebröckelten Stellen heimliches Geflüster. Er hört diese Stimmen, obszön summen sie in seinen Ohren. Und immer dieser unerträgliche Geruch, dieser Gestank ... Ich muß etwas in der Nase haben, wer weiß, vielleicht ein bösartiger Tumor, der mir hier hinter der Stirn wächst ... Sobald ich im Hotel angekommen bin, werde ich einen Arzt rufen, werde mich untersuchen lassen, ja, und wenn die Untersuchung vorbei ist, werde ich genau auf seinen Gesichtsausdruck achtgeben und auf den Tonfall, in dem er mit mir sprechen wird, ja, vor allem auf den Tonfall ... Dieser Arzt, der gestern nach dem Abendessen auf der Veranda mit uns sprach, genau der, den werde ich rufen lassen: Er ist jung, aber er scheint mir recht tüchtig zu sein. Sicher wird er sagen, daß es nichts ist: «Was kommen Ihnen denn da für Ideen, Herr Professor, Sie sind nur nervös, Sie lassen sich lediglich von diesem Mädchen aus der Fassung bringen, doch wenn Sie möchten, könnte man eine Kontrolle im Krankenhaus machen, um Ihren Fall genauer zu untersuchen – nur damit Sie beruhigt sind, beileibe nicht aus anderen Gründen ...» Die Ärzte können so gut lügen, das ist ihr Beruf. Doch ich werde wachsam sein, auf die kleinste Nuance achten, beispielsweise eine übertriebene Betonung, einen aufmunternden Schlag auf die Schulter, Hilfe beim Hinsetzen: «Machen Sie es sich bequem, Herr Professor, seien Sie unbesorgt, Sie werden sehen, es ist gar nichts ...»

Vielleicht ist dieses plötzliche Licht schuld daran, daß ihm so traurige Gedanken gekommen sind, überall strahlt es so grell, daß man wie ein Durstender, der in der Hitze nach einem Tropfen Wasser schmachtet, flehen möchte, die Welt möge sich einen Augenblick lang verdunkeln. Sogar hinter den geschlossenen Lidern kommen die Funken nicht zur Ruhe.

Nachdem er sich von der Mauer gelöst hat, geht er mit kleinen Schritten in der Mitte der Straße weiter ... Wie einsam ich bin. Und inzwischen vermehren sich in mir womöglich tödliche Metastasen, gehen von der Nase aus und verbreiten sich nach und nach im Schädel. Auch mein Vater ist jung gestorben, mit aufgeweichtem Gehirn. Und mein Bruder, so klein und krank … Vor zwei Dingen habe ich am meisten Angst: vor dem Todeskampf und davor, nicht mehr schlafen zu können bis zum ewigen, endgültigen Schlaf.

Am Brunnen läßt der dünne Wasserstrahl einen Kupferkrug klingen, der auf der Steinplatte abgestellt wurde. Jemand hat einen Lumpen an das Rohr der Pumpe gebunden, damit das Wasser nicht spritzt. Wäsche hängt in langen Girlanden an den Söllern, tropfende Kleider wie bunte Tierhäute. In leuchtendem Rot wogt eine Hyazinthe zwischen den Steinen in der Morgenbrise, eine Glocke ohne Klang … Ich bin krank, wahrhaftig, ich bin verloren. Aber Lou wird die letzte sein, die es erfährt. Ja, der Arzt wird mir sogar schwören müssen, daß er es vor ihr geheimhält … Um so mehr, als Lou mich immer aufzieht wegen meiner Besorgnis um meine Gesundheit, nie hat sie ein Wort der Anteilnahme geäußert wegen meiner Diäten oder der Arzneien, die ich nehmen muß. Darum wird sie die letzte sein, die es erfährt. Ich werde darum bitten, daß man es ihr erst sagt, wenn nichts mehr zu machen ist. Das wird meine Rache dafür sein, daß sie allen Aufmerksamkeit schenkt, bloß mir nicht …

Der Professor bleibt überrascht vor einem Fresko auf der Rückseite des kleinen Rathauses stehen: eine geheimnisvolle Frauengestalt, die aus einem Fenster schaut, ihr Lächeln ist Schminke, es ist leer, unerträglich abweisend; ebenso wie dieses Fenster ein Inneres vortäuscht, das es niemals gegeben hat … Nein, Lou hätte gestern nicht lachen dürfen.

Der Laternenmann schneuzt gerade den Docht des letzten Lichtes.

Du wunderst dich über dich selber, in deinem Alter hast du immer noch nicht gelernt zu vergessen.

Auf dem Platz wieder die Pilger, stumm und schläfrig, erschöpfte, runzelige Gesichter wie Datteln. Einige betrachten pfeiferauchend das Wasser im feinen Frühnebel. Die unverdaulichen Steine der abendländischen Philosophie sind ihnen fremd ... Geduldig und zurückhaltend warten sie, ohne Angst: Ohnehin weiß niemand so gut wie der Bauer, welche Rolle der Zufall im Leben spielt. Natürlich ist die Geschichte, die dem Professor heute nacht erzählt wurde, nicht die richtige Geschichte vom heiligen Julius und den Fährleuten: Die Menschen, die in diesen Landstrichen leben, können sich nicht geweigert haben, den Heiligen hinüberzufahren, weil sie Angst vor Ungeheuern hatten: Wenn keiner von diesen Männern sich rührte, dann nur deshalb, weil die Sache mit der Befreiung der Insel von den Schlangen mit ihrem Leben nichts zu tun hatte, waren sie doch nur allzusehr daran gewöhnt, alles zu ertragen, was Himmel und Schicksal bringen.

Sie singen leise, werfen sich gegenseitig schlagfertige Bemerkungen zu, denn unvorhergesehene Ereignisse sind das Salz im Leben der Armen: Wer ausharrt, ermüdet das Unglück. Könnte man sich doch immer in der Gewalt haben, denkt der Professor ... Was hat seine Freundin neulich gesagt? «Ich will mich beherrschen, bis das Leben mir das zum Geschenk machen wird, was ich am meisten wünsche.»

Jetzt ist es soweit, sie sammeln sich. Langsam formiert sich eine Art Zug. Vorne die Frauen und Kinder, es folgen die Männer, und was annähernd wie eine Prozession aussieht, setzt sich in Richtung Hang in Bewegung. Einige halten brennende Kerzen oder das Bildnis des Heiligen Pellegrinus im roten Gewand mit vergoldetem Saum in den Händen; manche nur eine Blume: Aber irgend etwas muß man mitbringen, nur nicht die leeren Hände. Eine Frau trägt ein halbnacktes

Kind auf dem Arm; seine Nase trieft, ein blaues Band ist um seine Brust gewunden, als Gelöbnis der Frömmigkeit. Zwei Männer haben sich das Gewicht des Kranken aufgebürdet, der auf einer grobgezimmerten Trage liegt, im Namen unseres Herrn Jesus Christus, der nicht stirbt, oh nein, sondern im Himmel sitzet, zur Rechten ... Dieser Blick des leidenden Tiers, der Talg seiner Verblödung, die gefletschten Zähne, dies alles sehen zu müssen, erregt den Zorn des Professors: Es hat etwas Abstoßendes, ist ein Makel dieser Welt. Wie soll man glauben können, daß der Mensch zur Vollkommenheit bestimmt ist, angesichts eines solchen Schauspiels?

Eine Alte singt, die jungen Frauen begleiten sie, ein unverständlicher und barbarischer Chor, der die Traurigkeit unter allen aufteilt, für jeden ein wenig: «Gelobt sei der Herr, der nur von uns nimmt, um uns zu belohnen am Tag des Jüngsten Gerichts.» Mitunter dämpft sie ihren Gesang zu einem Summen ohne artikulierte Worte.

Der Professor bleibt stehen, um sie erstaunt zu betrachten: Ihn beeindruckt dieses Zuviel an paarweise aufgereihten Pilgern, die Kraft ihrer Religion, ihre Entfernung vom Vernünftigen. Auf welcher Seite liegt die Wahrheit?

Niemals hättest du gedacht, daß dich die Schwierigkeit, Klarheit über sich selbst zu gewinnen, so verzweifelt und unglücklich machen würde. Deine Freude darüber, daß du dich angesichts dieser Elenden privilegiert fühlen darfst, wird dir von einer unerklärlichen Angst vergällt.

Inzwischen folgen einige Hunde dem Zug, ein geiferndes, tristes Hin- und Hergelaufe zu beiden Seiten. Bricht der Gesang ab, kläffen die Tiere fast verärgert.

In der Luft das Schwirren der Schwalben und der starke Duft aus der violetten Glut von Glyzinien, die einen der Türme an der Motta bedecken.

*Ich gerate in Versuchung abzuschweifen, die Geschichte dieser armen Schlucker zu erzählen, die der Professor betrachtet. Vielleicht nicht gerade von diesen hier, aber von anderen Pilgern, die auf den Sacro Monte hinaufgestiegen sind, um Vergebung zu erbitten. Man müßte nur den weitschweifigen Erzählungen mancher alter Frauen aus dem Dorf lauschen, sich von bestimmten Charakteren verführen lassen, wie nur die großen Geschichtenerzählerinnen sie entwerfen können; etwa: «Einmal ist einer bei einer Prozession mitgegangen, einer aus dem Tal dort hinten, Teufel auch, hab vergessen, wie der hieß, ich glaube Celeste, ach ja, Celeste wurde er gerufen: von Geburt an kahlköpfig und hatte nur noch ein Auge; nicht, daß er das andere bei einem Unglück verloren hätte, nein, er ist wahrhaftig so geboren; und im Dorf sagen sie, daß diese wurmstichige Frucht davon kommt, daß seine Mutter getrunken hat, aber eine schlechte Frau war sie nicht, um das mal deutlich zu sagen, nur hat sie eben zu gerne in die Flasche geguckt. Und weil die ganze Prozession für die Katz war, ist auch er schließlich bei der Sterìna vom bösen Berg gelandet, die alle Beschwörungen gegen das Hitzeleiden und das Wurmfieber kennt ...» Und an dieser Stelle könnte ich anfangen, von der Religion dieser armen, unwissenden Menschen zu sprechen, die nicht einmal dann aufgeben, wenn Kerzen oder bezahlte Messen ohne Erfolg bleiben; so daß sie sich auf ihrer Suche nach einem Heilmittel zuletzt an die Hexen wenden, von denen man in gewissem Sinn sogar mehr bekommen kann als vom Herrgott, da sie als Gegenleistung keinen bußfertigen Lebenswandel verlangen. Ja, solche Figuren meine ich – die Quilina, die einen Buckel bekom-*

*men hat, weil sie auf dem Eis ausgerutscht ist, Vigildo, der auf den*
*Balkon seiner Liebsten zu klettern versuchte, und da hat ihre*
*Mama einen Kessel kochender Waschlauge über ihm ausgeschüt-*
*tet, um ihn büßen zu lassen, der Placidén ... – Aus der Pilgerreise*
*eines jeden von ihnen könnte man einen Roman machen; und so*
*bin ich: Schon als kleines Mädchen fesselten mich die Geschichten,*
*die sich eine aus der anderen weiterspinnen, Geschichten von Fel-*
*dern und von dunklen Wäldern, von sprechenden Tieren und*
*Frauen, die in den Gesang einer Nachtigall verliebt sind, von Hei-*
*ligen Georgen, die auf Pferden mit himmelblauen Satteldecken*
*angeritten kommen, von Armen, die sich auf den Weg machen, um*
*das Schicksal herauszufordern.*

*Schade, ein anderes Mal vielleicht, aber ich darf nicht ab-*
*schweifen von der Geschichte des Tages, den der Professor in Orta*
*verbracht hat.*

Während du ins Hotel zurückgehst, stößt dich schon wieder
ein übler Geruch in der Nase ab, doch diesmal handelt es sich
um die stinkenden Reste eines Fisches, den ein Kellner auf den
Karren mit Abfällen geworfen hat, der für den Misthaufen
irgendeines hiesigen Gartens bestimmt ist: Ein dünnes Rinnsal
ekelerregenden Eiters tropft daraus hervor. So widerlich, ein so
großer Gegensatz zu der verführerischen Schönheit dieses
Sees. Denn die Insel dort draußen auf dem See wird nun von
einem feinen, goldenen Nebel umschlungen; außerdem ist
dies die Stunde, in der die antiken Gottheiten durch die Welt
streiften, als Tau der Morgenröte verkleidet. Doch diese Pe-
stilenz, dieser weiche, graue, übelriechende, von Fliegen ge-
krönte Abfall ... Stell dir das einmal vor: Früher oder später wird
der Mensch aussterben; die Zeugnisse seines kurzen Aufenthaltes auf der Erde – Monumente, Kunstwerke, Bibliotheken –

werden verschwinden, doch Würmer und Fliegen werden unerschütterlich fortfahren mit ihrem Summen, ihrer Fortpflanzung, ihrem sinnlosen Abenteuer ohne Ziel; wie seit Anbeginn der Welt. In irgendeinem Museum, du weißt nicht mehr welchem, hast du kleine Fliegen gesehen, die vor Millionen von Jahren in einem Stück Bernstein eingeschlossen wurden; Fliegen, die ganz genauso aussahen wie jene, die jetzt besessen um diese Fischreste schwirren. Das Leben, das sich vom Tod nährt, welch ein grauenhaftes Spiel.

Und so kehrt dir, wie Staub, der in einem Sonnenstrahl aufwirbelt und zu sinken scheint, sich aber nicht setzen will, das abstoßende Bild Heraklits zurück, der bis zum Hals im Kot, im Dunghaufen des Lebens steckt.

*Es gibt Augenblicke, in denen man beim Entwerfen einer Geschichte bis in die hintersten Windungen seines Hirns zurückverwiesen wird; dann halte ich inne, denn ich spüre alte Bilder in mir aufsteigen, die ich vielleicht als belanglos verscheucht hatte, die mir aber plötzlich in Fleisch und Blut gegenübertreten.*

*So auch jetzt, genau in dem Moment, da sich der Kopf des Dunklen geheimnisvoll aus dem Mist erhebt, um den Professor mit einem fürchterlichen Blick zu durchbohren und dann, einen Augenblick später, wieder unterzutauchen. Hier gibt es etwas, das zutiefst mit mir zusammenhängt: die zwiespältige Faszination durch das Abstoßende; etwas, das von weit her kommt, aus den Tagen der Kindheit. Warum es mir ausgerechnet jetzt einfällt, weiß ich nicht, im Grunde bleibt die Arbeit des Gedächtnisses ein Geheimnis für mich. Vielleicht ist alles ganz einfach der Einsamkeit dieses kleinen Ortes zuzuschreiben, der Stille, die mich umgibt und mich dazu bringt, die Art und Weise, wie meine Figuren empfinden und leiden, mit ihnen zu teilen, «... so daß es mir oftmals so scheint, als*

*hätte ich eine ganze Gesellschaft von Menschen im Kopfe, die in*
*aller Vernünftigkeit miteinander sprechen, also kann ich bei jedem*
*noch so geringen Gegenstand, der in meinen Gedanken auftaucht,*
*darüber mit mir selbst ein großes Geplauder abhalten»*, wie Leo-
pardi *im* Dialog zwischen Torquato Tasso und seinem Haus-
geist *sagt ... Natürlich geschieht das nicht bei allen meinen Figu-*
*ren: Die Mehrzahl von ihnen – wie übrigens wirkliche Menschen*
*auch – machen einen großen Bogen um den Zufall, höchstens strei-*
*fen sie ihn für eine Weile; wenige nur lassen sich von ihm berühren,*
*und das sind die Figuren, die mich interessieren.*

*Genau aus diesem Grund gefällt mir der Professor; und ich bin*
*gerührt, wenn ich ihn beobachte, wie er am frühen Morgen in Rich-*
*tung Hotel über den Platz schwankt. Schade, daß niemand ihn*
*dabei fotografiert hat: bitte lächeln Sie, lächeln bitte ... denn unter*
*seinen Augen hätten die blauen Schatten der Schlaflosigkeit gele-*
*gen. Doch ein heimlich aufgenommener Schnappschuß wäre zur*
*damaligen Zeit sicher undenkbar gewesen: Der Fotograf hätte eine*
*ordentliche Positur verlangt, er hätte bestimmte Haltungen vorge-*
*schlagen und einstudiert, er hätte dem Professor geraten, sich*
*rasch ein wenig in Ordnung zu bringen; um so mehr, als das Licht*
*in diesem besonderen Augenblick, da das Rosa der Morgenröte*
*verblaßt, jedem Lebewesen, auch dem Ordentlichsten, das Ausse-*
*hen eines Staubklumpens verliehen hätte.*

*Auf einmal spüre ich, während ich mir eine Zigarette anzünde*
*und die letzte Neige der nächtlichen Stille genieße, eine Art Leere,*
*als ob der Boden sich unter meinen Füßen auftäte.*

*Die Straße hat den Geruch des Sees, der hier alles ergreift und*
*umgibt.*

Kaum in seinem Zimmer angekommen, fängt der Professor
an, in der Reisekiste zwischen seinen Schachteln, den Dosen

mit Magnesium- und Kaliumphosphat herumzuwühlen. Er betrachtet seine Zunge im Spiegel, fühlt sich den Puls.

Lange Unterhaltung mit einem Arzt, den der Professor vom Hotelportier hat rufen lassen, damit er ihn untersucht. Es handelt sich um einen Mann aus Turin, auch er ist zur Erholung hier; er hatte gestern abend Gelegenheit, ihn kennenzulernen, nach dem Abendessen.

Der Professor ist gesprächig geworden: Er selbst ist der erste, der sich wundert, wie leicht es ihm fällt, sich einem Fremden gegenüber offen auszusprechen, ja, ihm sogar zu gestehen: «Ich glaube, ich werde verrückt.»

«Jede Wahrheit ist vorläufig, haben Sie mich gelehrt …», entgegnet der Arzt, während er den Löffel ablegt, mit dem er ihm soeben die Zunge heruntergedrückt hat, um in seinen Hals zu schauen. «Was ist denn der Ursprung aller Wissenschaft? … Die Neugierde. Ebendarum ist sie so wechselhaft und unbeständig. Die Medizin ist allerdings durchaus keine Wissenschaft, finden Sie nicht auch? Sie ist eine Kunst, und als solche ist sie unveränderlich durch alle Zeiten. Die Krankheiten kommen von den Göttern, sagten die Alten, nehmen wir zum Beispiel diesen Hippokrates, an den Sie sich sicherlich auch erinnern: Der einzige Arzt, der kein Esel war, weil er die Unwissenheit beziehungsweise die Ohnmacht zur Grundlage seiner ärztlichen Kunst erklärte. Letztlich ist der Arzt nicht besser als ein Zauberer, der dem Kranken vorgaukelt, er besitze das Geheimnis, das ihn heilen kann; eigentlich nicht viel anders als die Hexenmeister zur Zeit von Carlo Códegna, die jedes Leiden mit einem Umschlag aus heiligen Blättern kurierten. Sicher, werden Sie sagen, früher war früher … Doch etwas wirklich anderes, mein lieber Herr Professor, hat auch die Medizin von heute nicht anzubieten.» Langsam legt er die ärztlichen Instrumente, die er erst kurz zuvor hervorgeholt hat, in die Tasche zurück und drückt mit beiden Händen den Schnappverschluß zu. «Wie auch immer, nach allem, was ich sehe, sind Sie nicht krank», fährt er fort. «Sie sind nur verwirrt, nichts weiter. Und Sie klammern sich an die Schwierigkeiten in der Beziehung zu diesem Fräulein, um sich die Tragödie einer unmöglichen Liebe oder, schlimmer noch, das Märchen von einem unattraktiven und leidvollen Alter zusammenzubasteln. Warum versuchen Sie nicht, sich dieser jungen Frau offen zu erklären? Sie sind ein intelligenter Mann, gestern abend habe ich Sie neben dem Kamin sprechen hören: Sie standen im Mittelpunkt, alle hörten Ihnen gebannt zu. Folgen Sie meinem Rat: In Ihrem Alter sind Sie ein weitaus besserer Verführer als irgendein hergelaufener Jüngling ... Aber was machen Sie statt dessen? Sie wollen leiden und stellen sich krank, um sicher zu sein, daß Sie am Leben sind. Jedoch ohne sich überhaupt ins Spiel zu bringen, ohne wirklich zu leben ...»

An der Tür dreht er sich um, grüßt mit einem kurzen Kopfnicken und fügt hinzu: «Schlagen Sie sich diese Gedanken aus dem Kopf. Sprechen Sie mit dem Mädchen, in aller Deutlichkeit; gehen Sie das Problem an. Sonst werden die Zweifel Sie weiterhin verrückt machen ...»

Verrückt, oh là là, vielleicht wäre das eine Lösung. Das einzige Gesetz, das im Leben des Universums Bestand hat, ist die Ungerechtigkeit und die Sinnlosigkeit; darum ist der Wahnsinn wahrscheinlich der einzige Weg zur Wahrheit.

Wiederum taucht vor dem Professor, wer weiß warum, das Bild des Misthaufens und des Dunklen auf, der vielleicht nicht einmal krank war.

Vor dem Fenster verflüchtigt sich der feine Nebel über dem See, ein sonniger Tag kündigt sich an.

Einerseits möchtest du dem Arzt gehorchen, möchtest dich eindeutig verhalten; zum Beispiel ein Billett an Lou schreiben, sie um eine Erklärung für ihr Benehmen gestern abend bitten – über dieses Lachen hinter der Tür kommst du einfach nicht hinweg –, dich von der ganzen seelischen Erschütterung befreien, die dir in der Kehle steckengeblieben ist. Du könntest ihr das Billett beim Frühstück überreichen, zumindest wenn es dir gelingen würde, mit ihr allein zu sein, und sei es nur einen Augenblick lang. Du nimmst Papier und Füllfederhalter, doch du bist zu erregt, es fällt dir schwer, dich zu konzentrieren. Und überdies kommen dir Zweifel, welche Anrede du verwenden sollst, du zögerst, denn eine auf Papier festgehaltene Formulierung erlaubt keine Zwischentöne: «Sehr geehrtes Fräulein» ist zu unpersönlich, «Meine liebe Freundin» zu intim; und außerdem warum «meine» und «liebe»?

Du knüllst ein Blatt nach dem anderen zusammen, wirfst die mißglückten Briefe in einen Papierkorb.

## FÜNF

*Seit geraumer Zeit versucht sie einzuschlafen. Es hat lange ge-*
*dauert, bis ihr Bruder sich beruhigt hat. Sie hat mehrfach Bedien-*
*stete die Treppen hinauf- und hinunterlaufen gehört. Doch nun ist*
*endlich alles still.*

*Aber jetzt kann Elisabeth nicht mehr schlafen. Alles seine*
*Schuld, dieser Verrückte müßte schon längst tot sein ... Oh Gott,*
*schrecklich, zu welchen Gedanken sie schon gezwungen ist. Sie*
*setzt sich auf, die Hand über dem Herzen, von einem tiefen,*
*bedrohlichen Unwohlsein gepackt. Ganz ruhig, sie muß sich*
*beruhigen, warum sollte sie sich von Angst überwältigen lassen,*
*dies ist eine widerliche Geschichte, eine von der Art, wo durch*
*übertriebene Empfindlichkeit ganze Leben zerstört werden, eine*
*Geschichte von gottlosen Geistern wie Fritz einer war; wohin-*
*gegen sie, Elisabeth, immer stolz sein konnte auf das großartige*
*Gleichgewicht in ihrem Leben, auf ihr methodisches, wohlgeord-*
*netes Denken und Fühlen: die Ehrbarkeit, das Übereinstimmen*
*mit einer Norm, als wäre dies die einzige Bestimmung, zu der*
*man geboren wird ... Es ist nur natürlich, daß es ihr wegen ihres*
*Bruders so schlecht geht: Seine Krankheit, jede Krankheit, ist eine*
*entsetzliche Erfahrung, wenn sie die göttliche Strafe für ein sün-*
*diges Leben ist; denn das eines Junggesellen wie Fritz ist mit*
*Sicherheit so gewesen, und darum geschieht es ihm recht, daß*

er jetzt für seine lasterhafte Vergangenheit bezahlen muß und leidet.

Sie hat die Lampe auf dem Nachttisch wieder angezündet und nimmt die Bibel in die Hand; der Briefumschlag dient als Lesezeichen. Es kostet sie eine ungeheure Willensanstrengung, die Augen auf die Seite gerichtet zu halten, denn in Wirklichkeit sieht sie gar nicht hin: Ihre Augen sind vollkommen verschleiert, wie nach innen gewendet, um Erinnerungen aus langvergangenen Zeiten zu rekonstruieren, die ihre volle Aufmerksamkeit erfordern: Sie denkt an das Kind und das junge Mädchen, das sie gewesen ist, voller Haß auf alles Unvorhersehbare, und das heißt auf alles Perverse und Schmutzige ... Im Grunde sind alle Menschen so, auch in den innigsten und intimsten Beziehungen, nie gestatten sie dir ein sicheres Gefühl des Besitzes, sie weichen dir aus und machen, was sie wollen. Ihr Ehemann zum Beispiel: Erst als er völlig verzweifelt war, durch sein Scheitern gänzlich entmutigt, war es ihr gelungen, ihn zu lieben; aber wie sehr hatte sie ihn vorher gehaßt und verachtet: weil er ihr immer Paroli bieten wollte; weil er unfähig war, sich auf sie zu verlassen; weil er bis zuletzt, bis zu seinem Tod, niemals vor ihr in die Knie gegangen war und sie um Hilfe gebeten hatte. Wenn er sich in der Hochzeitsnacht wenigstens als impotent erwiesen hätte, dann hätte sie einen Grund gehabt, ihn irgendwie zu akzeptieren, ihn zu trösten, ihm ihren Zuspruch zu gönnen. Wie sie es jetzt mit Fritz macht ...

Ein Schrei aus dem Zimmer im oberen Stockwerk.

Schon wieder. Oh nein, jetzt reicht's. Mit einem Sprung ist Elisabeth aus dem Bett und schlüpft in die Pantoffeln. Im Nu ist sie an der Tür und stürzt wutentbrannt die Treppe hinauf. Ihre schweren Schritte dröhnen über den roten Läufer, der die Stufen bedeckt. Mit den Händen umklammert sie die Bibel, als ob sie sich Satanas entgegenstellen müßte.

Zornig drückt sie die Türflügel auf. Es dauert einige Sekunden, bis ihre Augen sich an das Halbdunkel gewöhnt haben und den schwarzen Schrank, die Kommode, an der Wand die Ansichten von Rom, den weißen Kranken auf dem Bett deutlich wahrnehmen. Fritz liegt reglos da, erschöpft vom vielen Schreien, die Hände zur Faust geballt auf dem umgeschlagenen Rand des Bettlakens, das Büschel grauer Haare über der bleichen Stirn, die fiebernden Augen treten fast aus den Augenhöhlen, und das Gesicht ist zu diesem hündischen Ausdruck verzerrt, den Elisabeth nicht ertragen kann.

Die Frau betrachtet ihn mit jenem Groll, den man älteren Brüdern gegenüber empfindet, die mit Leichtigkeit immer wieder Mittel und Wege finden, alle Aufmerksamkeit auf sich zu ziehen. Sie will schon anfangen zu schimpfen, doch da bemerkt sie, daß der Kranke die Augen geschlossen hat und jetzt bewegungslos daliegt wie eine leblose Statue. Praktisch schon eine Leiche, schießt es der Schwester durch den Kopf; denn es ist ja so, daß sich der Körper in dem Augenblick, in dem die Seele sich davonmacht, schlagartig in etwas anderes verwandelt, so fremd, daß wir unwillkürlich ausrufen: «Das ja gar nicht mehr er ...» Und doch wachsen Bart und Haare auch im Sarg weiter, heißt es ... Oh Gott, womöglich ist er diesmal wirklich krepiert.

## Fast eine Idylle

*Rapallo, September 1886*
*Morgen*

**Isolde**
So stürben wir,
um ungetrennt ...
der Liebe nur zu leben.
*Tristan und Isolde*
*Zweiter Aufzug, zweite Szene*

Aus der kleinen Schüssel schöpfend, die auf einem dreibeinigen Gestell ruht, glättest du dir sorgfältig die Haare vor dem ovalen Spiegel der Nußbaumkommode. Dabei suchst du in deinem Gesicht nach dem Mut, den du brauchst, um hinunterzugehen und unter fremden Menschen dein Frühstück einzunehmen. Dieser verschreckte Augenausdruck, das bist du. Diese dunklen Augenränder nach einer schlaflosen Nacht. Diese geschwollenen Lider. Diese Grimasse eines hilflosen kleinen Wichts.

Auf einmal fällt dem Professor jene Situation ein, als er ein kleiner Junge war und die Gouvernante ihn dabei überraschte, wie er sich im Spiegel betrachtete. Er muß neun oder zehn Jahre alt gewesen sein; er hatte schöne Haare, dicht, seidig und ein wenig gewellt.

Was diese scheinheilige alte Schachtel deiner Mutter damals gesagt hat, hast du nie erfahren. Abgesehen davon, daß die Gouvernante mit jenem Tag anfing, dich allmorgendlich zu kämmen, wobei sie dir unter strengen Blicken die Haare mit so heftigen, ruckartigen Bewegungen striegelte, daß dir die Tränen in die Augen traten. Und die Worte, mit denen sie dich demütigte, waren wirklich teuflisch, von der Sorte, die bösartigen, giftigen Geifer hinterlassen: «Du bist ein ekelhaftes, eitles Geschöpf, das habe ich sofort gemerkt. Weißt du denn nicht, daß die Eitelkeit eine der schlimmsten Sünden ist? Daß sich in jeder Haarlocke ein Teufel versteckt?» Es waren ihre bohrenden Fragen, hartnäckig wiederholte und wütend kläffende Fragen, die dir verrieten, daß ein Junge sich selbst befriedigen kann, und diese Entdeckung rief eine tiefe Abscheu in dir hervor, die deine sexuellen Phantasien noch lange begleitete, als ob die Liebe nichts anderes wäre als diese verstümmelte Handlung, die dich verkrampft im Dunkeln zurückließ, halb ohnmächtig vor Angst – die Alte hatte dir angedroht, du würdest blind werden, wenn du so weitermachtest –, doch auch vor Lust, beschmutzt mit dem milchigen Schleim, der auf das Laken geflossen war ... Die qualvollste aller Fragen kam eines Morgens, dulcis in fundo nach der üblichen Reihe von Tadeln: Was würde deine Mutter sagen, wenn sie erführe ... Du bist unter lebhaftem Protest aufgesprungen; denn schmerzlich wurde dir zum ersten Mal bewußt, daß es bei gewissen Schandtaten wahrhaftig nicht das Urteil des Allmächtigen Gottes ist, was uns am meisten erzittern läßt.

Heute nacht hatte ich seltsamen Traum. Ich war auf einem Platz, wo, weiß ich nicht; es lag Schnee, doch ein kalter Schweiß rann mir von der Stirn den Hals hinunter. Ich hörte

Stimmen, obwohl ich nicht genau erkennen konnte, wer mir entgegenkam, denn ich trug eine Art Kapuze, die mir die Augen halb bedeckte ... Ich bin mit dem Gefühl aufgewacht, meine Brust würde von einem riesigen Stein zerquetscht. Aber was sitze ich hier und schreibe? Ich muß mich beeilen und nach unten gehen, um zu frühstücken.

Als du ans Fenster trittst, dringt von dem kleinen Platz am Hafenkai das Stimmengewirr eines Marktes herauf: Leute, die allerlei Geschäften nachgehen, zwischen Verkaufstischen, die von Fischen überquellen, in Grüppchen um den Preis feilschen. Und ringsum herrscht ein süßer, verlockender Duft, der nichts von deinem Unglück weiß.

So war es auch an jenem Morgen in Orta, wo Lou an einem Tischchen vor dem See saß und mit ihrer Mutter und Paul frühstückte. Von allen Erinnerungen an deine Freundin ist dir der Morgen jenes schicksalhaften Tages sicherlich am deutlichsten im Gedächtnis geblieben. Sie sitzt im Gegenlicht, im Hintergrund die Insel San Giulio. So siehst du sie noch heute. Sie bewegt sich nicht. Alles, was sie ist, was sie für dich gewesen ist, ist in diesem Bild enthalten. Ihre faszinierende Reglosigkeit, katzenartig. Du weißt nicht, was sie auf dem See beobachtet, einen Felchen vielleicht oder eine Ente; woran sie denkt. Sie bleibt still sitzen, umgeben vom Licht der Maisonne. Und du lächelst dem blank geschliffenen Morgen ihrer Augen zu, den launischen, wandelbaren, und mußt an die Engel denken oder an die Feen, die es nicht gibt, wenn keiner für sie in die Hände klatscht – denn was zählt, ist nicht allein unser Bedürfnis nach Menschen, die an uns glauben, sondern auch, daß man selber vertraut, an jemand glaubt; mit anderen Worten, daß man liebt.

Die andere Erinnerung ist noch bewegender. Ihr wart ge-

rade in Orta angekommen. Lou ging mit ihrer Mutter und
Paul nach dem Durcheinander der Reise die Koffer auspacken.
Von einem Stühlchen des Cafés auf dem Platz aus sahst du sie
durch die offene Balkontür: Sie ging gestikulierend und kopf-
schüttelnd hin und her; dennoch war sie dabei auf unver-
gleichliche Weise schön. Auch sie entdeckte dich, obwohl sie
dir kein Zeichen gab, doch kurz darauf stand sie schon vor dir,
einen Finger auf die Lippen gelegt, und schob einen Stuhl
hinter eine Säule der Arkaden, damit ihre Mutter, die Generalin, euch nicht zusammen sah. Sie ließ sich vom Kellner eine
Karaffe Wein bringen, goß etwas davon in ein Glas und reichte
es dir. Ihr Glas hielt sie schon in der Hand. «Auf Ihr Wohl, lieber Professor», sagte sie. Bei jeder Bewegung raschelte ihr
Kleid. Warum nur, ihr mißgünstigen Götter, mußte sie so
schnell auf ihr Zimmer zurückkehren?

Es geht mir nicht gut heute, denkst du; ich bin nicht ganz
bei mir. Keiner ist gesund, wenn die Erinnerung für ihn zur
einzigen Bühne des Lebens geworden ist... Genug. *Hopp,
hopp, hopp! Pferdchen, lauf Galopp!*
Du gehst hinunter, um auf der kleinen Terrasse der Pension dein Frühstück einzunehmen.
Die Tür eines Zimmers steht offen. Ein mageres Zimmer-
mädchen klopft die Matratze aus. Zerwühlte Bettlaken, Hand-
tücher, geöffnete Koffer, Parfümflakons, ein paar Gläser auf
der Kommode, Kupferleuchter, Bücher. Ein Geruch nach
Frau liegt in der Luft, er verwirrt dich.

Eine Anispastille, damit der Atem wohl riecht, und einen
Augenblick später bist du an deinem Tisch. Auf diesen Über-
fall des Lichts bist du nicht gefaßt gewesen; unangenehm.

Dir gegenüber sitzt eine korpulente Frau mittleren Alters, die das Bild einer Königin im Exil abgibt, von Kopf bis Fuß in Schwarz gekleidet. Du wünschst ihr einen guten Morgen und deutest eine Verbeugung mit dem Kopf an; sie antwortet dir mit einem angedeuteten Lächeln und einem jener zwischen zusammengebissenen Zähnen gemurmelten «Danke», die aus dir einen kleinen, vor Angst gelähmten Jungen machen. Aus dem zuckrigen Ton der Stimme hörst du nämlich eine vage Spur Antipathie heraus. Sie ähnelt Elisabeth ... Es muß die erstickende Enge des Korsetts sein, was manche Frauen so nervös macht.

Man hört nur das Geräusch des Bestecks und des Geschirrs, mit dem die Gäste hantieren.

«So ein herrliches Wetter. Man könnte nach dem Mittagessen einen Spaziergang machen», richtete Lou an jenem Morgen lachend das Wort an mich, und ihr Blick erschien mir wie eine Liebkosung, ihre Stimme verlangend. «Kokett überzuckert», so beschrieb Elisabeth sie: «Wie Honig, ja, aber von einer Wespe ...»

Ich habe diese Sätze ins Notizbuch geschrieben, am Rand des Abgrunds, doch dann habe ich sie mehrmals mit einem Federstrich durchgestrichen. Ich glaube, ich habe einen Fehler gemacht: Ich sollte meinem Geist erlauben, die Feder zu führen, damit ich aufschreibe, was ich wirklich fühle. Ich muß mich endlich einmal dazu entschließen, alles ans Licht zu holen, was in dieser Geschichte passiert ist: die Zweifel, die mich quälten, die Lügenmärchen von Elisabeth, das Unverständnis der Freunde ... doch auch den zauberhaften, hellen Schein von Lous Locken, die ihr Gesicht umrahmten, diesen Vogelhals in der Halskrause aus Spitze, ihre kindliche Hand, die mit einer Brotkrume spielte, ihren nach vorn gebeugten Oberkörper, den vom Gespräch erhitzten Blick, als wollte sie mich dazu bringen, von mir zu sprechen. Und ich, der ihr Aufmerksamkeit schenkte, damit sie wiederum mir zuhört. Und ringsum der Morgen, der über dem See flimmerte ...

Doch der schwankende Geist des Professors – Traum, Erinnerungen, Wirklichkeit – macht erneut einen Sprung, als ihm plötzlich das Bild mit dem Kopf des Dunklen, der aus einem ekelerregenden, faulenden Misthaufen ragt, vor Augen steht. Er riecht den entsetzlichen Gestank, der ihm in der Nase brennt. «Unrat», hat Elisabeth einmal über die Briefe von Lou und Paul gesagt. «Das kommt aus der Kloake ...» Die Worte seiner Schwester sind wie eine Mischung aus übelriechenden, giftigen Gasen, die das Gehirn lähmen. Wird das alles nie aufhören? Gibt es kein Entrinnen? ... Du beißt dir auf die Lippe.

Die Besitzerin der Pension bemüht sich um dich, sie rückt einen Stuhl von einem nahen Tisch heran, damit du die Bücher, die du bei dir hast, darauf ablegen kannst, so entsteht mehr Platz für das Notizbuch und das Tintenfaß. Daß eine Frau freundlich zu dir ist, macht dich immer etwas befangen ... Ohnehin war dir das weibliche Geschlecht bis zur Begegnung mit Lou praktisch unbekannt: Einerseits gab es da die Frauen vom Typ deiner Schwester: engstirnig, bis zur Bosheit egoistisch, eine Maskerade bürgerlicher Konventionen, die mit dem vorgeschriebenen Lächeln auf dem Mündchen gespielt wurde; auf der anderen Seite die modischen Intellektuellen, denen du in gewissen Salons zuhören mußtest, wie sie den Anwesenden mit neunmalkluger Miene ihre nach langem Grübeln destillierten Urteile zuwarfen: ein Strom von Worten, aber mentis guttam ...

Natürlich gab es Ausnahmen: Malwida zum Beispiel, doch Malwida hast du nie als Frau angesehen; sie erschien dir eher wie ein guter Geist, eine mütterliche Fee ... Lou war dagegen vollkommen anders. Eine wirkliche Überraschung. Ein außergewöhnliches Wesen, über das der ganze Jammer des Lebens mit einem Schlag hereingebrochen war, ohne ihr Zeit für das Reifen ihres Mädchenkörpers zu lassen.

Wohin hat es dich verschlagen, Lou? Où sont les neiges d'antan? Worum drehen sich deine Gedanken jetzt? Dort, wo die Raben fliegen ... Seither, seit dieser Zeit ohne dich, bleibt mir nur die Gesellschaft langweiliger Marionetten, die sich, an ihrem Faden hängend, mit ungelenken Bewegungen vor dem Nichts verbeugen.

Die Wirtin schenkt dir noch einmal Kaffee ein. In größter Gereiztheit machst du dich über die Tasse her. Du spürst, daß das warme Getränk dir den Magen verschmiert, statt dich aufzumuntern.

Lebendige Formen, Farben, Musik, das möchtest du trinken.

Zurück zu diesem Traum heute nacht ... Wir befanden uns auf einem kleinen Platz, da war einer dieser unförmigen Karren, mit denen die Bauern auf den Markt gehen. Und ich fühlte mich erdrückt von meiner Müdigkeit und dem Unverständnis aller Menschen, ich war irgendwie an den Karren gebunden und weinte – weil ich zu meiner Schande ein Tier

war? Weil ich mich danach sehnte, etwas Besseres zu sein? ...
In diesem Moment sehe ich Elisabeth mit einem abscheulich
blassen Gesicht vor mir. Nicht so, als sei sie körperlich anwe-
send, eher wie ihr Gespenst ...

Es ist zwecklos: Diesen Traum in dein Notizbuch zu schreiben wird dich der Wahrheit nicht näher bringen, du wirst zu
keinem Ergebnis kommen, weil es eine Wahrheit ist, die nur
dir allein gehört, die deinem Innersten maßgeschneidert ange-
paßt ist, weil du sentimentale Gemeinplätze nicht duldest. Im
Grunde weißt du nur allzugut, woraus dein Leben besteht:
Bücher, Pensionszimmer, Bahnhöfe, Medizin gegen Migräne,
eine wurmstichige Familie, nächtliche Alpträume ... Du lebtest
in verschlossenen Räumen, in Zimmern mit dunklen Vorhängen, um die Augen zu schonen; dann taucht sie urplötzlich
auf, die schöne russische Sirene. Und fortan gelingt es dir
nicht mehr, dich zurechtzufinden, denn du hast keine Antwort
auf die grundsätzliche Frage: Hätte die Begegnung mit Lou
den Beginn einer Heilung bedeuten können? Und jetzt komm
nicht wieder mit der Geschichte von deiner Schwester, die sich
eingemischt hat ... Natürlich haben Elisabeth, Wagner, deine
falschen Freunde ihren Teil dazu beigetragen, die Dinge kom-
plizierter zu machen, aber das Leiden entstand doch vor allem
aus deiner Unentschlossenheit: und auf die schönen Hoffnungen fiel ein Schatten; Schweigen und Strafe, so ist es immer
für dich gewesen ... Lous Kichern hinter ihrer Tür in jener
Nacht war das Vorzeichen für die Dunkelheit, die dich in den
folgenden Jahren erwartete: erneut eingeschlossen in deinem
finsteren Zimmer, umgeben von deiner privaten Einsamkeit,
noch verlassener und unglücklicher als vorher.

Es gibt kein Entkommen: Wenn sich das Gefühl des Todes
in unserem Gehirn einnistet und dort keimt, wird es uns

schließlich von allem abtrennen; wie Seidenraupen, die vom Dunkel ihres Kokons umgeben sind.

Ich wünschte mir die Verkörperung der Vollkommenheit, das gebe ich zu, nicht ein nach aufregenden neuen Erfahrungen gierendes junges Mädchen. Darum, liebe Lou, habe ich die Gelegenheit mit dir nicht genutzt; aber ich mußte erst so müde und krank werden, um das zu erkennen und mir und dir ohne Groll, obgleich noch mit Spuren von Widerwillen und Wehmut, erzählen zu können, daß wir beide an jenem Tag in Orta einen geheimnisvollen Augenblick vollendeter Schönheit erlebt haben: die Schwalben, die mit weit gespannten Flügeln über den Platz flogen, die Lindenblätter, die in der leichten Brise zitterten ... Ich weiß nicht, ob Glück das richtige Wort für unsere kurze gemeinsame Erfahrung ist. Ich weiß nur, daß ich dort auf diesem See Höhepunkte einsamer Verzückung erlebt habe – das Ufer wie die klare Linie einer Symphonie, mit dem transparenten pianissimo der Silhouette der Berge und dem sanften Klatschen der Wellen, die Aussicht, in Frieden alt werden zu können ... Mit anderen Worten: ein Idyll.

Das Geplauder der Feriengäste um dich herum dringt gedämpft an dein Ohr, denn du bist auf deine Erinnerungen konzentriert: Du betrachtest Lous Augen, helle, klare, sehr große Augen. Nur du kannst sie sehen. Zwei Perlen aus Glas. Wasser, das zu Schaum wird.

*Es ist merkwürdig, daß diese Szene – eigentlich nichts, oder fast nichts: ein Mensch, der auf einer Terrasse am Meer an einem Tisch sitzt und frühstückt – in meinen Augen etwas so Beunruhi-*

*gendes hat. Ich möchte eingreifen, meine Figur von ihren zwang-*
*haften Überlegungen ablenken, doch ich muß mich darauf be-*
*schränken zu beschreiben, was geschieht, und spüre dabei den bit-*
*teren Nachgeschmack, der immer auftaucht, wenn man das*
*Schlimmste erwartet; gleichzeitig fühle ich, daß jede neue Seite,*
*die hinzukommt, eine Qual sein wird, ja geradezu ein Risiko be-*
*deutet. Denn woraus besteht eigentlich mein Schreiben über den*
*Professor? ... Eines Tages habe ich ein Foto von ihm gesehen – ein*
*Gesicht ohne Licht, das dunkle Wasser der Augen, das dumme*
*Lächeln des Hirnfiebers –, das ist alles. Eigentlich wäre es gar*
*nicht mehr nötig gewesen, weitere Fotos zu suchen; denn seit*
*diesem ersten Blick erfüllt mich die Trauer darüber, ihn von der*
*eigenen Größe zerrissen zu sehen, allein gelassen mit einer Krank-*
*heit, die seinen Geist zersetzte. Wenn ich zu irgend etwas fähig*
*bin, dann meine ich, genau hinschauen zu können; ich habe ver-*
*sucht, von den schmerzhaften Grimassen zu erzählen, die bei ihm*
*die Worte von früher ersetzen mußten, habe seinem mühsamen*
*Atmen gelauscht und es in mich aufgenommen ... Ein bißchen wie*
*im antiken Theater: eine zweideutige Angelegenheit, da man im*
*Zuschauerraum schläft, ißt, lebt.*

Du bist dir nicht mehr ganz sicher, ob die Zeit überhaupt
vergeht, da du doch imstande bist, dir das Bild von Lou, die
nervös mit der Spitze des schwarzen Stiefels auf den Boden
klopft, in solcher Klarheit ins Gedächtnis zu rufen: In deinem
Kopf folgen die Ereignisse jenes Tages in Orta nicht einer
chronologischen Ordnung, sondern drängen sich wirr eines
neben das andere, beinahe gleichzeitig. Vor Beunruhigung
bist du wie gelähmt, als du bemerkst, daß deine Hand fast
ohne Zutun deines Willens wieder in das Notizbuch schreibt:
«Allein an jenes morgendliche Frühstück am Seeufer zurück-

zudenken läßt die Bilder wieder in der richtigen zeitlichen Reihenfolge erscheinen. Wieder sind wir alle in Orta vereint, wir nippen an unserem Kaffee, essen Makronen, und ich wende mehrmals den Blick von Lou ab, damit Paul die gebannte Schamlosigkeit meines Starrens nicht entdeckt. Ich mache große Anstrengungen, mich zu beherrschen, versuche mich abzulenken, indem ich den Wellen lausche, die vor unseren Augen gegen den Bootssteg schlagen. Sie klingen wie Seufzer der Erschöpfung.»

Glaub mir, Lou, ich suche nicht absichtlich nach Erinnerungen. Sie sind es – Klumpen aus Sätzen und Farben –, die von alleine zu mir kommen. Du drehst dich von Zeit zu Zeit geistesabwesend zum See um, du entfernst dich, und ich gerate in Zorn darüber, denn wir haben nicht mehr viel Zeit füreinander in Orta: zwölf Stunden oder wenig mehr ... Ich blicke dich verbittert an, doch ich bin nicht imstande, es dir zu sagen, denn so ist das Leben: Wir schweigen, wenn wir sprechen sollten, wir schließen eine Tür, wenn es richtig wäre, sie offenzuhalten, wir sitzen auf dem Trockenen fest, wenn wir zu unbekannten Kontinenten segeln sollten.

Ich bin in Rapallo, meine Liebe, vier Jahre entfernt von Orta, von mir und von dir, doch es ist, als sähe ich sie noch vor mir, deine glatte Handfläche, die ich in meine Hände hätte nehmen und küssen wollen. Diese kleinen Fingernägel, die ich geliebt habe, während ich gleichzeitig meinem Dämon erlag und nicht mehr fähig war, meiner geheimen Vorliebe für Katastrophen untreu zu werden: habe ich doch immer gedacht, daß es zwecklos sei, einen Schirm mitzunehmen, wenn es Mühlsteine regnen soll.

Ich habe Lust, gegen dich anzuschreiben, Lou, wieder und

immer wieder gegen dich, und ich weiß nicht, ob ich dich noch liebe. Oder vielleicht nenne ich es einfach immer noch Liebe, weil es mich schmerzt, daß du nicht die meine werden wolltest ...

Du bist mit einem Mal schlaff und schwer geworden, bei dem Gedanken an den leeren, nicht enden wollenden Vormittag; an das Echo von Lous Lachen; an ihren verhexten Blick.

*Aristoteles sagte, daß der Teil des menschlichen Körpers zwischen Kopfhaar und Hals oder vielmehr das, was man von sich den Blicken der anderen aussetzt, Prosopon heißt. «Denn der Mensch», fügte er hinzu, «ist das einzige Tier, das aufrecht geht, das seinesgleichen ins Gesicht schaut, er ist das einzige Lebewesen, das ein Gesicht hat.»*

*Vielleicht muß ich darum, wenn ich an einer Geschichte arbeite, intensiv an das Gesicht – ein Lächeln, eine Grimasse mit lachenden oder finsteren Augen – meiner Figuren denken?*

*Es ist jedoch nicht leicht, einen Zusammenhang zwischen den Fotografien des Professors herzustellen, damit eine Geschichte daraus wird; die Abstände von einem Bild zum nächsten mit Literatur – Vermutungen, Hypothesen, Erfindungen – zu füllen.*

*Nehmen wir zum Beispiel jenes Foto, wo er sechzehn Jahre alt ist: ein Seminaristenanzug, das Gesicht eines Klassenprimus, die napoleonische Haltung eines Menschen, der überzeugt ist, für die Ewigkeit zu posieren. Man erkennt eine gipserne Erziehung, eine Jugend aus langweiligen, vom Regen verpatzten Nachmittagen, aus unbestimmten, dunklen Ängsten.*

*Jetzt versucht einmal, das Foto von 1882 daneben zu legen. Erscheint es euch nicht auch wie eine Variation desselben Themas?*

Dieses Gesicht wirkt ganz und gar nicht wie das Gesicht eines Mannes, der gerade ein Liebesabenteuer erlebt; eher gehört es einem Professor, der sich in den wirren Netzen seines Inneren verfangen hat, der sich mit seiner Niederlage im Krieg des Verstummens, der Lügen und niederträchtigen Racheakte, den er mit der Schwester austrug, abgefunden hat. Die Nacht der langen Messer ist nur einen Schritt entfernt von diesen wie eine Welle zurückgekämmten Haaren, dem kleinen, femininen Ohr, dem müden Kaiser-Wilhelm-Bart. Doch vor allem auf die Augen konzentriert sich meine Aufmerksamkeit: Mit diesem Blick hat er Orta gesehen und Lou und den Misthaufen des Dunklen; mit diesem Gesicht hat er seine letzten Werke geschrieben, Briefe versiegelt, geschlafen und von südlichen Himmeln geträumt; mit diesen mißtrauischen und unzeitgemäßen Augen, von denen Lou sagte, ihnen fehle die unfreiwillige, durchdringende Indiskretion der Kurzsichtigen, als würden sie keine äußeren Eindrücke reflektieren, sondern nur die innersten Gefühle wiedergeben. Augen aus trübem Wasser, in denen ich den tiefen Grund dafür sehe, daß er in Italien Gesundheit am Meer gesucht hat und sogar an meinem See. Denn nur die Nähe des Wassers führt zu dem Gedanken vom Fließen der Zeit, ebenso wie zu seinem genauen Gegenteil: der Idee vom Nichtvergehen der Zeit, von der Ruhe. Ich weiß das, weil ich Landschaften mit Gewässern kenne, den Ticino, den Naviglio und den See von Orta, mit den milch- und weinfarbigen Sonnenuntergängen an seinen Ufern; oder dem grünen Schatten der Robinien auf dem Wasserspiegel, der in deinen Armen zittert und sich in deinem Bauch aufbläht, wenn du hineinspringst; du fühlst dich dann wie Holz, das mit der Strömung davonschwimmt, ein herabgefallenes Blatt zwischen all den Tausenden von Strohhalmen, die auf der Wasseroberfläche treiben ...

Augen eines Ertrunkenen, die er den Blicken Lous ausgesetzt

*hat, während jener lebhaften Gespräche in Orta in jenem Mai des*
*Jahres achtzehnhundertweißnichtmehr.*
  *Aber jetzt reicht es, denn dies hier ist ein Einschub und beileibe*
*nicht das Gegenteil.*


Du setzt dich an einen abgewetzten Tisch im dunkelsten
Winkel eines Cafés, halb versteckt hinter einer der vielen Gra-
nitsäulen, die das Gewölbe des Lokals tragen. Von hier aus
kannst du bequem ein paar Bruchstücke des Lebens beobach-
ten, das um dich herum gedeiht: zwei alte Fischer, die Pfeife
schmauchend, über Köder sprechen, ein Müßiggänger, der
unter den Arkaden spazierengeht.
  Du fühlst dich kraftlos und beklommen. In deinem Kopf
breitet sich für einige Minuten ein fast vollkommenes Weiß
aus.
  Du läßt dir ein Tintenfaß und ein paar Blatt Papier bringen. Die Farbe am Griff der Löschwiege ist abgeblättert.
  Langsam ziehst du aus der Innentasche der Jacke einen in
Leder gebundenen Notizblock, öffnest ihn, hältst ihn dicht vor
die Augen, einen Finger auf dem geöffneten Blatt. Schließlich
schreibst du:

Wasser trinken. Niemals alkoholische Getränke. Gelegentlich Rhabarberlikör.
  Stiefel anziehen, bevor du zum Mittagessen hinunter-
gehst.
  Nach Basel schreiben.


Es hilft dir, deine quälende Angst zu besänftigen, wenn du
einen geordneten Plan der Dinge aufstellst, die du tun mußt,
Wege durch deine Tage anlegst, deutlich und lesbar das auf

dich Zukommende fixierst, eine Lebenslinie, die über festgelegte Gleise laufen muß.

Nachdem du die Brille zurechtgerückt hast, die dir auf die Nase gerutscht war – lux, mea crux –, fügst du hinzu:

Mama fragen, wie es ihr geht.

Du seufzt, denn es fällt dir schwer, an deine Mutter zu schreiben. Elisabeth ist es gelungen, auch die Beziehung zu deiner Mutter zu vergiften, indem sie sie auf ihre Seite gezogen hat. Vielleicht kannst du ihr aber auch nicht verzeihen, daß sie deinen Vater so allein gelassen hat. Immer dieses Selbstmitleid, von Freundinnen und Verwandten ließ sie sich trösten; und währenddessen war dieser arme Mann ans Bett gefesselt, allein gelassen mit der Last seiner Krankheit.

Ich erinnere mich nur zu gut an die letzte Begegnung mit Elisabeth. Ihre verzagten Worte: «Du willst mich nicht anhören, ich weiß, aber ich habe in allem, was ich tat, immer dein Bestes gewollt ... Auch bei dieser Russin» und wie sie mit einer theatralischen Geste ihr Gesicht in den Händen verbarg.

«O ja, gerade da!» platzte es aus mir heraus; es war fast zum Lachen.

Und sie ging wieder zum Angriff über: «Unterbrich mich nicht. Diese Frau hat unser Leben zerstört ...»

«Zerstört? Unser Leben zerstört?», nur mit Mühe bewahrte ich Ruhe, ich hätte sie erwürgen können.

«Es tut mir wirklich leid, daß du mein Verhalten mißverstanden hast ... Denk nicht, ich wüßte nicht, wie sehr du mich haßt», doch der harte Ton ihrer Stimme strafte ihre Behauptung Lügen.

Ich hätte ihr antworten wollen: «Laß mich in Frieden. Ich werde versuchen, dich nicht zu hassen, es genügt, daß du für immer aus meinem Leben verschwindest», doch ich konnte nicht sprechen, weil ich erkannte, daß das einzige, was an meinen Gefühlen für sie entsetzliche Gewißheit hatte, die Tatsache war, daß ich sie für immer hassen würde, aus tiefster Seele. Sie und meine Mutter, soll der Teufel sie beide holen.

Als sie hinausgehen wollte, erhob ich mich nicht einmal vom Sessel, um ihr Lebewohl zu sagen. Sie war es, die sich stehend über mich beugte. Ich erkannte Mamas Geste wieder, die ausgestreckte Hand, die auf meine Wangen zukam, der lauwarme Atem, sogar der gleiche Geruch. Es widerte mich so an, daß ich den Kopf zur Seite drehte, um die körperliche Berührung zu vermeiden.

Sie hat mir ein paar Briefe aus Südamerika geschrieben. Natürlich habe ich nicht geantwortet.


Du drehst dich auf deinem Stuhl halb herum, winkst dem Kellner und schnippst mit den Fingern, bis es dir endlich gelingt, ihn auf dich aufmerksam zu machen. Du läßt dir die Rechnung bringen. Wie träge diese Südländer sind.

Der unverschämte Keller wird so lange warten, bis er ein Trinkgeld bekommt, und dir damit ad oculos und leider auch ad saccum zeigen, wie käuflich diese Nichtstuer sind. Nichts als Geld wollen sie, versuchen sich auf Kosten der ausländischen Besucher zu bereichern.


Du beschließt, auf den Berg hinter der Stadt zu gehen, in der Hoffnung, ein Spaziergang vor dem Essen werde dir guttun.

Du überquerst einen Platz, wo im Hochsommer die Kinder der Urlauber unter den wachsamen Augen von Müttern und Ammen spielen. Wie trostlos so ein verlassener Park ist. Der Pavillon, wo die Musikkapelle vor dem Abendessen ein paar Stücke spielt, scheint seit Jahren niemanden mehr anzulok-ken; die leeren Notenständer stehen verloren in der Sonne. Das Karussell ist verlassen, die Holzpferde stehen still.

Ein ranziger Geruch nach Klebstoff dringt aus der kleinen Werkstatt eines Flickschusters, einer Art Kellerhöhle, drei Stufen unter dem Straßenniveau. Was für ein übler Gestank, nur weg von hier ...

Der Professor möchte dieselbe Strecke gehen wie gestern nachmittag. Sonderbar, daß man normalerweise sagt: densel-ben Weg gehen; daß die Leute meinen, an einer Küste spazie-renzugehen bedeute, ewig immer wieder dasselbe Ufer ent-langzugehen. Das ist, was man zu sehen glaubt, aber es ist nicht das gleiche, es ist niemals gleich. Die Wirklichkeit ist un-endlich wandelbar und mehr noch die Menschen mit ihren Kompliziertheiten und Widersprüchen; denn das, was wir vor einem Moment waren, sind wir jetzt schon nicht mehr.

Frauen, die an einem Brunnen Wäsche waschen. Du mußt an das prächtige Schauspiel der Wäscherinnen in Orta den-ken: Die Hausdiener, die den Hang der Motta herunterkamen, Schubkarren mit der Wäsche ihrer Herrschaft vor sich her-schiebend, wirkten wie eine Prozession – man sah sofort, daß es die größte Aussteuer der Stadt war –, doch es waren vor allem die Frauen, die alle Blicke auf sich zogen: Breitbeinig standen sie im Wasser, wie Männer. Sie sangen in einem un-verständlichen Dialekt. Wer weiß, aus welch fernen Zeiten die

Worte dieses Liedes stammten, das die Kurbel der Walzen begleitete, mit denen die Bettlaken ausgewrungen wurden.

Und wieder einmal legen sich deine träumerischen Erinnerungen über diese Landschaft aus Felsen und Olivenbäumen. Dabei sind doch schon vier Jahre vergangen.

Die prickelnde Luft, eine Alte mit faltigem Gesicht in einem Garten, das Blau des Himmels zwischen den Zweigen einer schirmförmigen Pinie, eine kleine Gruppe Franzosen mit Kleidern in lebhaften Farben und großen Strohhüten. Du stützt dich beim Wandern auf deinen Stock; wie üblich hältst du den Überrock im Arm, falls das Wetter plötzlich umschlagen sollte.

Du betrachtest eine Reihe von Booten, die in einer kleinen Bucht am Ufer liegen, Fischer, die in einem Gestrüpp aus Netzen sitzen. Auf einem Pfad, der sich zwischen den Pinien den Berg hinaufwindet, geht dir eine kleine Karawane aus Maultieren voraus.

*Ach*, Zauber der Landschaft, schrecklich wäre es, ohne ihre Schönheit leben zu müssen.

Das Meer, die Vorstellung, mit dem Schiff zu reisen, hat dir schon immer gefallen. Du erinnerst dich, daß dir deine Schwester in eurer Kindheit ständig in den Ohren lag, du solltest mit ihr nach China oder in die Urwälder des Amazonas gehen, sobald ihr volljährig wäret. Sie sprach davon, wie wichtig das Missionieren sei, erzählte von Negern oder Gelbgesichtern, denen man die Zivilisation und die wahre Religion bringen müsse. Die Begeisterung, mit der sie sich ausmalte, wie ihr den Gefahren des Ozeans trotzen würdet – den Stürmen, den Piraten, dem Hunger –, konntest du durchaus teilen; im

Grunde wart ihr als Kinder beide Träumer. Dann aber gelangten Elisabeths Phantasien unausweichlich an den Punkt, an dem die Wilden euch gefangennahmen, euch nackt auszogen und mit dicken Seilen an einen Baum fesselten; schließlich kamen sie unter bestialischem Geschrei auf dich zu und schnitten dir mit einem äußerst scharfen Messer die Brust auf, um dein noch pochendes Herz herauszunehmen ... Daß immer du derjenige warst, der getötet wurde, paßte dir nicht, du wehrtest dich, und am Ende gab es Streit.

Einen Augenblick lang steht dir das Bild vor Augen, wie du als kleiner Junge vor dem Zorn Elisabeths fliehst und sie dich um den großen Tisch im Eßzimmer jagt. Du spürst ihre Hand, die dich schon packen will, du entwindest dich irgendwie und verbarrikadierst dich in der Toilette, indem du den Riegel vorschiebst. Und sie schlägt schreiend gegen die Tür.

Wenn man die Welt von hier oben betrachtet, kommt sie einem so einfach vor, alle Geschichten scheinen einen ganz natürlichen Verlauf zu nehmen, auch meine ... Vielleicht ist es immer so, kennt man erst einmal ihr Ende: fast als hätten sie schicksalhaft zu keinem anderen Ausgang führen können. Nehmen wir zum Beispiel die Geschichte mit Lou oder, lieber allgemeiner, meine Geschichte mit dem weiblichen Geschlecht insgesamt. Wie oft haben Elisabeth und ich darüber gesprochen, daß ich mir eine Frau suchen sollte. Ihr verrücktes Insistieren, als hätte ich eine Aussteuer in der Truhe, die Gefahr läuft, von Motten zerfressen zu werden ... Und wie oft habe ich mich geweigert. Als ob es möglich wäre, in der Liebe zu wählen; als ob es nicht um etwas ginge, das dir die Knochen zerbricht, ein Blitz, der dich zerschmettert und in den Staub wirft, der wir sind. Eine Beatrice wählt man doch nicht, Isolde mit den blonden Zöpfen sucht man sich nicht aus, Lou habe ich wahrhaftig nicht erwählt.

Der Professor sieht immer noch Lou vor sich, ihre vor Empörung geröteten Wangen an jenem Tag in Orta. Die Roheit, mit der das junge Mädchen ihm von dem Ende ihrer Beziehung zu Hendrik Gillot berichtete, hatte ihn erschreckt. «Wir trafen uns jeden Tag in seinem Atelier und sprachen über alles mögliche. Ich habe ihn angebetet, glauben Sie mir. Doch dann wirft er sich eines Nachmittags plötzlich vor mir auf die Knie, um mir zu sagen, daß er sich von seiner Frau und seinen Kindern zu trennen beabsichtige, um mich zu heiraten.»

Ihm ist, als hörte er noch heute den abschätzigen Ton in Lous Stimme: «Natürlich habe ich ihm geantwortet, daß ich niemals heiraten will und niemandem gestatten würde, mich anzurühren. Denn die Liebe beziehungsweise das, was ein Mann und eine Frau im Bett treiben, ist eine Schweinerei. Meinen Sie nicht auch, Herr Professor?» Sie hatte ihm nicht einmal Zeit gelassen zu antworten, denn sie hatte hinzugefügt: «So ein Verhalten hätte ich von einem ernsthaften Menschen wie Gillot niemals erwartet. Außerdem war er schon zweiundvierzig Jahre alt ...» Und dieser Satz, der Professor muß es widerstrebend zugeben, sitzt ihm wie ein Pfahl im Herzen; vielleicht weil auch er jetzt ebendieses Alter erreicht hat. In Orta hatte er allerdings nicht darauf geachtet, so ausschließlich war er darauf konzentriert gewesen, sich als aufmerksamer Zuhörer zu zeigen; überdies waren Lous Bekenntnisse zu gewichtig und intim: «Ich habe immer Abscheu vor gewissen Erscheinungen meines Körpers empfunden. Als zum Beispiel meine Brust zu wachsen begann, habe ich sie mir sehr fest mit einem Tuch abgebunden: Ich weiß nicht mehr, wo ich gelesen habe, daß sie in China mit dieser Methode erreichen, daß die Füße der Frauen aufhören zu wachsen ... Das habe ich Gillot klipp und klar gesagt: Ja, ich habe sogar meine Bluse geöffnet und ihm die verschnürte Brust gezeigt. ‹Sehen Sie her!›, habe ich ihn angeschrien. ‹Ich will keine normale Frau werden. Niemals werde ich zulassen, daß jemand sie sieht› ...»

Sie sprach voller Zorn; ihre Gesichtszüge hatten sich plötzlich verhärtet, die Arme waren steif ausgestreckt, als wollte sie etwas verscheuchen, was sie anwiderte oder entsetzlich erschreckte. So war es immer bei ihr: gerade eben noch honigsüß, eine Minute später glühend vor Haß.

Elisabeth hatte immer gesagt, daß Lou ihr wahres Gesicht zeige, wenn sie wütend werde. «Sie ist eine Hexe», behauptete sie.

Allein auf dem steinigen Abhang. Deine traurige Haltung, die Seufzer, die du in längeren Abständen ausstößt, offenbaren einen Menschen, der am Ende ist, der so jedoch nur deshalb zum Vorschein kommt, weil kein fremder Blick ihn zwingt, den Anschein zu wahren und sich zu beherrschen. Im Hotel hat dich eine alte Dame, die Zuneigung zu dir gefaßt hatte, einmal gefragt, woran du denn eigentlich leiden würdest. Du erinnerst dich, daß du in Versuchung warst, ihr mit Entschiedenheit zu antworten, «an einer Frau», aber du hast es nicht gewagt. Und doch ist es wahr, man leidet immer an jemandem, man hat jemanden, wie man einen schweren Krebs hat; es handelt sich um die körperlichste aller Krankheiten. Doch auf welche Frau hast du angespielt: Lou oder Elisabeth?

Mußt du deinen ganzen Mut verlieren? Warum eigentlich? Nur wegen dieses Ichweißnichtwas, das du vage empfindest?

Wegen dieser Melancholie, die plötzlich über dich gekommen ist?

Ängste, die von weit her kommen, Strafe und Schweigen ... Furcht vor unheilvollen Erbschaften.

Ein Alter mit verstörtem Gesicht kommt rasch angetrabt, von Zeit zu Zeit sucht er Halt an einem langen krummen Stock, den er umklammert hält, als wäre es der Hirtenstab eines Bischofs. Er scheint bei irgendeinem Schnapsverkäufer im Ort eine ganze Reihe Gläschen gehoben zu haben. Nun ja, hoffentlich stolpert er nicht, o nein, er geht stracks geradeaus – auch für die Betrunkenen gibt es einen Gott – und überholt den Professor, erweist ihm sogar einen angedeuteten Gruß, die rechte Hand wird bis auf Schulterhöhe erhoben wie für ein Oremus.

Als der Weg nach einer Biegung wieder abfällt, kehrt der Anblick des Wassers zurück; mit dem Licht, das sich in vielen goldenen, flüchtigen Funken auf seiner Oberfläche bricht, in einer ganz und gar trügerischen Ruhe. Das Wasser des Thales, des Heraklit. Materie, die nicht über uns urteilt, aber auf uns wirkt, Erinnerungen weckt, uns besänftigt ...

Der Professor läßt sich vom Anblick der Seevögel ablenken. Sie kreisen über dem Wasser, vollführen mit leichter Eleganz scharfe Kehren, die Flügel nahezu unbewegt. Der Körper ist ganz mit flaumiger Luft aufgebläht. Ein Österreicher, den er gestern auf der Mole getroffen hat, hat ihm erzählt, daß es Vögel gibt, die schlafen und sich dabei mit den Flügeln im Gleichgewicht halten, reglos liegen sie auf dem schnellen Bett des Windes. «Und wissen Sie, wie sie sich begatten?» hat er lachend hinzugefügt. «Sie fliegen in großer Höhe aufeinander zu und lassen sich vereint in die Tiefe fallen ...»

Eine Umarmung in der Luft, Schnabel in Schnabel, Mund in Mund: das muß das höchste Glück sein. Während wir Menschenwesen beim rhythmischen Knarren der Bettfedern stumpf in Schweiß geraten müssen. Wie Fliegen kleben wir einer über dem anderen, bis das obere Tier sich löst, und das andere sich den ekelhaften Körper säubert ...

Sein Gesicht ist flammendrot, als wenn er gelaufen wäre.

Es wäre schön, hier am Meer zu wohnen. Das Klima ist vortrefflich ... Außerdem ist es in deinem Alter höchste Zeit, daß du den Entschluß faßt, dich irgendwo niederzulassen. Wie lange schon reist du durch Europa? Immer wieder neue Städte, ein unstetes Leben in fremden Zimmern; ewiger Aufbruch, unaufhörliche Wanderschaft. Und jedesmal mit einer Art Wehmut, weil du das Land, das du hinter dir läßt, in Wirklichkeit nie kennengelernt hast; denn auf der Reise ist keine Zeit, Wurzeln zu schlagen, etwas zu vertiefen ... Du hast in deinem ganzen Leben nichts als Abreisen erlebt. Irgendwo anzukommen hat dir nie gefallen, du gibst es zu. Und welch eine Last bedeutet dein umfangreiches Gepäck, 104 Kilo Bücher. Zum Teufel mit diesem zwingenden Bedürfnis, eine Bestandsaufnahme des Lebens zu machen, das mit den Jahren und mit dem Unglück stärker wird. Einen einzigen Augenblick nur, an jenem fernen Tag in Orta, hast du Lust gehabt, deine Junggesellenunordnung in Frage zu stellen.

Wenn du wirklich nach deinen eigenen Wünschen hättest leben können, statt der Willkür von Philistern wie Elisabeth ausgeliefert zu sein, die sich nur um belanglose Dinge kümmerte und das Wesentliche vergaß, ja, dann wärst du vielleicht ein Diamant gewesen; sehr bald schon hättest du diese unselige, verheerende Gewohnheit aufgegeben, nicht offen zu sagen, was du denkst, nicht genau das zu denken, was du fühlst.

Mit der Spitze des Spazierstocks zeichnest du einen etwas unförmigen Kopf in den Staub. Und während du dich so nach vorne beugst, fallen dir einige Szenen aus der Vergangenheit ein; ohne erkennbare Ordnung, aber mit einer neuen Folgerichtigkeit. Zum Beispiel eine heruntergekommene kleine Pension in Genua an der Via Balbi, dort gab es Engelchen an der Decke und einen roten Baldachin über dem Bett, neben dem abgeblätterten Spiegel lag eine Dose mit Rouge im Seifenhalter. Zu spät hast du gemerkt, daß es sich um ein Stundenhotel für gewisse Verabredungen handelte. Das war eine sehr unangenehme Geschichte, doch wenn du jetzt daran zurückdenkst, mußt du lachen: Wie viele Mißverständnisse gab es in deinem Leben ... Und dann dieser Aufenthalt in Sorrent, dieser Morgen mit einem Meer, das aussah wie blauer Lack, doch dir war, als ob du nichts mehr vom Leben zu erwarten hättest, weil Wagner dich nicht mehr zum Freund wollte. Wie viele schmerzliche Erinnerungen, verpaßte Gelegenheiten.

Das einzige, worin du dich vermutlich nicht geirrt hast, war, daß du dem Vorschlag deiner Schwester, eine Frau nach ihrem Geschmack zu heiraten, nicht gefolgt bist. Die heiligen, kastrierenden Pflichten, für die dieser Fanatiker, Elisabeths Gatte, so schwärmt, sind dir herzlich egal. Stell dir das Leben der beiden in Paraguay vor: Vergeblich predigen sie und opfern sich auf, um zukünftige Gefolgsleute zu gewinnen, die sich wiederum vergeblich um die nächsten Heiden bemühen, die es zu bekehren gilt. Die Menschheit ist eine unendliche Abfolge aus Schweigen und Strafen.

Soll das Gesindel ruhig lachen über dein Junggesellendasein, wie damals der Hofstaat des Königs Wagner. Wie es schmerzt, an den Meister zu denken, an diesen provozierend belehrenden Tonfall, seine karmesinrote Krawatte mit dunklen Punkten wie ein Fasanenhals, seine abfälligen, boshaften Bemerkungen über deine Männerfreundschaften ... Magni nominis umbra. Auch der Schatten des größten Namens bleibt doch immer nur ein Schatten.

An all das denken, in einem Anfall von neuen Vorsätzen, wie bei einer Kaffeekanne auf dem Feuer, wenn die aufwallende Flüssigkeit den Deckel hochgehen läßt.

*Heute nacht sitze ich noch lange vor meinen Blättern, in einem Zustand höchster Erregung. Denn ich begreife, daß die Vorstellung vom Schreiben bei mir sehr eng mit einem Pflichtgefühl verbunden ist. Als könnte ich ohne die beschriebene Seite nicht einen Tag lang überleben; als ob ich und meine Figur in den schwarzen Zeichen, die für immer auf das Papier geprägt wurden, den einzig möglichen Sinn fänden.*

*Komisch, nicht wahr? Am Anfang war Schreiben wie ein Stück Holz, an das ich mich klammerte, um nicht zu ertrinken, ein Vorwand, um mich abzusondern, eine Ausflucht, mit der ich Verwandte, Kollegen, Liebhaber täuschen konnte. Doch jetzt habe ich keine Gewalt mehr über das Bedürfnis zu schreiben, bin nicht mehr Herrin über meine Nächte. Das Schreiben besitzt mich.*

Der Pfad bringt dich in vielen Windungen nach Rapallo zurück. Auf einmal hörst du dumpfes Pferdegetrappel. Zigeuner. Sobald das Knirschen der mit Eisen beschlagenen Räder zwischen den Olivenbäumen zu vernehmen ist, schaut eine Frau besorgt aus dem Fenster ihres Häuschens aus Stein.

Du trittst beiseite, um die Wagen vorbeizulassen. Bunte Decken, Kupfertöpfe, grobes, schmutziges Zeug: die Filzhüte der Männer, die herausfordernden Augen der Frauen mit den Zügeln in der Hand. Schamlose, vielleicht sogar zynische Blicke ... Offensichtlich haben sie keine großen Geschäfte gemacht, denn so ist das Leben: mehr Schale als Frucht, und mit solchen Kleppern würde selbst der Teufel nicht durchs Land ziehen ... Wir schlittern alle miteinander in eine Zeit, die auch schon auf abgenutzten Rädern rollt. Die Achsen knarren. Die Zeit ist voller Risse ... Auf der Rückseite des letzten Wagens sitzen mit baumelnden Beinen ein paar kreischende Mädchen. Ein Junge hat angefangen, Ziehharmonika zu spielen, eine junge Frau singt mit weicher, gekünstelter Stimme. Sie fahren auf die engen Steilwände des Berges zu. Du mußt an Dantes Höllenkreise denken.

Die leiser werdende Musik läßt etwas in deinem Herzen zusammensacken. So wie es in Geschichten den einen Moment gibt, wo sie enden: Sie verschwinden dann in den Untiefen des Gedächtnisses und hinterlassen eine Leere.

Plötzlich steht der Traum von heute nacht wieder in aller Klarheit vor dir. Ein Karren an der Ecke eines Platzes. An die Deichsel war ein altes, krankes Pferd gebunden, eines von der Art, die immer die meisten Fliegen ertragen müssen. Nein, anders: Du warst dieses Pferd ... Woher weißt du das? Egal, du weißt es eben ... Und der Kutscher erhob die Peitsche gegen dich.

*Hopp, hopp, hopp!*
*Pferdchen, lauf Galopp!*

Doch wie immer, wenn man träumt, daß man geschlagen wird, war das Gefühl viel eher angenehm als schmerzhaft, so daß du deine kranken Augen fast dankbar zu der Peitsche hobst ... Nein, so endete es nicht.

Erschöpft; aber es liegt nicht an diesem Auf und Ab der Gassen: Dein ganzes Leben lang gehst du schon ohne Unterlaß. Nicht ein Ort, sondern tausend. Du kannst ihre Namen aufzählen: Genua mit seinen Bastionen und der Salita delle Battistine; Sorrent mit seinen Pinienwäldern und der Bucht im blendenden Licht; Rom, Piazza Barberini Nr. 57 mit dem glucksenden Brunnen und den Schatten der verliebten Pärchen, die sich im Licht der Straßenlaternen auf dem Pflaster vervielfachten; die eleganten Cafés im Schatten des Glockenturms auf der Piazza San Marco in Venedig; Nizza, Petite rue St.-Etienne mit den Fischhändlerinnen, die italienisch singen. Die Wege, die nach einem Sommergewitter mit schwarzem Schlamm bedeckt sind, die schimmernden Reisfelder, die hohen Tannen der Alpen – das alles hast du mitgenommen, trägst es bei dir ... Ein schweres Bündel für einen einsamen Mann ist das; du trägst es um den Hals gebunden: deine Bürde, deine Buße. Strafe und Schweigen, der Karren auf dem Platz und du das Pferd, von deiner müden Seele getrennt. Jede Nacht verbringst du in der Vorhölle der Alpträume, um die Lehrzeit für den großen endgültigen Schlaf abzuschließen.

Gib dir noch einmal Mühe, dich genauer an den Traum vor einigen Stunden zu erinnern; in der Tiefe deines Pferdeschmerzes wirst du spüren, wie dir die Tränen den langen Hals hinunterlaufen. Auf dem Kutschbock wird Elisabeth langsam die Peitsche heben, doch du wirst ihr nicht die Genugtuung verschaffen, dich aufzulehnen, du wirst den Kopf senken, weinend lachen. Imposant, riesig ist sie, während sie dich mit furchterregend gebieterischem Ausdruck betrachtet, dann wird das Zischen der Peitsche dir im Kopf explodieren und dich zu Tode erschrecken, damit du lernst, daß das Wort Liebe Katastrophe bedeutet: ein Erdbeben zum Beispiel, mit einstürzenden Gebäuden und Blut und Leiden. Du wirst Angst haben, denn die Liebe bewohnt alle Körper, auch den eines armen Pferdes ...

Du wirst das Verlangen haben, dich zu bewegen, um deinen Schmerz zu besänftigen, die Stimmen, die in deinem Inneren sprechen.

*Unter den Fotografien, die ich gerne meinen «kleinen Altar» nenne, gibt es eine, die mich besonders anzieht, aber es ist nicht das Bild in der Mitte, das im Sommer 1882 in Zürich, einen Monat nach Orta, aufgenommen wurde – das berühmte, mit Lou auf dem Wägelchen, während der Professor und Paul die Pferde darstellen. Nein, es ist ein Porträt von Lou, das sich gegen die anderen durchsetzt: ihr von Licht umgebenes Gesicht, das ins Objektiv blickt, als ob sie etwas fragen oder sich in ihm spiegeln würde. Sie hat einen Körper, der nicht aus Fleisch, sondern aus Nervosität besteht; der nicht für die Mutterschaft geschaffen ist und ebensowenig für die Liebe, sondern eher für das Auge der Einbildung. Neben sie habe ich ein Foto von Elisabeth gehängt, mit ihrer melodramatischen Trauer, mit diesem unangenehm vorwurfsvollen Ausdruck, der ihr beständig in den Augen sitzt.*

Sieh da, der Professor weicht vom Weg ab. Eine kleine Treppe aus rohen Steinen führt zwischen Farnkraut und Brennesseln den Berg hinauf, immer an einem abgebröckelten Mäuerchen entlang. Er erklimmt die Treppe mit Schwung, um nicht das Gleichgewicht zu verlieren. Ein Zipfel seiner

Hose verfängt sich in einem Brombeerstrauch zwischen der Hecke, er muß sich hinknien und ihn kräftig, aber langsam herausziehen, damit der Stoff nicht reißt.

Nachdem er sich von dem Hindernis befreit hat, setzt er seinen Weg fort, diese Ziegenpfade sind nicht für ihn gemacht.

Wieder die Wäscherinnen. Denn Rapallo ist so klein, daß jeder jedem mehrmals am Tag begegnet, ob man nun will oder nicht.

Ein Kirchlein. Auf dem Tragbalken eine alte Inschrift aus undeutlichen Buchstaben. Du bleibst eine Weile stehen, um das unentzifferbare Geheimnis dieser verblichenen Zeichen zu betrachten, dann hebst du den Riegel und trittst ein. Der Raum ist klein und fast leer, abgesehen von einem kleinen Tafelbild aus dem siebzehnten Jahrhundert, das links von dir an der Wand hängt. Um seine Bedeutung zu erfassen, mußt du nahe herantreten. Ein offenes Grab, eine verweste Leiche; der Sensenmann mit schwarzer Kapuze stützt sich auf die geöffnete Grabplatte, in einer Hand hält er die Sanduhr, in der anderen die Sense. Die Toten tanzen, ihre Münder sind weit aufgerissen für das letzte Lied, denn gleich wird der Sensenmann die Toten ihrer Zunge berauben und ihnen nur einen Kreis gelber Zähne lassen, so daß sie höchstens noch über sich selbst lachen können.

Die Stille des Moments, in dem alle Worte enden, ob gesprochen oder geschrieben. Verloren, weggeworfen wie nutzloser Plunder. Und das verrottete Fleisch, Verwesung, Kot; der Dunkle und sein Misthaufen; der Kopf deines Vaters, der aus den Decken ragte, während er unter den Essigpackungen verfaulte ... In Wahrheit aber sage ich Euch: Ich habe sieben Sterne an den sieben Firmamenten gesehen, sieben Frauen auf sieben Tieren, und die Engel tranken aus den Kelchen des Zorns.

Eine rauchgeschwängerte Stille, als habe man vor kurzem zwischen diesen Mauern ein Feuer aus frischem Gras entzündet, das lange geschwelt hat.

Um sich endgültig von seinem Schmerz zu befreien, hat der Professor manchmal daran gedacht zu sterben; sich beispielsweise mit geschlossenen Augen in die Tiefe zu stürzen. Doch die Vorstellung, welch ein gräßliches Schauspiel sein eigener, zerschmetterter Körper und der von einem Stein am Boden gespaltene Schädel darstellen würden, hält ihn davon ab: Auch in Momenten der Verzweiflung hat er sich immer einen sauberen Tod gewünscht, denn Blut, Fäulnis, Verwesung rufen einen unüberwindlichen Ekel in ihm hervor.

Du setzt dich auf eine der Holzbänke. Deine Spaziergänge enden oft in einer Kirche. Seltsam bei einem wie dir, der vom Kommen des Antichristen überzeugt ist. Wieder hast du feuchte Augen. Es tut gut, hier allein zu sein. Glaubtest du an einen Gott, vertrautest auf ein höheres Wesen, täte es nicht so gut, da du den Himmel sofort mit irgendeinem Gebet bestürmen würdest; du müßtest flehen, kniefällig bitten und zum Ausgleich sicherlich auch irgend etwas versprechen, wie die Pilger, die du vor einigen Jahren im Morgengrauen bei ihrer Prozession in Orta gesehen hast. Statt dessen kannst du hier ohne Gegenleistung seufzend deinem Herzen Luft machen, du weißt ja ohnehin, daß es keine Rettung gibt; es ist nicht einmal nötig, von nun an brav zu sein, zum Beispiel auf Eis oder Schokolade zu verzichten. Nein, nein, du überläßt dich einfach dem Kummer, dich einsam und von allen unverstanden zu fühlen.

Dennoch bist du jetzt, da Elisabeth vor Monaten nach Paraguay abgereist ist, eigentlich frei, es gibt niemanden mehr, der dich peinigt: Du müßtest dich fühlen wie jemand, der seine Arche verläßt, weil er in einer ganz neuen Welt angekommen ist. Warum schaffst du es trotzdem nicht? Das mag daran liegen, daß du dein ganzes Leben lang an die Kontrolle des «Lamas» über deine Gefühle und Empfindungen gewöhnt warst ... Wie richtet man sein Leben mit zweiundvierzig Jahren neu ein? Elisabeth steckt dir in den Knochen, tatsächlich folgst du jetzt im Umgang mit den Menschen einer Art umgekehrten Logik, die dir einen gegenläufigen Rhythmus zur Musik der Allgemeinheit diktiert; ähnlich wie Alice, wenn sie Kricket mit Flamingos anstelle von Schlägern und mit Stachelschweinen statt Bällen spielen muß: Doch die Flamingos krümmen ihren Hals, und die Stachelschweine laufen von alleine los, so daß du nie erfahren wirst, ob dein Schläger den Ball getroffen hat oder nicht.

Das Bild des Professors, der auf einer kleinen Mauer vor der Kirche sitzt, um sich von dem leichten Schwindel zu erholen, am dem seine müden Beine schuld sind; wie ein Tagelöhner am Feldrand.

Ein Widerhall von Glocken, es ist Zeit, ins Hotel zurückzukehren, man erwartet dich zum Mittagessen. Du verweilst einen Augenblick am Rand des Schattens, den die Pinie wirft, um deine müden Augen an das Licht zu gewöhnen und deinen Überrock zurechtzuziehen.

## SECHS

«Wird er bald sterben? Glauben Sie, daß er im Sterben liegt?»
Erst vor wenigen Stunden hat Elisabeth dem Arzt, der sich nach
seiner täglichen Visite von ihr verabschieden wollte, diese Frage gestellt.

Der Mann zuckte mit den Achseln: «Was soll ich Ihnen sagen,
Frau Förster? Die Medizin besitzt keinerlei Heilmittel für Ihren
Bruder. Ich kann nur wiederholen, was ich Ihnen schon viele Male
gesagt habe: Man muß abwarten. Ich denke, wir nähern uns dem
endgültigen Verfall, alle Funktionen seines Organismus kommen
allmählich zum Erliegen: Der Körper ist des Lebens müde geworden und bereitet sich auf die Ruhe vor ... Der Kreis muß sich schließen, so ist es einfach.» Mit einer kleinen Verbeugung zum Ab-
schied ging er die Treppe hinunter.

Eine Frage von Wochen, von Tagen vielleicht. Inzwischen
muß sie sich auf das Begräbnis vorbereiten – welche Konventionen
einzuhalten sind, welche Reden zu halten, welche Bilder zu vertei-
len –, alles, was Elisabeth in diesen letzten Jahren auf die Beine
gestellt hat, wird endlich seiner eigentlichen, definitiven Bestimmung zugeführt. Als seien die Einrichtung der Villa Silberblick,
die bei Hans Olde in Auftrag gegebenen Fotografien, die vorbei-
ziehenden Besucher, bei denen sie Mitleid geheuchelt und geweint
hat, nur Proben gewesen, eine Gelegenheit, jede Geste von über-

flüssigem Beiwerk zu befreien, den richtigen Ton für den Tag zu finden, an dem die Totenfeier wirklich stattfinden und sie als leuchtendes Beispiel der Entsagung und geschwisterlichen Aufopferung in die Geschichte eingehen wird: die einzige Frau, die imstande war, einem Übermenschen beizustehen.

In der Stille des Zimmers erklingt ein stummer Chor.

STADT: Er liegt bewegungslos auf dem Bett ausgestreckt, bekleidet mit einem weichen, weißen Hemd wie eine Stola ... Ja, wenn er nicht eine so großherzige Schwester gehabt hätte, wer weiß, wo er dann gelandet wäre ... Aber habt ihr sein Gesicht gesehen? Ein Schwachsinniger, sage ich euch, ein Irrer, wie man ihn sich schlimmer nicht vorzustellen wagt ... Es heißt, sein Vater sei auch auf so üble Weise gestorben ... Nein, nein, nein, seine Schwester hat das kategorisch abgestritten: Der Vater starb an einem Sturz auf der Treppe. Eine gesunde Familie, nie war einer krank. Es scheint vielmehr so zu sein, daß die Ärzte der armen Elisabeth erklärt haben, er habe sich als junger Mann bei einem dieser Fräulein angesteckt ... Was für ein grausames Schicksal: wo er doch gerade berühmt geworden war und seine Bücher etwas eintrugen ... Einmal hat er einen Besucher gefragt: «Stimmt es, daß ich ein Philosoph bin?» Und diese arme Schwester, die vom Leben so hart geprüft wird: so ein feinsinniger Geist ...

ELISABETH: Ich wollte ihm, der im Leben immer nur möblierte Zimmer bewohnt hat, dieses gemütliche Heim in Weimar schaffen, der Stadt, in der Goethe, Schiller, Herder und Liszt sich ihres Ruhms würdig erwiesen haben; ich hoffe, es hilft ihm, sich wieder zu erholen. (Dieser Idiot zwingt mich jeden Tag zu dieser anstrengenden Aufführung und kann sich nicht entschließen zu sterben ...) Ich habe das Haus geschmackvoll eingerichtet, es verfügt über jeden Komfort, den ein Mann nur wünschen kann; ich habe alle seine Papiere gesammelt. (Seine gräßlichen Bücher – ekelhaft wie er selbst –, für die ich mich mein ganzes Leben lang schämen mußte ...) Wir haben uns immer beigestanden, seit unserer Kindheit fühlten wir uns sehr eng verbunden; und mit den Jahren ist unsere Beziehung immer tiefer geworden (früher habe ich mir eingebildet, ich könnte die Mitarbeiterin meines Bruders werden, seine Ratgeberin, seine Freundin; es war eine grausame Enttäuschung für mich, als er mir seine Freunde vorzuziehen begann). Ich verzeihe ihm alles (ich verzeihe ihm nichts), die Mißverständnisse zwischen uns beiden sind seit langem beigelegt: Schon vor seiner, hm, «Krise» hatten wir uns wieder vollkommen ausgesöhnt. Oh ja, er hatte voll und ganz zugegeben, daß ich die einzige Frau war, die ihn liebte und verstand ... Dieses gewisse Fräulein, die Halbjüdin? Ach, eine Abenteurerin, wie sie einem manchmal in der Jugend begegnen. Ich habe ihm die Augen über die vulgären Umtriebe dieses nach gesellschaftlichem Aufstieg gierenden Weibes geöffnet: wollte sie doch bloß den Ruhm meines naiven Bruders ausnutzen, um sich ihre Sächelchen veröffentlichen zu lassen; Fritz war viel zu gutmütig, um sich schützen zu können, ich war gezwungen einzugreifen, denn der muß erst noch geboren werden, der mich hereinlegt. Mein Bruder Fritz war mir unendlich dankbar dafür, daß ich ihm den Beweis für das ungehörige Benehmen dieser schamlosen Person geliefert habe. (Aber auch sie wird noch bezahlen; ich werde ihr zeigen, wer ich bin, und auch dir, liebes Brüderchen, denn heute ist es mir endlich gelungen, die Mappe mit diesen berühmten Briefchen in die Hand zu bekommen ...)

KÖSELITZ: Er hat einen weiteren Blick als früher. Hat er mich erkannt? Ich weiß es nicht. Er blickt mich mit diesen sanften

*Augen an, die jetzt, wo er keine Brille mehr trägt, scheinbar so*
*weit zu schauen vermögen; und er lächelt ... Ich habe ein paar*
*Stücke auf dem Klavier gespielt, einige von denen, die ich in Vene-*
*dig für ihn spielte, und er hat seine weißen Hände ineinander-*
*geschlagen; langsam und ausdauernd. Ich bin sicher, er versteht*
*noch etwas: die Stimme des Klaviers mit Sicherheit ... Mein armer*
*und nie ausreichend geliebter Freund, in welches Gefängnis bist*
*du hier geraten. Ich erschauere bei dem Gedanken an das, was*
*Elisabeth ihm antun könnte, wenn die Gäste gegangen sind und*
*sie die Maske der liebenden Schwester ablegt. Diese Frau hat eine*
*derartige Affinität zum Bösen ...*

*DER KRANKE: Die Schläge der Turmuhr, finster, schwarz,*
*wie dieses Zimmer. Wer hat behauptet, daß Uhren die Zeit tot-*
*schlagen? Das stimmt ganz und gar nicht, sie läuft weiter, und ich*
*bin noch nicht tot und laufe immer noch in der Zeit, ich lasse sie*
*hinter mir, von wie vielen kleinen Bahnstationen bin ich abgereist,*
*wie bin ich des Reisens müde, mir drehen sich die Eingeweide um,*
*dieses quälende Andauern der eigenen Person, wohin aber geht die*
*Zeit, ruit hora, und letztendlich: warum? ... Ich habe Vögel ge-*
*hört, als die Krankenschwester heute morgen die Fenster geöffnet*
*hat, es ist also Sommer, aber es war noch Winter, und die Öfen*
*wurden angezündet, als ich anfing, an dieses Bett gefesselt zu le-*
*ben. Na und? Was bedeutet das schon? Heute ist die Erde rund*
*und dreht sich, gestern war sie noch flach. Nicht für mich. Nie-*
*mals mehr. Wie traurig ist das alles. Gibt es noch etwas, das mich*
*erschüttern kann? ... Musik wäre nötig, um dieses Zimmer aufzu-*
*hellen. Schweigen und Strafe ...*

*ELISABETH: Guter alter Fritz, all deine Fluchten haben dir*
*nichts genützt. Und dein Geschwätz vom Willen zur Macht? Alles*

*dummes Zeug. Ich dagegen habe immer mit meinen Schritten übereingestimmt, einen vor den anderen gesetzt, immer weiter, damit sie den Weg bildeten, den ich mir bestimmt hatte: die Freundschaft mit Mächtigen, der Aufbau von Nueva Germania bei den gottlosen Indios, die Inbesitznahme deiner Manuskripte. Es war ein langer und durchaus nicht einfacher Weg: Ich mußte viele Hindernisse beseitigen – allen voran deine Freunde, unsere Mutter sogar, dann diesen Schwächling von meinem Mann –, doch anderen den eigenen Willen aufzwingen ist vielleicht unsere scharfsinnigste Form des Denkens; und ich denke viel. Ja, es ist ein langer Weg gewesen, aber jetzt sind wir beim letzten Akt angelangt.*

## Eine Karikatur

*Genua, April 1888*

*Mittag*

**Isolde**

Fühlt und seht ihr's nicht?

Höre ich nur

diese Weise ...?

*Tristan und Isolde*
*Dritter Aufzug, dritte Szene*

Du warst so zufrieden mit dir, als du in Savona ankamst, daß du dich von lauter Nebensächlichkeiten, die dir plötzlich einfielen, ablenken ließest; so wie einem Heerführer, nachdem er soeben einen genialen Plan entworfen hat, allerlei taktische Anordnungen durch den Kopf gehen: Tatsächlich ist dir, kaum war der Koffer für den Zug nach Turin aufgegeben, die Idee gekommen, dir etwas für die Reise zu kaufen.

Also hast du unter den Arkaden bei einer Straßenhändlerin einige dieser dünnen Teigfladen erstanden und ergeben beobachtet, wie ihre Hände die Scheiben in ein riesiges Stück Papier wickelten. Nun stand dir allerdings die Bahnhofshalle bevor, die es von einer Seite zur anderen zu durchqueren galt, und dieses auffällige, ölige Paket brannte dir in den Händen, als zöge es die Blicke aller auf sich. Nach langem Zögern hast du es in die linke Hand genommen und bist zu deinem Zug gegangen, wobei du das Paket auf den Boden gerichtet hieltest, wie die Soldaten während einer Begräbniszeremonie ihr Gewehr halten. An der Wand entlang schleichend, bist du mit knapper Not am Gleis angekommen, wo du einen Seufzer der Erleichterung ausgestoßen hast – «Das wäre auch geschafft» –, wie einer, der um Haaresbreite einem Gewitterguß entkommen ist; da stieß die Lokomotive auch schon Dampfwolken aus. Ja, es muß dieses ganze Durcheinander gewesen sein, was dich ablenkte, so daß du in den falschen Zug gestiegen bist. Während nun dein Koffer nach Turin fuhr, bist du in Sampierdarena gelandet.

Das ist schwer zu schlucken. Du bist in einer schrecklichen Verfassung gewesen.

*Ach*, auch das ist vorübergegangen ... Morgen fährst du nach Turin.


Ein Gewirr von Geräuschen: die Zimmer gehen auf einen Straßenmarkt. Dabei bevorzugst du ruhige Orte: das Zimmer des Bruders von Köselitz, das oberste Stockwerk im Haus des Malers Müller in Rom, dieses kleine Hotel in Orta, wo man direkt am Seeufer essen konnte. Du erinnerst dich, wie an jenem Mittag auf der Glasveranda, die zur Terrasse führte, eine Frau einen Walzer sang und sich dabei auf dem Klavier begleitete. Eine schwülstige Musik, die dir verwirrend in die Beine fuhr, bis in die Lenden. Gerne hättest du mit Lou dazu getanzt, in einer langsamen, endlosen Figur, bei der man im Takt der Musik eng verbunden dahingleitet ... Doch Lou – daß sie der Teufel hole – war vollauf damit beschäftigt, sich mit einem Milchbart ihres Alters zu unterhalten, der Schweinsäuglein hatte. Diese Situation verletzte deine Eigenliebe, mehr, du fühltest dich wie ein Idiot, während du auf die Bestätigung eurer Verabredung für den Nachmittag wartetest.

Und warum regt dich die Erinnerung daran jetzt auf? Verflucht, warum gibt es in der Liebe immer diese unvermeidliche, schrecklich dunkle Zone der Eifersucht? Warum hellt sich ihr geheimnisvolles Dunkel sogar nach Jahren nicht auf?

Es ist gerade erst Mittag, und schon spürst du, wie die Schmerzen sich mit glühenden Zangen deines Kopfes bemächtigen; dieser bittere Geruch in der Nase. Du fährst dir mit der Hand über das Gesicht, fast meinst du zu hören, wie du dir gegen den Strich über deine Wangen streichst. Du siehst furchtbar aus, wie ein altes Schwein. Du solltest dich rasieren, bevor du zum Mittagessen gehst.

Es liegt an dieser lauten Pension, daß dir heute böse Gedanken kommen. Es liegt an diesem Bett mit ausgeleierten Sprungfedern, diesen Bettlaken von zweifelhafter Sauberkeit, diesen Schmutzresten am Rand der Waschschüssel. Aber in Turin wirst du dir endlich ein möbliertes Zimmer bei einer anständigen Familie suchen, wo du ein ruhiges, häusliches Leben führen kannst. Man hat dir nur Gutes über diese Stadt im Piemont erzählt. Und du hast wahrhaftig die Nase voll von Fremden, hast genug davon, Toiletten und Tische mit Flegeln und Schwätzern teilen zu müssen. Keine Pension ist davon ausgenommen, sogar Hotels mit einem gewissen Niveau; selbst wenn die Bedienung akzeptabel ist, lassen sich peinliche Situationen nie ganz vermeiden: zum Beispiel die obligatorischen Gespräche mit leicht reizbaren englischen Fräuleins, die dir prompt alle besonders unangenehmen Einzelheiten ihrer Italienreise auftischen ... Wer schenkt dir die Stunden zurück, in denen du gezwungenermaßen Erinnerungsalben mit der Aufschrift «Reise nach Italien» und einem Lesezeichen aus besticktem, grünem Samt über dich ergehen lassen mußtest?

Das ganze dumme Gewäsch, das du dir aus Furcht, unhöflich zu erscheinen, nicht vom Leibe halten konntest, hat deinen Geist nur allzuoft auf die Probe gestellt; all die vergeudeten Stunden in trostlosen Salons, wo du unbehaglich auf dem Rand einer Ottomane kauertest und deinen Groll wachsen fühltest, je länger du mit ergebener Grabredenmiene der schrillen Stimme irgendeiner Mutter zuhören mußtest, die sich mit einem Loblied auf ihre wohlerzogenen Töchterlein selbst beweihräucherte, Mädchen, langweilig wie Grießbrei, falsch wie ihre Haarteile.

Auf der anderen Straßenseite soll man für wenig Geld anständig essen können. «Bei Paolino» heißt es auf dem Schild vor der Kantine.

Die Tische sind voll besetzt, denn es ist Mittag; ungeduldig schickst du dich an, darauf zu warten, daß in einer Ecke einer frei wird. Du gähnst, es wird der Hunger sein, vielleicht hast du gestern abend auch zuviel Chloralhydrat genommen: Nachdem die Wirkung verflogen war, ist eine Benommenheit zurückgeblieben, wirre Gedanken ... Oder das Barometer kündigt neuen Kummer an; vielleicht ist es auch einfach nur die Müdigkeit vom vielen Gehen heute vormittag. Du wolltest bloß einen kurzen Rundgang machen, doch dann bist du wieder einmal dem Reiz der sonderbaren Architektur dieser Stadt erlegen: Im neueren Teil gibt es vier- oder fünfstöckige Häuser am Hang, deren Dächer steil nach unten abfallen, den Kopf muß man heben, um zu erkennen, wo eine Straße endet, und in die oberen Stockwerke gelangt man ohne Treppensteigen, einfach indem man über einen wackeligen Steg aus Brettern geht ... Dann die Pracht der großen Palazzi im Zentrum, der zur Schau gestellte Reichtum der alten Handelsfamilien; schließlich die Altstadt mit ihren feuchten Treppen und Gassen, die so eng sind, daß man die Mauern auf beiden Seiten berühren kann, ohne die Arme ausstrecken zu müssen; und noch weiter unten der Hafen mit seinen Schwarzhändlern, kleinen Gaunern, Huren und Abenteurern.

Der Geruch nach Rauch, Schweiß und Bratfett. Und das Stimmengewirr der Gäste: Sie unterhalten sich schreiend von einem Tisch zum anderen, gestikulieren theatralisch. An der Wand das angedeutete Porträt eines alten Seemanns mit Pfeife im Mund ... Auch von dir gibt es eine Karikatur. Sie ist in Orta entstanden. Das muß vor dem Mittagessen gewesen sein, als du Madame Generalin und ihre Tochter begrüßen wolltest, die auf der Terrasse am See mit Paul plauderten. Dein Blick fiel auf ein strohgelbes Blatt Papier, wie Lou es mitunter aus ihrem Reisetagebuch herausriß; es lag auf einem der Tischchen. Unter den neugierigen Blicken der Anwesenden nahmst du es in die Hand: Es war eine Karikatur von dir, du konntest sofort die Tränensäcke unter den Augen und den großen Schnurrbart in den Gesichtszügen erkennen, die insgesamt an ein Pferd erinnerten; mit zwei roten Strichen um die Nasenflügel. Wie mühsam Paul ein Lachen unterdrückte; Lou fand im übrigen, daß die Zeichnung besonders gelungen sei. Diese kindische Komplizenschaft der beiden ... Du spürtest eine Art Erschütterung am Grund des Gehirns, einen Stoß im Herzen, das aussetzte und dann wieder so heftig schlug, daß es dich betäubte und dir mit deinem eigenen Blut die Sicht trübte. Nur unter großen Mühen konntest du deinen Zorn verbergen.

Du als Karikatur mit einem Pferdegesicht ... Was hatte Lou damit sagen wollen? Und dieses kleine Holzschwert, das dir

auf ihrer Zeichnung vom Gürtel über die mageren Hüften
baumelte? Womit hattest du unwillentlich ihren Spott heraus-
gefordert? Hast du ihr nicht immer in untadeliger und diskre-
ter Weise zur Seite gestanden?

Der böse Wind der Erinnerungen pfeift dir schon wieder in
den Ohren und verursacht beinahe einen Schwächeanfall. Du
bist kurzatmig geworden, seit einiger Zeit ist das eine ge-
wohnte Empfindung. Wie konnte es so weit kommen? Geschah es in unmerklichen Etappen? Ohne daß es dir bewußt
geworden wäre, bist du in letzter Zeit viel schwächer geworden: dieser unerträgliche Kopfschmerz, der dich mittlerweile
fast ununterbrochen begleitet, das entsetzliche Gefühl, daß
dir ein übler Gestank in der Nase sitzt, immer dann, wenn du
es gerade am wenigsten erwartest, und das du mit Riechsal-
zen und Schnupftabak zu betäuben versuchst ... Manchmal
hast du sogar einen nervösen Tick an den Nasenflügeln, dann
sieht es so aus, als ob du, ohne die Hände zu Hilfe zu nehmen,
eine Fliege verscheuchen wolltest, die dir über die Nasen-
spitze krabbelt. Du müßtest dich behandeln lassen, bevor es
zu spät ist. Doch würde das etwas nützen? Die Geschichte
eines jeden von uns ist die Geschichte seines Scheiterns; was
hilft's? ... Ein Mann kann durchaus vierundvierzig Jahre alt
werden, ohne daß er je einen Augenblick lang sein wahres
emotionales und geistiges Leben gelebt hätte; denn erst kommen die verschiedenen Unbilden einer stumpfsinnigen und
unterdrückten Kindheit, dann beginnt das romantische Ge-
zirpe, der Ehrgeiz beim Studieren, die Veröffentlichungen,
und während des verwirrten Galopps der frühen Jugend hat
man nicht einmal Zeit, an die eigenen Bedürfnisse zu denken;
bis du eines Tages innehältst und begreifst, was für eine
Stümperei du aus deinem Leben gemacht hast, daß von dir

nicht mehr übrig ist als ein kranker Mann, der die Welt aus lächerlichen, triefenden Pferdeaugen anschaut. Ja, diese Karikatur ähnelte dir, mehr als jedes Foto: Du bist nichts als ein gebrechlicher, blöder Klepper, der jahrelang mit einem hölzernen Spielzeugschwert in der Hand durch die Welt gezogen ist, in der lächerlichen Überzeugung, daß dieser dünne Splitter das flammende Racheschwert sei, mit dem er die Philister besiegen würde ... Wenn du wenigstens, und sei es auch nur ein einziges Mal im Leben, imstande gewesen wärst, einen Skandal zu provozieren. Wenn du zum Beispiel an jenem Tag in Orta den Anwesenden deinen Plan eines gemeinsamen Lebens zu dritt verkündet hättest, ja, dann wäre es still geworden auf dieser Veranda, wo die Schmeißfliegen um deine Freundin und ihre Mutter summten. Und die Klatschmäuler hätten ruhig klatschen und die spitzen Zungen ruhig lästern können.

Es war dein Zurückweichen vor jeder Bindung, dein abweisendes Schweigen anderen gegenüber, was immer einen Skandal dargestellt hat; merkst du das denn nicht? Das Gesetz des Lebens ist es, das Wort zu ergreifen, sich einzumischen. Wer sich zurückzieht und schweigt, ist schuldig: Lerne zu leben.

Du lehnst an einer der Säulen des Lokals. Immer noch wartest du darauf, daß der phlegmatische Kellner einen Tisch für dich leerräumt. Du bist mit deinen Gedanken ganz woanders, blaß, ohne den Tischgenossen zuzuhören, käust bittere, zornige Worte wieder. Tatsächlich befindest du dich immer noch dort, am See von Orta, um auf ihrem Gesicht die Zeichen zu erkennen, die dir bestimmten Gefühlen oder Gedanken zu entsprechen schienen. Ein Gesichtsausdruck, der sich nicht deuten ließ. So wie sie sich von den Albernheiten der anderen hinreißen ließ, erschien sie dir wirklich wie ein Feind.

Ich aber bin noch der gleiche, und mein Leben steckt immer noch in den Kinderschuhen ... Ich bitte dich inständig, Lou, denk einen Augenblick an mich. Warum hast du nicht auf den Brief geantwortet, den ich dir vor ein paar Monaten schrieb? Man sollte wahrhaftig annehmen, daß du nichts mehr von mir wissen willst ... Mit einem plötzlichen Schauer sehe ich deinen Blick wieder, der mich streift; fremd, fast feindselig. Deinen schmalen Körper, den die Brise vom See unter das leichte Kleid zeichnet, diese Beine einer Atalante, immer bereit, schnell davonzulaufen. Wie dumm war mein Versuch, dich ohne goldenen Apfel erobern zu wollen. Ich war überzeugt, daß ich an jenem Nachmittag, als wir zum Sacro Monte hinaufstiegen, schließlich die richtigen Worte finden würde, die ich nie zuvor auszusprechen gewagt hatte ... Besser wäre es freilich gewesen, wenn meine Zunge sich nie bewegt hätte; wenn ich mich nicht in einer überflüssigen Erklärung verloren hätte. Nun gut. Das heißt schlecht. Die Frauen sind alle gleich. Mehr Seelen stecken in ihnen als Zwiebeln Häute haben. Schon lange glaube ich nicht mehr an die These von den Ausnahmefällen. Leider mußte ich die bittere Lektion am eigenen Leib durch das «Lama» lernen, *nicht wahr*? Weil ich so naiv bin. Ich hätte vorhersehen müssen, was Elisabeth unter Schminke und Pomade verbarg, was hinter ihren hartnäckigen Bemühungen steckte: «Ich bitte dich, versuch mich doch zu verstehen ... Ich bin keine Unbekannte, ich bin nicht deine Feindin. Davon möchte ich dich überzeugen; denn wenn du es verstehen würdest, würdest du meinem Rat folgen und von deinen angeblichen Freunden ablassen. Ich bin deine Schwester!»

Diese Schlange. Meine Schwester. Wie schwer sich das sagt. Meine. Welch ein unnützes Wort. Lerne, du Esel. Kinder einer Mutter. In den Wahnsinn treiben einen die Frauen. Zumindest hast du nichts anderes von ihnen abbekommen ... Nicht einmal Paul, wenn es stimmt, was die Leute sagen ... «Er und das Fräulein von Salomé leben wie Bruder und Schwester», schrieb dir dein Brieffreund Brandes vor einigen Wochen. Bei dem bloßen Gedanken daran löst du dich vollends in Gefühl auf. Du und Paul, Elisabeth und Lou.

Die Zeit scheint zu gefrieren, und du spürst deine kalten Eingeweide.

*Ich sitze wieder einmal vor der Fotografie, auf welcher der Riesenkopf der Allmächtigen Elisabeth zu sehen ist, die sich in einer Haltung würdevoller und selbstgerechter Aufopferung – die makellose Haube, die strenge schwarze Schleife aus Taft – über das blutleere Gesicht des kranken Bruders beugt, um ihm einen Löffel mit kleckerndem Brei zu verabreichen.*

*Von der Pose geht so viel Verlogenheit aus, daß man wütend werden möchte.*

*Doch leider, an diesem Punkt, rien ne va plus ... Ich weiß nicht, wie ich dir helfen kann, Professor, gegen die Krankheit, die dich im Griff hat, außer vielleicht, indem ich an dich erinnere, deinen aus der Bahn geratenen Polarstern ins Gedächtnis rufe; aber ich mühe mich vergeblich ab, stoße gegen eine Mauer aus Geschwätz, das über dich verbreitet wurde ... Wonach hast du als Mensch gesucht? Was ist jene «Treue zur Erde», von der du sprichst, ohne die das Leben nichts als ein riesengroßer Betrug sei? Sag es mir.*

*Denn es fällt mir schwer, ungestört zwischen all den Interpretationen zu arbeiten, die in diesen Monaten um den hundertsten*

*Todestag im Übermaß verbreitet werden; alle haben etwas Neues*
*über den «Mittelpunkt» deines Denkens zu sagen; weil wir uns ja,*
*man mag es drehen und wenden, wie man will, bei jeder Argu-*
*mentation zu guter Letzt immer den beruhigenden Kategorien der*
*Geometrie unterwerfen: Achse, Zentrum, Werteskala, die hübsch*
*der Reihe nach vom Geringsten bis zum Höchsten führt – unge-*
*fähr wie: Ästhetik, Ethik, Religion; wie früher beim Philosophie-*
*unterricht in der Schule: Die Sterne zu betrachten ist unbedeu-*
*tend; für eine Idee das eigene Leben herzugeben ist heroisch; an ein*
*höheres Wesen zu glauben, oh ja ... Doch welche Werteskala ist*
*überhaupt noch gültig? Welchen Wert hat die letzte Zigarette des*
*Abends? Was bedeutet es, diese Hand aus Luft des Professors zu*
*drücken, was bedeutet das Miserere von Allegri, das die Popgruppe*
*Sixteen singt, was bedeutet der Duft des ersten Kaffees? Und einen*
*Roman schreiben, wieviel ist das wert?*

*Fragen, die ich mir nachts stelle, wenn mich die grundsätzliche*
*Bedeutungslosigkeit eines Menschen, der schreibt, und der Litera-*
*tur selbst umtreiben; und ich mich so leicht fühle wie der Kopf des*
*Dunklen, der über einer schlammigen Oberfläche hin- und herge-*
*schüttelt wird und, kurz bevor er einen letzten gurgelnden Schrei*
*ausstoßen kann, noch einmal in den Morast sinkt.*

Jemand spricht dich an. Es ist der Kellner, der dich gefragt
hat, was du trinken möchtest, du reißt dich von deinen Gedanken los. Du machst ihm ein Zeichen näherzutreten, und als er
sich vorbeugt, flüsterst du ihm «Rotwein» ins Ohr, fast ohne
die Lippen zu bewegen. Dir schien, als hätte er dich schief
angesehen.

Wäre man doch weit weg von hier, womöglich schon in Turin, gut untergebracht ... Inmitten der chaotischen, lärmen-
den Sinneswahrnehmungen, die sich in deinem Kopf über-

schlagen, macht sich ein grausam verzweifeltes Gefühl von Vergeblichkeit, von verpaßten Gelegenheiten breit.

Der Kellner hat den Krug mit Wein mitten auf den Tisch gestellt, dabei betrachtet er dich weiterhin mit argwöhnischer Miene. Was gibt es denn da zu schauen? Während du das erste Glas schlürfst, hast du den Eindruck, die Szene von außen zu betrachten.

Du ißt etwas von der Focaccia mit Rosmarin, die der Kellner zusammen mit dem Brot auf den Tisch gestellt hat. Ziemlich schwer verdaulich, findest du. Wenn man sie langsam kaut, läßt sie sich mühelos herunterschlucken, doch sollte eine Hand in mörderischer Absicht ihrem Opfer unversehens den Mund aufreißen, gewaltsam ein großes Stück Teig hineinstopfen und die Kehle hinunterdrücken, könnte es daran ersticken. Schrecklich, was dir so einfällt.

Hier sitzt du nun, schlagartig verängstigter denn je.

Paul. Verschwunden auch er, zusammen mit Lou ... Ohnehin haben dir viele in den letzten Jahren den Rücken zugekehrt. «Was kann ich dagegen ausrichten? So sind die Menschen eben», mit dieser Bemerkung beendest du häufig das Thema, du siehst die Welt, wie sie ist, erkennst mit einer Dosis noch nicht ganz erschöpfter Ironie, daß die Menschen letztendlich eher dumm sind als böse, und am Ende bewirft man sich gegenseitig mit Dreck, weil uns alle eine unbegreifliche, dunkle Macht nach unten in die Schlammtümpel zieht. Dich eingeschlossen. Du bist wie Paul. Alle beide liebeskrank.

Auf einmal geht dir der peinliche Vorfall von gestern am Bahnhof in Savona wieder durch den Kopf. Vielleicht ein Zeichen für deine Müdigkeit, wenn nicht für Schlimmeres ...

Du wirst doch nicht verrückt, oder? Du wirst doch nicht enden wie dein Vater? In deiner Familie halten die Männer sich nicht lang: In einem bestimmten Alter tritt plötzlich Gehirnerweichung auf und ... Wie schlecht deine Laune heute ist. Morgen in Turin wird es dir bessergehen. Nur noch ein paar Stunden warten. Nur noch bis morgen, dann kommen neue Zeiten, wo du nicht mehr unter fremder Leitung eine Musik spielen mußt, die überhaupt nichts mit dir zu tun hat: Wagner, mit seinem Essig aus Süßwein, ist tot, Frieden seiner Seele; und deiner Schwester ist es mittlerweile unmöglich, dir zu schaden, die Urwälder Südamerikas haben sie verschluckt ... Niemand kann dich mehr zwingen, dich vor Göttern aus Holz niederzuwerfen.

Du wirst nicht einmal mehr an Paul schreiben. Welchen Sinn hätte das noch? Du willst niemandes Mitleid.


Endlich die Nudeln mit Pesto. Den ganzen Tag hattest du einen unglaublichen Hunger, mechanisch hast du unzählige Brotkrusten gegessen, ohne dir dessen bewußt zu sein.

Viele Leute um dich herum. Das langweilige Geplätscher von Tischgesprächen. Ein Fettwanst, dessen Gesicht vor Lachen stark gerötet ist, führt eine Gabel mit Essen zum Mund. Wer weiß, warum du ihn fortwährend anstarrst und die Stirn runzelst.

Neben dir geben zwei Typen mit französischem Akzent lautstarke Kommentare über die Qualität eines Mittagessens ab, das ihrer Ansicht nach mit allen fünf Sinnen zubereitet wurde; sie wischen die grüne Soße in der Schüssel mit einem auf die Gabel gespießten Stück Brot aus, als sei sie die raffinierteste Erfindung der haute cuisine. Da der anschließende Fisch mit einem Messer schlecht zu verspeisen ist, und si le français n'y peut aller, que le gascon y arrive, verlegen sie sich auf ihre Hände.

Hör auf, sie so anzustarren. Sie stören dich doch gar nicht. Laß sie in Ruhe. Was willst du denn? Sie zum Duell herausfordern? Einen Augenblick lang reizt dich die Vorstellung eines Ehrengerichts wegen guter Tischmanieren zum Lachen: Säbel, fünf Schritte, auf Leben und Tod, ja ... Du lächelst innerlich.

An einem Nachbartisch hat ein kleiner Mann mit kurz geschnittenem Schnauzbart begonnen, lautstark Konversation zu machen, sein Ton ist schulmeisterlich und selbstgefällig. Er handele mit Salzen, erklärt er.

«Was für ein Handel? Welche Art Salz?» fragt ein anderer, die Gabel halb in der Luft.

«Mineralsalze natürlich, wie alle Lebensmittel sie enthalten ...», er rollt Brot zu einer Kugel und spielt damit.

Die Augen halb zur Decke erhoben, der Himmel möge dich schützen, machst du dich schon auf Ausführungen über den Handel mit Abführmitteln gefaßt.

«Es genügt, morgens, im nüchternen Zustand, einen Teelöffel dieser Mineralsalze in etwas Wasser aufzulösen», fährt der Schnauzbart in dem anmaßenden Ton fort, in dem die Gefreiten den dümmsten Rekruten Erklärungen geben, «und schon hat man keinerlei Verdauungsprobleme mehr ...», dabei kommentiert er das Ganze mit einem hohlen Lachen.

Ja, auf Leben und Tod.

Verlegen senkst du die Augen auf den inzwischen fast leeren Teller. O Gott, und warum denke ich jetzt ausgerechnet an die lachende Lou? Zum Teufel, erst diese schlechtverdaute Karikatur, jetzt ihr Kichern ... Warum wirst du wütend? Ist dir außer den Erinnerungen denn noch etwas geblieben? ...

Freilich tut die Vergangenheit weh, sie trägt einen üblen Gestank, doch wärst du ohne diese Lust, daran zu schnuppern, schon längst tot ...

Und unversehens ordnen sich die Gedanken, deuten noch einmal lebhaft in eine Richtung, da ist der Dunkle, der dir wieder einmal ein Zeichen gibt; wie jene geheimnisvollen Engel aus der Bibel, die in der Ferne auf verlassenen Wegen wandeln, mit erhobenem Finger eine Richtung anzeigen und befehlen, ihnen zu folgen.

Du hast dir den Weg zur Toilette zeigen lassen. Dazu muß man einen Saal durchqueren, der das refugium peccatorum aller häßlichen Formen zu sein scheint: ein Sofa mit kurzen Beinen, bucklige Stühle, das fleckige Foto von der Abfahrt eines Schiffes, ein schief gebauter, kleiner Kamin mit einer Konsole voll schwerer Gipsfiguren. Krummbeiniges, häßliches Mobiliar.

Lou hätte ein solches Lokal niemals betreten. Du erinnerst dich an die goldene Puderdose, die sie oft in den Händen hielt: ein Relikt aus ihrer Vergangenheit, das Echo der kaiserlichen Pracht von Sankt Petersburg. Sie hat dir ein paarmal vom Haus ihres Vaters gegenüber dem Winterpalast erzählt. Mit einem verächtlichen Zug um den Mund, der so typisch ist für ihre geweihte Kaste ... Welch ein Unterschied zu den bescheidenen Pensionen, in denen du dein Leben mit dir herumschleppst.

Hätte doch der Traum jener Jahre Wirklichkeit werden können – ein großes Haus mit einer hellen Bibliothek, Anrichten voll Blumenvasen, Schlafzimmern, die sich auf herrliche Gärten öffnen; dort leben, unter wechselnden Monden, gemeinsam mit den Freunden und vor allem mit ihr ...

Dahin! Dahin!
Möcht ich mit dir, o mein Geliebter, ziehn!

Wie bewirkt man eine Veränderung? Was muß geschehen, damit ein Mann sich ändert? Daß er die Liebe erfährt, geht dir vage durch den Sinn. Wie dumm ... Du bist verschwitzt, fühlst dir den Puls.

Zurück am Tisch, rufst du den Kellner.

«Kommen die Nudeln denn nun noch? Mir scheint, die Bedienung hier läßt sehr zu wünschen übrig ...»

«Ich meine, der Herr habe seine Nudeln bereits gegessen.»

«Wie können Sie es wagen, mir zu widersprechen?» erhebst du wütend die Stimme. «Glauben Sie etwa, ich bilde mir das ein oder hätte das Gedächtnis verloren? Halten Sie mich etwa für verrückt? Ich habe noch nichts gegessen.»

Noch während du diese Worte aussprichst und der Kellner dich mit offenem Mund anschaut, fällt dir plötzlich ein, daß du die Nudeln tatsächlich schon gegessen hast und dein Teller bereits abgeräumt wurde. Oh Gott, was ist nur mit dir? Wie kann man eine solche Gedächtnislücke haben? ... Und da ist die Wut ebenso schlagartig verflogen, wie sie zuvor explodiert war. Wegen des bestürzten Gesichts der Bedienung fühlst du dich jedoch versucht, auf deinem Anliegen zu bestehen; als fändest du Spaß daran, die Wirklichkeit zu leugnen ... Wärest du tatsächlich verrückt, so wäre im Grunde keines deiner Leiden wirklich. Beharrlich machst du weiter: «Glauben Sie mir nicht? Meinen Sie, ich hätte nicht alle Tassen im Schrank?»

«Aber natürlich nicht, mein Herr. Beruhigen Sie sich. Ich werde nachsehen, ob jemand Ihren Teller weggebracht hat, während Sie nicht am Tisch waren.»

Der Kellner wirkt erschrocken; du mußt ihn wohl recht böse angeschaut haben. Er läuft zwischen den Tischen davon, dabei wirft er von Zeit zu Zeit einen Blick auf dich zurück. Es würde dir gefallen, wenn du jetzt glänzende Augen, ein wenig Schaum vor dem Mund und eine fahle Gesichtsfarbe herbeizaubern könntest. Denn diese Situation amüsiert dich.

Du holst tief Luft. Wenn dieser Kellner bei seiner Rückkehr sagt, er habe dir die Nudeln noch nicht gebracht, ist das der Beweis dafür, daß du als Verrückter glaubwürdig wirkst: Es wäre eine Lüge, so wie man Schwerkranke oder Todgeweihte belügt.

Die Aufregung von eben beginnt sich zu legen. Warum hast du mit diesem albernen Scherz weitergemacht? Was ist los mit dir? ... Du streichst dir mit der Hand über das Gesicht, wie um den grimmigen Gesichtsausdruck wegzuwischen, mit dem du den Keller erschrecken wolltest; dabei gibst du dir Mühe, die Sache noch einmal nüchtern zu betrachten.

Noch ein tiefer Atemzug, und plötzlich wogt die Erinnerung an den *Tristan* in deiner Seele: ein Windstoß, der dich ergreift, dir das Herz weitet; du hörst das Orchester immer deutlicher, wie es sich steigert, losbricht in dem Moment, in dem die blonde Isolde, ungeduldig dem Treffen mit dem Geliebten entgegensehend, ihre Fackel zu Boden wirft. Und schon leidest du wieder, ein heißer Angstschwall geht durch die Musik und verwandelt sich durch irgendeine perverse Metamorphose in einen sauren, widerwärtigen Geruch.

«Hier sind Ihre Nudeln, mein Herr. Und bitte entschuldigen Sie die Verzögerung.»

Angewidert betrachtest du den dampfenden Teller, das angespannte Gesicht des Kellners. Beides bildet einen Urteils-spruch, den Beweis, der dir fehlte: Alles ist eine Fiktion aus er-habenen Hexametern, Lüge.

Du senkst den Kopf, rollst die erste Gabel mit Nudeln auf. Das Leben ist ein einziger Scheißhaufen.

# SIEBEN

*Eine Seepromenade, ein Boot, die Gestalt einer Frau, im Hintergrund eine Insel. Die Bilder des letzten Traums schwimmen noch in den aufgerissenen Augen des Kranken; Orta ... dieser Name, der ihm von wer weiß woher ins Gedächtnis zurückkehrt ... Orta? Gibt es wirklich ein Städtchen, das Garten heißt?*

*Jemand ist ins Zimmer gekommen. Er spürt die zornige Hand seiner Schwester, die ein Kissen zurechtrückt. Weit weg sein können. In Orta zum Beispiel. Fort von diesem Bett der Umnachtung. Den Geist mit neuen Menschen bevölkern können und mit Lächeln und einer anderen Luft; das Gedächtnis von diesem Dunkel reinigen. Lous Augen betrachten ... Orta? Lou?*

*In jedem Augenblick, der vergeht, fürchtet er, daß die schwere Hand, die das Kissen ausklopft, sich auf seinen Mund legen wird, um ihn zu ersticken. Die Hand des Todes? Oder die Hand Elisabeths? Wahrscheinlich ist es das gleiche: die Strafe und das Schweigen, von denen man sich niemals befreien kann. Unmöglich zu fliehen. Er kann sich nur ergeben.*

*Orta? Lou? Nein. Elisabeth.*

## Das Stechpalmenblatt

*Orta Novarese, Mai 1882*
*Nachmittag*

**Isolde**
... die Welt:
die uns der Tag trügend erhellt,

**Tristan**
zu täuschendem Wahn
entgegengestellt,

**Beide**
selbst dann
bin ich die Welt ...

*Tristan und Isolde*
*Zweiter Aufzug, zweite Szene*


Die Motta ist ein langgestreckter, steil ansteigender Kirchplatz zwischen alten Palazzi adeliger Familien; die Fassaden mit den mythologischen Figuren auf den Friesen zeugen von einer gewissen Überheblichkeit. Dahinter verbergen sich vermutlich Damastvorhänge und Klaviere von Érard, die still und verschlossen dastehen, um nur an großen Festtagen geöffnet zu werden. Dazwischen einfachere Häuser: kleine Säulen aus Granit, Arkaden, winzige Balkone mit Nelken, an den Hauswänden Fresken mit biblischen Motiven; doch du hast keinen

Blick für das alles, denn deine Gedanken sind ganz und gar auf deine Begleiterin konzentriert.

Oben an der Kirche bleibst du keuchend stehen – ist es die mühevolle Verdauung, die soeben eingesetzt hat? – und betrachtest deine Lackschuhe, deren Sohlen so dünn sind, daß sie dir jede einzelne Unebenheit dieses steinigen Aufstiegs verraten. Dieser Gang ist die Hölle für deine Füße, nur unzureichend hast du die Hohlräume in deinen Schuhen mit Watte ausgestopft.

Lou macht sich über deine Müdigkeit lustig, zwischen ihren Lippen spielt ein kleines Lächeln; und schon fällt ein Schatten von Mißmut auf dich. Deine Verstimmung gerinnt zu einer schmerzhaften Grimasse. Ungerührt trällert sie vor sich hin.

*Der Rest ereignet sich in diesem Moment, könnte man sagen, hier, in meinem Arbeitszimmer, das im ersten Stock eines dieser alten Häuser in Orta liegt; vor der Wand, an der eine Vergrößerung des berühmten Fotos zu dritt prangt.*

*In den vielen Pausen zwischen dem Schreiben betrachte ich die Gesichter, das Wägelchen, die Fliederpeitsche, die mit Wolken und Bergwäldern bemalte Wand im Hintergrund; auf dem Boden liegen sogar Strohhalme, dazu ein paar trockene Blätter, um der Szene etwas Realistisches zu verleihen. Als ich das Foto aufgehängt habe, genau hier, ist etwas in mir vorgegangen, als spürte ich den Wind, der im Bildhintergrund angedeutet wird, in meinen Lungen. Vielleicht geschieht so etwas bei allen schicksalhaften Handlungen: Nur deshalb können sie geschehen.*

*Gleich darauf habe ich mit einem roten Stift um die Gestalt des Professors eine Linie gezogen, ihn in eine Art Würfel gesperrt, wie auf Bildern von Francis Bacon. Warum, weiß ich nicht mehr. Wahrscheinlich wollte ich ihm einen eigenen Raum schaffen, ihn aus den Bewegungen der anderen herauslösen.*

«Dieser Aufstieg will gar kein Ende nehmen», sagt der Professor, während er sich die Stirn mit einem Taschentuch abtrocknet. «Man meint die ganze Zeit, gleich müßte sich der Blick auf ein schönes Panorama öffnen, aber diese Mauer hier ist viel zu hoch und nimmt überhaupt kein Ende ...»

«Aber nein, sehen Sie nur ... Ist das nicht die Insel?» erwidert Lou und späht über ein Gartentor.

Der See ist ein dunkler, tiefblauer Himmel, San Giulio eine versteinerte Wolke. Gegenüber die verschwommene Silhouette der Berge, die kahlen Felsen der Madonna del Sasso, der kalte Glanz des Horizonts.

Der üppig in Blüte stehende Hügel fällt sanft zum Wasser ab. Unten liegt das Städtchen: armselige Dächer aus grauem Schiefer, rauchende Schornsteine, ein Netz kleiner Gassen, Kastanienbäume und eine Wiese mit einer Ziegenherde, ein Eselskarren holpert mühsam einen steinigen Weg am Feldrand hinauf, ein Mäusebussard fliegt tief.

«Es kann nicht mehr weit sein», sagt die junge Frau.

«Hoffentlich ist es so interessant, wie der Reiseführer behauptet. Glauben Sie wirklich, daß wir in dieser Bergwildnis auf etwas Bemerkenswertes stoßen werden?» fragt der Professor in einem Ton, der witzig gemeint ist.

Die beiden sind jetzt vollkommen allein auf der schmalen Straße, die sich den Berg hinaufwindet. Auf der ganzen Szene lastet eine gewaltige Stille.


Ihr habt aufgehört zu reden. Du verspürst nicht einmal mehr das Bedürfnis danach; es tut dir gut, so mit ihr zu gehen, in dieser großen Ruhe.

Du lauschst auf das Rascheln ihres leichten Kleides aus grauer Seide, es ist hinten geknöpft, fällt weit um ihre wiegenden Hüften. Von ihrem schlanken Körper geht ein unwiderstehlicher erotischer Reiz aus. Dieses violette Jäckchen, das sie trägt, die Farbe der Einsamkeit, der Seelenqualen, der Gesichter von Erstickenden. Was für seltsame Gedanken gehen dir da im Kopf herum.

Beklommen hoffst du, daß Lou sich zu dir hinwendet, damit du wieder ihre Augen sehen kannst. Du denkst an den Schal aus grauer Spitze, den du ihr gestern heimlich entwendet hast und den du dann, allein in deinem Zimmer, wie rasend gebissen und zärtlich geküßt hast und dir unter Zuckungen und Krämpfen auf den nackten Leib gelegt hast. Nur um einen Augenblick lang deine hündische Sinnenlust zu befriedigen, die in einer bedrohlichen Stichflamme aus Leidenschaft und Verzweiflung aufloderte, und du hast zugelassen, daß alle Sinne sich ausdehnten, bis dir nichts mehr auf der Zunge geblieben ist als ein schwacher Geschmack nach Salz. Erst heute morgen hast du ihn ihr zurückgegeben und behauptet, du habest ihn zufällig im Treppenhaus gefunden.

*Die Nacht, Professor, liegt gerade hinter dir, die Nacht, die ich hier vor dem Computer verbringe, wo ich von dir zu erzählen versuche, wo ich zu den Sätzen werde, die ich suche. Denn die Dunkelheit ist das Element, das den Traum und die Worte hervorbringt, also die Möglichkeit, etwas zu erfinden, das fehlt, das nicht existiert.*

*Ich bin ich, und zugleich bin ich er. Wir sind; aber das hier bin ich, mit meinem Orta, meinen müden Augen, den Sehnsüchten, dem vielfachen «Nein», das ich zu hören bekam. Übrig bleibt in jedem Fall die Maske, das unaussprechliche Herz dieser Erzählung.*

Wer sich ans Schreiben macht, beginnt eine seltsame Schlacht mit seinem Stoff: Sobald er seinen Figuren Auge in Auge gegenübersteht, verwandelt er sich in eine Art Perseus, der von dem unbezähmbaren – nein, eher zwanghaften – Bedürfnis besessen ist, die Medusa herauszufordern.

Denn aus dem Dunkel der Höhle, worin der Gegner sich verbirgt, kommt die Stimme: Ich bin ein Gesicht aus Fleisch und Blut. Komm und finde mich.

Verführerische Stimme, die zu einer inneren Musik wird, vor der es kein Entrinnen gibt. Du wirst erzählen, sagt sie. Unnachgiebiger Befehl, so wie anderen befohlen wurde: Du wirst unter Schmerzen gebären, du wirst dein Volk aus der Gefangenschaft führen.

Ich bin ich, ich bin er. Das habe ich ohne nachzudenken geschrieben, oder nein, es ist mehr als Nachdenken, es kommt aus einer Sphäre zu mir, in der die Worte unvermittelt sprudeln, bei diesem Spiel zwischen dem «ich» und dem «du». Ist Identität denn nicht bloß eine Maske? Sich selbst zum Schweigen zu bringen ist für denjenigen, der erzählt, ein unentbehrliches Mittel der genauen Wahrnehmung und zugleich ein Schutz gegen die Außenwelt, die aufsaugt und zerstreut. Der Hohlraum eines Menschen sein, der mit völliger Hingabe zuhört. In dieses Foto eintreten, das mit Reißzwecken befestigt ist: der Professor, dem der Zügel um den linken Ärmel des Gehrocks gebunden ist (während Paul ihn am rechten Ärmel hat), und Lou, die sich mit der Peitsche in Richtung Objektiv vorbeugt, als wolle sie streicheln oder antreiben. Zwei Gefangene unter einem Joch aus Blumen.

Und wenn wir jetzt die Plätze tauschen würden?... Na also, auf einmal bewegt der Baum seine Zweige, Lou hat mir ihr Gesicht zugewandt, blickt mich ein wenig erstaunt an, ein Vogel fliegt vor dem Hintergrund vorbei, das Stroh knistert unter euren

*Schuhen, der Wind weht. Die Ordnung hat sich umgekehrt: Jetzt seid ihr lebendig, habt eure Zukunft noch vor euch; und ich sitze hier, Gefangene einer anderen Zeit, anstatt nur ein Auge zu sein, das euch zuschaut, eine Hand, die schreibt, ohne daß ich einschreiten könnte, um das zu ändern, was geschehen wird.*

*Um mich herum herrscht eine ungeheure Stille, die nichts mehr mit einem physischen Schweigen gemein hat. Ich glaube, mir wird übel, wenn ich daran denke.*

Auf der Höhe des Friedhofs. Die beiden blicken über das Gittertor, dann betreten sie den Friedhof und gehen zwischen den einfachen Grabsteinen umher, die sich um die kleine Kirche San Quirico drängen. Hinter dem Mäuerchen, wo ein mit Schlüsselblumen übersäter Hang zum See abfällt, könnte jetzt Horatio auftauchen, in der Hand den Schädel des Yorick. De profundis clamavi ad te Domine. Und flehte um meine Rückkehr zur Erde.

Grabsteine mit der Aufschrift: «führte ein rechtschaffenes Leben» oder «liebte die Familie, die Arbeit und die Ehrlichkeit». Alle haben sie irgendwas geliebt, diese Toten: ein Lied, ein Schwätzchen unter Freunden, ein Eckchen im Garten, die Hechtfischerei oder Spitzenklöppeln am Nachmittag. Es steht für immer auf diesen Steinen geschrieben, die Zeugnis ablegen gegen die Zeit, die alles hinwegfegt. Animula vagula blandula. Der Spatz der Lesbia, ein Sonett von John Donne, ein Medaillon mit einer weißen Haarlocke. Requiescant in pace. Im Kopf des Professors explodieren Worte, Bruchstücke von etwas zwischen Wissen und Gefühl. Denn Orta wird zwar in den Reiseführern kaum erwähnt, aber man spürt, daß hier, unter diesem blauen Himmel vor der Kirche San Quirico, ein Hauch Magie in der Luft liegt: Hier wird etwas geschehen.

Eine Alte sitzt auf einer Steinbank im braunen Schatten einer Zypresse. Den Kopf gebeugt, ein Körbchen mit Salbei neben sich, die Haut runzelig wie die Schale von Früchten in Salzlake, und dabei war sie früher vielleicht eine schöne Braut ... Sie sitzt völlig bewegungslos, wie versteinert da, daß man meinen könnte, sie werde sich nie mehr von hier fortbewegen: Eher scheint sie im Halbdunkel dieses dichtbewaldeten Hügels jemanden zu erwarten, einen Fotografen auf der Suche nach ungewöhnlichen Motiven, einen Schriftsteller, der sie beschreiben möchte, einen Philosophen, der über sie meditiert.

Die Körper unter diesen Steinen, denkt der Professor, warten auf den Tag des Jüngsten Gerichts, während sie zwischen den Trauerweiden verfaulen, die als einzige nie aussterben im irdischen Jammertal. Träumt man noch, wenn man gestorben ist, oder wird man zu Luft? Wie wird sie sein, die Unwirklichkeit als einzige Wirklichkeit?

Könnte er doch darüber mit Lou sprechen ... Doch was weiß dieses Mädchen vom Tod? Zu jung. Sie kann sich nicht einmal vorstellen, daß auch sie eines Tages unter der Erde enden wird ...

Hör auf, *bitte*, es ist noch zu früh zum Sterben, und noch zu früh, dich von der Traurigkeit auffressen zu lassen ... Warum ist dieses Licht so unglaublich durchsichtig? Das mag an den Bergen liegen, die die Landschaft krönen. Du kneifst die Augen zusammen und beobachtest dankbar, wie schwarze Wolken näher kommen, die die Sonne schon bald mit dem üblichen Nachmittagsgewitter im Mai zum Erlöschen bringen werden. Schon ist der Himmel am Horizont dabei, in ein verwundertes Dunkel überzugehen, er füllt sich mit einem wohltuend kühlen Windhauch, Vorahnung eines Nachmittags, der frischeren Gefilden zustrebt.

Du hast den Eindruck, als würden die Winde Luft über diesem See zusammenströmen lassen, die prallvoll mit Energie, mit erregenden Reizen gefüllt ist. Welch ein Unterschied zu deiner dunklen Wohnung in Basel, ein richtiges Gefängnis. Diese lange Zeit häuslicher Melancholie hat dich tief gezeichnet. Du würdest deiner Begleiterin gerne andeuten, wie sehr du dich nach einem Haus sehnst, das nicht leersteht.

In den letzten Tagen in Rom habt ihr – du, sie und Paul – viel von einem möglichen Zusammenwohnen gesprochen, einem gemeinsamen Leben in einer alles umfassenden Gütergemeinschaft, nach dem Vorbild der pythagoreischen Ethik. Natürlich würden sich die Helfershelfer der Moral, die nur Verdorbenheit und Unordnung im Menschen entdecken können, furchtbar aufregen, sind sie doch immer bereit, Finsternisse zu prophezeien, im Vergleich zu denen die Drohungen der Apokalypse von Heiterkeit und gesundem Menschenverstand diktiert erscheinen. Aber ihr werdet ihnen gar nicht zuhören: Man muß sich, wie Goethe sagte, «vom Halben entwöhnen».

Wie auch immer, dies scheint dir nicht der richtige Moment zu sein, das Thema anzusprechen.

Ach, was geschieht mit dir? Du wirst dich doch jetzt nicht etwa zurückziehen? Das langweilige Klugsein überlaß den anderen: Kannst du dich nicht wenigstens ein einziges Mal von Herzen darüber freuen, daß du mit ihr allein bist, und dir einen schönen Nachmittag gönnen? Die Wege des Schicksals sind nicht unendlich, vergiß das nicht. Du mußt ein für allemal mit diesem Selbstbetrug aufhören, auf Zukünftiges zu hoffen, das einzige, was zählt, ist die Gegenwart, es gibt keinen vernünftigen Grund dafür, das eigene Leben mit einer Hypothek auf irgendeine Zukunft zu belasten.

Du darfst es nicht mehr aufschieben: Du mußt mit ihr sprechen, noch heute. Eine solche Gelegenheit wird sich dir nicht mehr bieten.

Ja. An diesem Nachmittag wird sich bestimmt eine günstige Gelegenheit ergeben, und du wirst sie beim Schopf packen.

Unter den grünen Kuppeln der Linden und Kastanien dehnt sich unterdessen die Stille weiter aus. Dazu die kleinen Gräser zwischen den Kieseln, die wilden Erdbeeren, die sich unter dem Farnkraut am Fuß der Mauer verstecken, der feuchte Geruch des Mooses: tatsächlich kann man sich kaum des Eindrucks erwehren, der Weg werde bald in einen undurchdringlichen Wald münden.

«Ein Kuckuck ... Haben Sie ihn auch gehört?»

«Man sagt, jeder seiner Rufe bedeutet ein zusätzliches Lebensjahr für den, der ihn hört.»

«Mir kommt das vor wie ein Spottgesang.»

«Warum? Verstehen Sie etwa, was er singt, Professor? Warum sollte dieser Vogel sich wohl mit uns beiden beschäftigen und seine Zeit damit zubringen, uns zu verspotten?»

«Richtig, er hat wahrhaftig andere Dinge im Kopf: Es ist Mai. Er spürt den Frühling ...»

Du hast Lust, fröhlich zu singen:

> *Der Kuckuck und der Esel*
> *die hatten einen Streit.*
> *Wer wohl am besten sänge,*
> *zur schönen Maienzeit ...*

Doch da öffnet sich einladend vor euch ein Tor. Laut lest ihr beide die Inschrift auf der Tafel, die zum Sacro Monte führt. Hinter der hohen Mauer liegt wohltuend friedlich ein Garten, der vom Rauschen der Bäume und von Düften erfüllt ist. Er wurde zum Schutz der römisch-katholischen Kirche in diesem Winkel Europas angelegt, just an dem Ort, wohin andere Schicksale euch – dich und sie – von den verschiedensten Punkten der Welt zusammengeführt haben, damit ihr euch dieser heilsamen Einsamkeit aussetzt ... Es gibt demnach eine Koinzidenz zwischen den Wirrsalen der Geschichte und dem Wunder verwandter Seelen, die sich irgendwann begegnen. Und du liebst solche Zusammentreffen, die unvorhersehbar, ja schicksalhaft sind.

Bevor ihr mit dem Pilgerrundgang beginnt, macht ihr halt in der kleinen Gastwirtschaft, die neben der ersten Kapelle liegt. So ruhig ist es hier, daß offenbar niemand erwartet wird. Auf dem Tisch liegt eine Zeitung von letzter Woche, neben dem Fenster sitzt eine winzige alte Frau in der kleinen Ewigkeit dieses Moments über ihrer Klöppelarbeit. Ein Sonnenstrahl streift eine Pendeluhr über dem Kamin. Du setzt dich, begrüßt mit einem Seufzer der Erleichterung diese Stille, die nur vom Klappern der Nadeln der Frau bewohnt wird, und unerwartet lächelst du. Von der wohltuenden Frische des Raumes geht eine große Ruhe auf dich über; dir kehrt die Erinnerung an alte, schattige Wohnzimmer in Landhäusern zurück, an die laue Wärme der Kinderferien; eine schützende Hülle gegen die Zeit, die Körper, Seelen, Begegnungen zermahlt.

Doch Lou scharrt ungeduldig mit den Füßen, es drängt sie, mit der Besichtigung zu beginnen.

Auf dem Weg zum Ausgangspunkt des Rundgangs erzählst du ihr, daß dir dieser wohlgeordnete Park eine von Geheimnissen und unsichtbaren Übereinkünften beherrschte Welt zu versiegeln scheine.

Ich spiele auf uns beide an, denkst du.

Er spielt auf uns beide an, wird Lou denken.

Ach, der Garten Eden, als der Mensch mit allen anderen Lebewesen debattierte, um sich den Königstitel zu verdienen ... Wie alle verliebten Menschen fühlst du dich, als wärest du der erste Mann, und sie wäre die erste Frau, einzigartig ihr beide, obwohl du in deinem Innersten zutiefst davon überzeugt bist, daß die Frau immer eher eine Eva bleibt als der Mann ein Adam.

Aber vielleicht sollte man lieber an den Garten Epikurs denken, der die Aufschrift trägt: «Hier, Fremder, wirst du dich recht wohl fühlen, hier ist das höchste Gut die Lust.» Denn deine Seele fühlt sich jetzt ganz unbeschwert, kein Leid drückt dich.

Lou lacht zustimmend, aus tiefer Kehle.

Auf der großen Terrasse über dem See bläht ein kühler Windstoß ihr Kleid auf. Die Hände auf das Geländer gelegt, tritt Lou auf Armlänge von der Brüstung weg und läßt sich die Hüften vom Wind modellieren.

Ein ekstatisches Kribbeln fährt dir bis in die Lenden.

In den folgenden Jahren wirst du dir in allen Einzelheiten das langsame Verfließen dieser nachmittäglichen Stunden zurückrufen, die Vorboten eines Gewitters und wie der Himmel sich allmählich dunkel färbte. Und im Mittelpunkt dieser Erinnerungen Lou.

Ihr beginnt den Rundgang durch die Kapellen, in denen das Leben des Heiligen Franziskus dargestellt wird. Engelsköpfe, Handwerker- und Bauerngesichter des siebzehnten Jahrhunderts, gebrannt in Ton, blasse Klosterbrüder, Heilige, die das Volk sich nach eigenem Bilde vorgestellt und geformt hat. Eine unübersehbare Menge von Figuren, die mit verzückten Gesichtern auf die Wunder blickt. Der Heilige aus Assisi mit ausgestreckter Hand; der große Zeigefinger, der auf die Wände gemalt ist, soll die Pilger führen. Engel, nicht mit den abwesenden und fremden Augen göttlicher Wesen, sondern mit Gesichtern rot wie Äpfel, gutmütige, unschuldige Geschöpfe, doch stumm, reglos, tot. Masken eben, denen man die bäuerlichen Vorbilder ansieht, die die einfachen Künstler dieser Gegend inspiriert haben; Masken, hinter denen auch wir uns verstecken könnten, einer wie der andere. Alles nur Erdenkliche ist aufgeboten worden, um diesen Szenen Lebendigkeit zu verleihen: ein Hund, der sich bemüht, einen Ball zu fangen, Klatschweiber auf dem Marktplatz, die Wehen einer Gebärenden, die schmerzenden Füße eines Pilgers, eine Prügelei. Denn das einfache Volk liebt das Schauspiel dieser Elendsgestalten. Tatsächlich gibt es hier auch Zwerge und Lahme und Bucklige und Aussätzige und Blinde: wieder der Kopf Heraklits, der aus dem Mist auftaucht.

Du hattest die Augen geschlossen, darum ist der Alptraum des Dunklen wieder vor dir aufgetaucht. Du öffnest sie, du bist erleichtert, daß der Vorhang sich wieder hebt, daß es dir gestattet ist, dich noch einmal in dieses Theater zu versenken.

Mit dem roten Baedeker in der Hand streust du gerne ein wenig von deiner Bildung unter die Leute. Außerdem bist du ja nicht irgendwer: Die Universität von Basel hat dir schon in jungen Jahren, als du noch nicht mal Doktor warst, einen Lehrstuhl angeboten; in Leipzig haben sie dir dann den Doktortitel ohne jede Prüfung verliehen, die Zunge soll dir abfallen, wenn du lügst ... Dann die Begegnung mit Wagner, dem großen Scharlatan. Du hast ihn geliebt, und er hat dich verraten. Später sind Italien und das südländische Wesen die Medizin gewesen, die dich von den tödlichen Wunden dieses alten Skorpions geheilt hat. Und jetzt bist du dabei, ein neues Leben anzufangen. Befreit, gelöst. Ja, so kann es weitergehen.

Auf einmal wird eure Unterhaltung von der Stimme eines Mönchs unterbrochen, der mit einer Gruppe Pilger näher kommt: «Der Heilige Franziskus sagte immer: Ich werde mich selbst als Unrat betrachten, ich werde mich mir selbst unerträglich machen; und wenn ich sehe, daß ich gedemütigt, betrübt, daß ich über und über mit Schande bedeckt bin, werde ich darob frohlocken, wiewohl ich mich aus eigener Kraft gar nicht so sehr verachten kann, wie ich müßte; und darum werde ich alle Geschöpfe herbeirufen und sie bitten, mich zu erniedrigen und zu bestrafen, denn ich bin der größte Sünder der Welt. So sprach der Heilige Franziskus, der wußte, daß es die wahre Heiligkeit ist, wenn man seine eigene Schmutzigkeit erkennt.»

Du entfernst dich, machst Lou ein Zeichen, sie möge dir folgen. Auf den Stufen der Kapelle draußen trocknest du dir mit einem Taschentuch den Schweiß von der Stirn.

«Was ist denn los mit Ihnen, Professor?» fragt sie.

«Ich habe keine Luft mehr bekommen dort drinnen, mit all den Leuten um mich herum.»

«Lassen wir sie vorgehen. Legen wir ein wenig Abstand zwischen uns und sie», schlägt Lou besorgt vor.

«Außerdem machen wir nicht gerade eine gute Figur zwischen diesen Menschen vom Lande. Können Sie sich vorstellen, was passiert wäre, wenn Ihre Mutter oder Paul uns neben diesem Weihwasserbecken entdeckt hätten, wie wir schweigend einem Mönch zuhören, der von Unrat und Heiligkeit predigt?»

Lou bricht in Gelächter aus. Es ist ansteckend: Du versuchst, dich zu beherrschen, doch schließlich kannst du nicht anders, als es ihr nachzutun. Lou krümmt sich vor Lachen.

Wer weiß, was so ein Mädchen sich von einem wie mir erwartet. Sie bräuchte einen Mann, der ... der hart ist, einen Boxer vielleicht. Ich aber bin nur ein pensionierter Philosophieprofessor, der spürt, wie ihm langsam die Kräfte schwinden, und das ist vielleicht genau der Grund, warum ich sie als Lebensgefährtin haben möchte.

Wenn sie wüßte, wie gut es mir getan hat, ihr zu begegnen, wie selten mir etwas wirklich Stärkendes von außen widerfährt. Vielleicht sollte ich versuchen, Rührung bei ihr zu erzeugen, es heißt ja, an die mütterliche Seite bei Frauen zu appellieren sei eine gute Strategie. Aber mir fallen nur operettenhafte Sätze ein.

Gegen sie, weit über sie hinaus, suchst du nach etwas, was Liebe zu dir erwecken könnte.

Der Wind, der sich kurz zuvor erhoben hatte, weht jetzt ununterbrochen. Lou wirkt müde.

«Wenn es Ihnen lieber ist», sagt der Professor, vielleicht um sie auf die Probe zu stellen, «können wir umkehren und uns durch den Verzicht auf diese baufälligen kleinen Kapellen die Vorstellung eines vollkommenen Gartens erhalten, wo man glücklich leben könnte ...»

Die junge Frau schüttelt den Lockenkopf, ein Zeichen entsetzter Weigerung. «Nein, gehen wir weiter», erwidert sie. «Mich interessiert ...» Der Wind trägt den Klang ihrer letzten Worte fort.

Der süßliche Duft einer großen gelben Blume, deren Namen du nicht kennst. Du pflückst sie, um in Ruhe an ihr zu riechen, doch kaum hältst du sie dir an die Nase, löst sie eine unangenehme Empfindung aus. Ein schwerer, traniger Geruch: wie von einer Pflanze, die vom Blitz göttlichen Zorns getroffen wurde, letzter Gesang eines verschreckten Vogels, Frucht, zur Unzeit aus dem Bauch einer gequälten Frau gerissen, Aas, in dem der Tod wimmelt. Eine Blume der Moira oder des Orkus, die du sofort angeekelt wegwirfst. Widerwärtig wie das Bild des Heiligen, das dieser Sacro Monte dir entgegenhält: Es entspricht nicht der poetischen Vorstellung von der Vogelpredigt oder der Zähmung wilder Löwen in einer dieser mittelalterlichen Versionen des feinsinnigen Orpheus-Mythos, nein, dies hier ist das unbegreiflich verächtliche Bild eines nackten Hinterns, der den Besuchern der Kapellen vorgeführt wird; darüber ein lächerlicher weißer Pinselstrich, der vortäuschen soll, die Nacktheit sei mit einem Lumpen halb bedeckt. Und dann die Worte dieses Klosterbruders ... Eine ungeheuerliche Umkehrung des gesunden Menschenverstandes, der Norm, des Logos als Wert.

Die Nacktheit des Franziskus und der Kot des Heraklit, unwillkürlich verbindest du beides in Gedanken: zwei brutale, unentzifferbare Bilder, die die Welt vielleicht nie akzeptiert hätte, wären sie als Sinnsprüche oder Lektionen formuliert worden; als Schmuggelware freilich haben dieser nackte Hintern und dieser Unrat die Grenzen der Zeit passieren können, um sich unter die goldenen Sprüche und Volksweisheiten zu mischen. Der Nabel des Denkens, der Punkt, in dem alles zusammenfällt ... Denn begründet ist doch rein gar nichts, *nicht wahr?* Auf dem Grund herrscht der Schlamm, der Abschaum. Memento, homo.

Ach geh, sind das wieder für Gedanken. Was sollen diese negativen Phantasien an diesem Ort. Alles hier strahlt Ruhe aus, eine rettende Arche. Lausche der Symphonie der rauschenden Lorbeerblätter im Wind, die den Göttern einst heilig waren, hör das Lachen der Stechpalmenblätter. Laß dich begeistern von der gewaltigen Wirkung dieses Panoramas: Es ist mit Sicherheit die einzige Landschaft, die man sich als Ort für ein Ereignis wie eure Begegnung vorstellen kann.

Denn dieser Ort wurde geschaffen für das Zusammensein mit einer verwandten Seele.

Du nimmst dir vor, in den Wäldern von Tautenburg an bestimmten Stellen der Wege drei Bänke aufstellen zu lassen, wo man ausruhen und miteinander sprechen kann. Einsam sollen sie stehen, in der Nähe der großen Buchen. Du wirst ihnen Namen geben. Deine könntest du «Die fröhliche Wissenschaft» nennen.

Rast auf einer Bank mit Rückenlehne. Lou in einer ungezwungenen Haltung, die du ein wenig anstößig findest: die Hüften nach vorn geschoben, bis zum Rand der Sitzfläche, der dichte Haarschopf nach hinten über die Rückenlehne geworfen.

Ihr weißes Profil vor dem Dunkel der Stechpalmen.

Schon wieder begegnet euch ein Mönch, lang ist er und mager; ein säuerlich gelbes, asketisches Gesicht mit einer großen, krummen Nase und stechenden Augen. Du – der Sohn, Enkel und Urenkel von Männern, die Seelenhirten waren – zuckst ein wenig zusammen. Die Religionen, behauptete Paul gestern bei Tisch, sind wie Glühwürmchen: Sie brauchen die Finsternis, um leuchten zu können, darum prophezeien sie Weltuntergänge. Du hast bei der Diskussion von einem anderen Standpunkt aus argumentiert: Eigentlich fasziniert dieser Christus dich als Persönlichkeit – das hat mit deiner Kindheit, dem Verhältnis zu deinem Vater zu tun ... Jesus war ein Poet, der in Gleichnissen sprach: die Lilien auf dem Felde, die vergrabenen Talente, das Bankett des reichen Mannes, der Feigenbaum, der keine Früchte bringt. Sein Reich war das der Kinder, sein Glaube kannte keine Strafen und brauchte auch keine Theologie. Doch die Reinheit seines Herzens wurde von den Priestern entstellt, sie machten aus der Sünde eine Notwendigkeit, weil sie davon leben und sich an der Schwächung anderer bereichern. Darum ist Gott tot ... Adveniat regnum tuum, aufgedunsen wie ein Wasserleiche, die an der Oberfläche treibt ...

Die Bibellektüren, die dir in der Kindheit auferlegt worden sind. Deine Familie, das heißt deine Mutter und deine Schwester; das Würgen in der Kehle, das du jedesmal hinunterschlucken mußt, wenn ihre Briefe aus Naumburg eintreffen. Traurige Vertrautheit.

Denn die Väter geben den Namen weiter, vielleicht auch die Krankheit; von den Frauen der Familie aber erbt man den Schrei.

Schon wieder ein Mönchlein mit einer viel zu großen Pilgerschar. Das Fäßchen seines Bauches hüpft auf und ab, während seine monotone Stimme rezitiert: «Kaum mehr als eine Meile von Assisi, in der Stadt Romagna in der Nähe von Perugia, errichteten vier Eremiten vor Urzeiten eine kleine Kapelle zu Ehren Marias. Wegen der winzigen Portion Land, die sie besetzte, nannte man sie Porziuncola; als dann im Lauf der Zeit Engelserscheinungen auftraten, wurde der Name in Santa Maria degli Angioli geändert. Nun geschah es, daß der Heilige Franziskus, auch der Friedfertige genannt, der Assisi so viel Glanz verlieh, als kleiner Junge ebenjene Kirche besuchte ...»

«Es scheint, als ob er diese Geschichte schon seit Ewigkeiten erzählt», flüsterst du Lou ins Ohr.

«Und er wäre imstande, noch mal so viele Jahre weiterzumachen», pflichtet sie dir bei und verzieht dabei den Mund auf ganz allerliebste Weise.

Du fühlst dich wirklich gut, das Leben ist süß wie Honig. Darum weg von diesen neunmalklugen Landbewohnern mit ihrer Erklärungswut; ihrem Wortgeklapper, dessen Ziel ist, mit möglichst vielen Worten möglichst wenig zu sagen, ahnungslose Einfaltspinsel, die dir womöglich noch das Gehirn weichkochen würden mit Problemen von der Art, wie viele Engel auf eine Nadelspitze gehen.

Vorsichtshalber hältst du dich auch in gebührendem Abstand zu einer kleinen Gruppe Engländer, die bei jeder Kapelle in ein lautstarkes «Oh!» der Bewunderung ausbrechen, um dann quietschend wie die Bratspieße in alten Küchen, wenn das regulierende Gewicht entfernt wird, ihre Kommentare abzuspulen. Schließlich scharen sie sich alle wieder zusammen und trippeln geschlossen zur nächsten Kapelle, die von einem gemalten Finger anzeigt wird, der an den gebieterischen Zeige- finger so manchen Predigers erinnert.

Sie hat sich die Stiefel ausgezogen und geht nun mit nack- ten Füßen über das Gras, trällert dabei selbstvergessen einen Walzer. Wie eine Tänzerin sieht sie aus, so leicht ist sie. Ihre schmalen Fußfesseln bezaubern dich. Auf dem Gesicht die leidenschaftliche Hingabe eines kleinen Mädchens.

Der lebhafte Ausdruck ihrer Augen unter der Krempe ihres Hütchens, die schlanken Füße, die Taille, die man mit zwei Händen umspannen könnte ...

Du würdest nur an einen Gott glauben, der so tanzen kann.

Ihr willigt ein, vor einem Fotografen zu posieren, der den Besuchern auf einem kleinen Platz auflauert und ihnen seine Dienste anzubietet. In Wahrheit bist du es, der darauf bestan- den hat: Ein Foto mit Lou, ihr beiden allein, erscheint dir in diesem Moment wie die Erfüllung all deiner Wünsche.

«Kommen Sie näher, meine Herrschaften», lädt euch der Mann ein, und während er den Apparat in Stellung bringt, empfiehlt er verschiedene Haltungen, die ein verlobtes Pär- chen einnehmen könnte. Du bist verlegen wegen des pein- lichen Mißverständnisses, dem der Mann aufgesessen ist. Als du Lou dann aber so nahe bei dir fühlst – ihr Rock, der dich streift –, verflüchtigt die dunkle Wolke sich in ein Lächeln.

Während ihr darauf wartet, daß der Kopf des Fotografen un- ter dem schwarzen Tuch wieder auftaucht, wo er sich gerade zu schaffen macht, seid ihr wirklich allein. Verschwunden sind die Kapellen, in Luft aufgelöst die frommen Brüder, vom Nichts verschluckt der Fotograf mit seinem weißen Bärtchen und den fleischigen Händen. So verschwinden alle anderen Menschen in jenen Momenten der Verzauberung, in denen es nichts anderes geben darf als das allererste Paar, die ersten Bewohner des irdischen Paradieses. Wenn der Sacro Monte ringsum noch existiert, dann nur, weil er in der Erinnerung weiterlebt.

Doch urplötzlich füllt dir die Angst den Mund wie ein Blutsturz; du spürst sie gegen deine Zähne schlagen, versuchst, sie herunterzuschlucken – oh Gott, oh Gott, Lou hat keine Stiefel an: Was werden Paul und ihre Mutter sagen, wenn dieser Mann uns morgen das Foto ins Hotel schickt? Doch du verscheuchst die Angst, zwingst dich zu einem Lächeln, das den Wind in eine blühende Wiese und in Sonnenstrahlen zwischen dunkelgrünen Stechpalmen verwandelt. Sie berühren. Sie berühren. Fühlen, daß sie neben dir existiert wie etwas absolut Unvermeidliches, daß sie gegenwärtig ist, hier mit dir, an diesem Nachmittag voller Wunder, der sich gerade ereignet und weiter ereignen muß.

Die Kapelle mit der Versuchung des Heiligen Franziskus: das schreckliche Bild der Teufelin mit den Fledermausflügeln, der aus Schmiedeeisen gearbeitete Baum der Erkenntnis, die Eitelkeit der wohlgenährten, robusten Engel. In der Beschreibung des Sacro Monte hast du gelesen, daß der Freskomaler die Gestalt der verführerischen Kurtisane mit den Zügen eines schönen Mädchens aus Orta ausstattete, in die er rasend verliebt war, die ihn aber zurückgewiesen hatte; daraufhin hatte der Vater des Mädchens das Fresko wütend zerkratzt und seinem Urheber außerdem noch eine Abreibung verpaßt, um die Tochter zu rächen. Das Mädchen aber, das bald heiraten sollte – die Aussteuer lag bereit, die Trauzeugen waren bezahlt, der Hochzeitstag war festgelegt –, warf sich in der Nacht vor der Hochzeit in den See, da sie sich für immer entehrt fühlte.

Lou hört deinen Erklärungen mit bestürztem Ausdruck zu, als würde sie von etwas Unbegreiflichem gequält; sie klopft mit dem Schirm auf den Boden. «Ehre, der gute Name ... das ist doch absurd», platzt sie endlich bebend heraus. «Nur die Dummheit eines Mannes kann solche Situationen heraufbeschwören.»

«Was wollen Sie damit sagen?» fragst du, und das Herz klopft dir im Hals.

«Nichts. Ich will nur sagen, daß immer die Männer entscheiden, worin unser guter Ruf bestehen soll ...» Sie überlegt eine Weile, während sie mit dem Schirm über die Eingangstreppe schabt, dann sagt sie abschließend: «Eine entsetzliche Geschichte.» Ihre konzentrierte Miene macht sie sehr viel anmutiger als sonst. «Für manche Männer», bemerkt sie, indem sie sich auf der Türschwelle zu dir umdreht, «besteht das ideale weibliche Wesen in einer Jungfrau ohne Beine, mit denen sie weglaufen könnte, ohne Arme, um einen Liebhaber festzuhalten, und ohne Kopf zum Denken: Frauen, die dankbar dafür sind, daß sie nichts anderes als gehorsame Objekte sein dürfen.»

Du zuckst zusammen. Dir fällt ein Ausflug nach Köln ein, in deiner Studentenzeit, der flüchtig erwogene Besuch eines Bordells.

«Sie dürfen so etwas nicht sagen», stotterst du. «Nicht alle Männer sind so ...»

«Wirklich?» entgegnet Lou, und plötzlich hat ihre Stimme einen spöttischen, feindlichen Ton. «Hier entlang», sagt sie mit napoleonischer Entschiedenheit und schlägt einen ansteigenden Weg ein.

Könntest du sie unbeschwert lieben. Ohne mit Worten zu denken.

Ein Alptraum aus deiner Jugendzeit. Du liegst nackt auf einem Teppich im Wohnzimmer bei dir zu Hause, über dir schwebt drohend ein widerwärtiges, geflügeltes Wesen. Es hat faltige, schwarze Brüste, das dunkle Fell ist von Schorfkrusten verklebt; es reißt den Mund auf, schiebt die Zunge heraus, von der ein ekelhafter weißer Schleim tropft. Das alles in jenen grellen, verstörenden Farben – rohe Bilder, zu Boden geworfenes Vieh, das gebrandmarkt wird, sanfte Hundewelpen am Nacken gepackt –, wie man sie nur sieht, wenn einem im Alter von dreizehn Jahren das Blut von Träumen aufgewühlt wird.

Warum hast du ihr erzählt, daß Aeneas, als er in Karthago ankam, unter den Basreliefen des Tempels plötzlich vor Szenen des Trojanischen Krieges stand, dem er soeben entkommen war, und zwischen den gemeißelten Bildern auch ein Porträt von sich selbst entdeckte? Was hat das mit euch zu tun? Welche Erinnerungen hat dieser Franziskus, der sich vor dieser grauenhaften Frauengestalt nackt im Schnee hin und her wälzt, in dir aufsteigen lassen? Die tieferen Schichten, Fossilien deiner Ängste?

Der warme Hauch von Lous Atem ganz nah bei dir verwirrt dich. Durch ein Gitterfenster betrachtet ihr den Wagen des Elias, der sich durch eine plumpe, illusionistische Maltechnik in den Himmel zu heben scheint. Jäh taucht ein Dreieck auf, das sich von deiner Freundin zu dem Feuerwagen und von der Decke der Kapelle bis zu dir erstreckt, um dann zu Lou zurückzukehren und deine Aufmerksamkeit auf die Aureole ihrer vom Wind zerzausten Locken zu lenken. Ihre frauliche Erscheinung, du wiederholst es dir: fraulich, nicht das mädchenhafte Aussehen der vergangenen Tage. Zwischen gestern und heute hat sich etwas in ihren Augen verhärtet; das Rot der Lippen ist dunkler geworden, fast scheint es zu einem starren, gefühllosen Lächeln erstarrt: als ob sich darin, ähnlich wie bei der Blume von eben, der Geruch von Honig und von Galle abwechselten.

Lou so lieben, daß alles für immer geklärt wäre, sie in die Arme nehmen, hingerissen von ihrer flüsternden Stimme einen Walzer tanzen, sich in dem langsamen Rhythmus drehen, den sie dir vorgibt, unbeteiligt bleiben bei den sanften Bewegungen ihrer Hand, mit der sie dir das Hemd aufknöpfen könnte, deine Brust liebkosen, deinen Rücken suchen, die Fingernägel hineinbohren ... auch der Teufel ein Engel, am Anfang.

Lous Schweigen lähmt dich. Kein einziges Wort wagst du zu sprechen, denn in einer so angespannten Atmosphäre würden die unschuldigsten Sätze von dir wie ein Schuldbekenntnis wirken. Mit Aufruhr im Herzen fragst du dich, ob du etwas Falsches gesagt hast, das ihr Verdruß bereitet haben könnte.

Wieder einmal läßt du dich von der Gewohnheit des Schweigens, dem Erbe deiner Kindheit, überwältigen. Die Dunkelheit hinter dem schwarzen Schrank, die Agonie deines Vaters, der Alptraum von der räudigen Fledermausfrau: das sind deine Wirklichkeiten. Schlagartig wirst du dir dessen in aller Klarheit bewußt, es ist eine jener plötzlichen Erleuchtungen, die uns erkennen lassen, daß wir tatsächlich wir selber sind, daß niemand dieselben Dinge denkt wie wir.

Einige der holzgeschnitzten Soldaten in diesen Kapellen tragen die Uniform der Landsknechte aus dem siebzehnten Jahrhundert. Du streichst dir den Schnurrbart glatt und hebst zu einer begeisterten Schilderung deiner Offizierskarriere an, erzählst ihr von der Faszination, die das Heer immer auf dich ausgeübt hat. Was du bei diesem Gesprächsthema suchst, ist ein neutrales Gebiet, ein beschwichtigendes Element. Du nimmst dir vor, ihr bald einmal das Foto zu zeigen, das dich in der Uniform eines Feldartilleristen zeigt: den linken Arm in die Seite gestützt, in der rechten Hand den langen Säbel, so machst du eine gute Figur.

Beide hebt ihr den Kopf, als es donnert.

Mach weiter so, sagst du dir, um dir Mut zu machen. Und doch gibt es da etwas, was nicht stimmt. Die Gegenwart entgleitet dir.

Der Himmel hat sich verfinstert, als ob der Tag sich unversehens dem Ende zuneigte. Ein seltsames Gefühl der Erwartung herrscht in den Zweigen der Bäume, in den Blättern, die sich auf einmal nicht mehr bewegen, in den starren, dunklen Hecken.

Lou reicht dir das Blatt einer Stechpalme. Glatt ist es, aber stechend an den Rändern. Du steckst es in die Tasche, unter das Taschentuch. Etwas stört dich, ist dir unangenehm: Daran ist vielleicht der Geruch nach Mist aus dem Gärtchen des Wärters schuld. Eine Zumutung. Oder es ist der bittere Atem der Kapellen, in denen sich der ganze Dreck des Lebens angehäuft hat. Es ist der Dunkle, es ist die Nacktheit des Franziskus, es ist die abblätternde Haut der Leprakranken, es ist der Fluß aus den Wunden, die das Leben dir schlägt.

Du solltest dich an die Erinnerung eurer ersten Begegnung vor kurzem in Rom klammern.

Oft hast du dir den Moment ausgemalt, in dem du einer wirklich außergewöhnlichen Frau gegenüberstehen würdest. Du hattest dir einen Satz von Goethe zurechtgelegt, den du in so besonderer Weise aussprechen würdest, daß er in deinem Gegenüber etwas auslösen müßte. Ungewöhnliche Worte, die man nur ein einziges Mal sagt; Sätze, die uns am Abend, in der Intimität unseres eigenen Zimmers, Gesellschaft leisten, Sätze, an die man heimlich denkt, wenn man anderen von seinen Vorlieben erzählt, oder immer dann, wenn das Leben uns beglückt oder uns bekümmert; Sätze, die all jene Stunden krönen, in denen wir mit offenen Augen träumen dürfen.

In deiner Phantasie hast du diesen Augenblick sehr eindringlich erlebt; manchmal schien es dir, als ob deine Einbildung wahrhaftig die Schleier der Zukunft zerreißen und deine Willenskraft Wunder bewirken könnte.

Tatsächlich ist es dann vor einem Monat im Petersdom geschehen, wo Paul in einem von Licht erfüllten Beichtstuhl saß und an seinem neuen Buch schrieb. Der Blitzschlag, als du Lou vor dir stehen sahst. Denn vom ersten Augenblick an hast du die Gewißheit gehabt, daß sie, egal, was noch geschehen mochte, für dich immer und ewig schön, ein Ziel, eine Sehnsucht bleiben mußte.

Der Satz von Goethe ist dir mit großer Emphase über die Lippen gegangen: «Von welchen Sternen sind wir uns hier einander zugefallen?» Denn was sind wir, kaum wahrnehmbare Geschöpfe des Zufalls, den Gestirnen ausgeliefert, Gestrandete an den Gestaden einer gleichgültigen Natur, wo nichts sich je ändert?

Trotzdem hast du von Anfang an bemerkt, daß eure Seelen

sich nicht in jenem vollendeten Einklang verbanden, den du ersehntest; bei euren Gesprächen fiel dir auf, daß Lou dir nicht immer folgte: wie wenn bei einer Aufführung eines Klavierstücks für vier Hände der eine Pianist innehält und der andere allein weiterspielt.

Daß die Seelen zwanglos miteinander kommunizieren. Daß es ein Verstehen ohne Grenzen gibt: welch hoher Anspruch von deiner Seite. Eine Begegnung ist schließlich kein Amalgam.

Mit zwanghafter Besessenheit versteifst du dich darauf, dir das Motiv ins Gedächtnis zu rufen, mit dem das Vorspiel zum letzten Akt von *Tristan und Isolde* beginnt: Eigentlich magst von der ganzen Oper vor allem diesen Moment und die folgende Szene. Sie enthält das Motiv der Einsamkeit, die einzige Szene, in der Isolde fehlt.

Du fühlst dich benommen, setzt dich auf die kleine Außenmauer einer Kapelle. Wie traurig, daß Lou deine Müdigkeit nicht einmal bemerkt.

Die Bilder in den Kapellen haben dich verstört, dieser Heilige, der das Leiden und die Widerwärtigkeiten der anderen umarmt und sich zu eigen macht – niemals zornig werden, sich nicht verteidigen, dem Bösen nicht ausweichen, das Böse lieben ... –, die Nacktheit dieses Hinterns, der dir so aufdringlich entgegengestreckt wurde ... Bist nicht letztendlich auch du, wie Franziskus, im allgemeinen Unverständnis vollkommen allein?

Du wirst deine Bitterkeit und deinen Schmerz in einem Buch für alle und für keinen niederschreiben; du wirst für die Tauben sprechen, du wirst den Blinden Licht spenden.

Du hast mit dir selbst gesprochen, doch mit zu leiser Stimme, sie hat dich nicht gehört.

Wieder schütteln kräftige Windböen den Wald um euch herum, der See ist ölig und dunkel geworden.

Ein Kälteschauer, du klapperst mit den Zähnen, doch Lou bemerkt es gar nicht, so sehr ist sie damit beschäftigt, die Einzelheiten eines Freskos zu studieren. Dich hingegen stört der üble Geruch – Staub, Kerzenrauch, verwelkte Blumen? –, der sich in dieser Kapelle abgelagert hat. Außerdem gilt es für dich, fortwährend den Widerwillen gegen kleine, dunkle Räume zu bekämpfen; einen Moment lang verscheuchst du die Vorstellung von Fledermäusen, die auf der Lauer liegen. Alles beginnt dich abzustoßen: dieses Stuckwerk, die Arabesken aus gewundenen Engeln, das schwache Licht, das von den kleinen Fenstern gebrochen wird, die zwischen den Statuen mit ihren verzerrten Gliedern zu sehen sind. Denn eine süß schmerzende Todesahnung scheint sich unter den Gewölben dieser Kapellen festgesetzt zu haben.

Wer weiß, warum dir jetzt der scharfe Geruch des Essigs einfällt, mit dem die Umschläge deines Vaters getränkt waren.

Die Vögel sind plötzlich verstummt, ein großes Schweigen breitet sich aus. Ihr müßt euch beeilen, sagst du zu ihr, wenn ihr rechtzeitig im Hotel ankommen wollt, bevor das Gewitter losbricht.

Lou sieht dich streng an, sie macht dir deinen jammervollen Ton zum Vorwurf; dann lächelt sie wieder. Du hast weder den Mut, ihr zu sagen, daß du um sie besorgt bist, noch kannst du dir eingestehen, was du über ihre Zerbrechlichkeit denkst, die ebenso die deine ist; obwohl du genau weißt, daß du nie vergessen wirst, wie der Zipfel ihres Rocks im Wind weht und ihre zarte Gestalt die Luft zu zerteilen scheint.

Wieder zittern dir die Hände. Unter dem teuflischen Krachen eines Donners bleiben dir die Worte im Mund stecken. Niemals wirst du den Mut finden, dich ihr zu erklären: Der schwarze Gaul der Finsternis wird kommen, und es wird Strafe und Schweigen herrschen.

In den letzten Nächten hast du von ihr geträumt, ihre verführerischen Lippen murmelten dir mit leiser Stimme Zärtlichkeiten ins Ohr, sie trösteten dich, flehten um deine Liebkosungen und saugten dir die Seele aus dem Leib. Locken, Strudel, Kaleidoskop, ihr Atem, ja, ja.

Manchmal, wenn der Morgen graute und du in dem erregten Zustand eines verwirrten Jünglings erwachtest, hast du dir vorgestellt, wie du ihren schönen jungen Körper umarmst, während sie sich auf dich legte, um dich mit Küssen zu bedecken, schweigend, hinein, hinein, dabei den Geist von allen Gedanken befreiend, damit jede noch so kleine Geste der Liebe kein Ende finden würde, hinein, und sie wandte dir ihre gerunzelte Stirn zu und den lächelnden Mund, damit, ja, damit du weitermachst, denn es gefiel ihr, feucht ihre Lippen, die Augen brennend, damit ja, damit du sie nicht losläßt, nicht aufhörst, ja. Und am Schluß lagst du noch lang da, schautest an die Decke und fühltest dein Fleisch von Sünde gebrandmarkt.

Auf dem Weg zur vierzehnten Kapelle. Warum habt ihr euch dazu verstiegen, ausgerechnet jetzt von den Beziehungen zwischen Mann und Frau zu sprechen? Gewisse Dinge. Das Schicksal. Wissen, was uns antreibt ... Welch entsetzliches Geständnis hat Lou dir gemacht; erschreckend, mit welcher Härte sie von Gillot sprach, als sie mit verschränkten Armen vor dir herging; geheimnisvoll und unnahbar kam sie dir vor ... Es tröstet dich jedoch zu hören, daß sie mit dir übereinstimmt, was die Banalität der modernen Ehe betrifft: ein personifiziertes Paradox, das die Individualität abtötet und die Freiheit lähmt. Dieser Dreck von der einen Seele zu zweit, und die Wahrheiten werden im Kochtopf versenkt. Doch die Menschheit, und das ist wirklich erschreckend, ist immer noch zu unzivilisiert, um sich davon frei zu machen. Jetzt fließt dein Atem wieder, deine Sätze sind frisch, die Worte spritzig. Du bist stolz auf dich. *Ach*, ohne Bindungen zu sein, außer denen der Seele. Frei sein, um etwas zu schaffen, etwas zu schaffen.

Du mußt dich zusammenreißen, um deinen Blick von ihr abzuwenden und die Statuen zu betrachten, die den Heiligen Franziskus vor dem Sultan von Ägypten, Melek-el-Kamel, darstellen. Die kleinen Schreie der Überraschung, die deine Begleiterin ausstößt, sind dir etwas unangenehm. Du hast keine Augen für die prächtige Szenerie Ferraris, für die lebhaften Farben und die Ausdruckskraft dieser großen Schar dunkelhäutiger Figuren mit Turbanen. Du wunderst dich, daß sie starr vor sich hin schaut und die Lippen bewegt wie eine benommene Schlafwandlerin; daß sie sich in diese Phantasiewelt begibt, indem sie eine Statue nach der anderen in Augenschein nimmt, mal einen Kommentar abgibt oder schweigt, den erforderlichen Abstand abschätzt, um alles genau betrachten zu können, sich gelegentlich zu dir umdreht und dir zulächelt. Niemals käme sie auf die Idee, daß du nicht wegen des Sacro Monte hier bist; daß die Art und Weise, wie du dich hier umschaust, einen Schritt hinter ihr oder ihr zur Seite, nicht das geringste mit ihrem Schauen zu tun hat. Niemals wird sie erkennen, wie sehr du dagegen ankämpfst, sie in die Arme zu nehmen. So wie sie in unbefangener Natürlichkeit ihre Entdeckungen macht, gehört ihr Verweilen vor diesen großen Statuen in eine ganz andere Zeit als die deinige, es hat nichts mit deiner verkrampften Ungeduld, der Saat deiner Traurigkeit zu tun.

Es ist, als wärst du blind; außerhalb der Zeit, weit entfernt von dieser Erde, die unter dem Lärm des Donners ihrem letzten Abenteuer entgegenzustreben scheint. Weit weg sind auch diese geheimnisvollen Statuen. Sie verkörpern nicht die Welt der klaren Proportionen, sondern das Dunkle, das Unvollkommene, das Kranke. Diesen nackten Franziskus vor den Augen, frage ich euch: warum? Eitel sind wir zu glauben, wir könnten die Werke der Vergangenheit verstehen: Die Zeit begräbt ihre Toten und bewahrt den Schlüssel auf. Nur im Traum, in der Literatur, im Spiel nähern wir uns manchmal dem, was die Menschen waren, bevor sie zu dem Unerklärlichen wurden, was wir jetzt sind; oder wir stürzen uns in den Rausch, lassen uns rückhaltlos von der Sensibilität leiten, die wir Kranken haben.

Das Gewitter ist da. Stimme der fernen Götter. Jäh schlagen dicke Tropfen auf die Treppe aus Stein. Jetzt bleibt euch nichts anderes übrig, als zu warten, daß der Regen aufhört, bevor ihr die letzten Kapellen in Angriff nehmen könnt. Ein Blitz zerreißt die Nacht über dem See, legt die Insel bloß. Du hältst den Atem an, deine weit aufgerissenen Augen sind auf das Wasser geheftet, das unter einem Blitz aufleuchtet. Das Herz zerspringt dir.

Sie stützt sich auf den Balken des Eingangstors. Starr betrachtest du sie, wie geistesabwesend, du spürst, daß die Finsternis naht, die Kindheit, die Angst vor den Strafen, die Abgründe der Alpträume, in denen man schreit, aber niemand antwortet.

Aus dem dunklen Schlund ihrer aufgerissenen Münder werden diese großen Statuen einen teuflischen Gesang aufsteigen lassen; aus dem schwarzen Hintergrund der Kapelle wirst du einen lüsternen, nackten weiblichen Dämon auf dich zustürzen sehen, er lächelt mit seinem zweifachen scharfen Gebiß, eines im Mund, das andere im Unterleib. Das Ungeheuer ist Lou, die Gillot von sich weist, die Hände in den Spitzenhandschuhen zu Fäusten geballt; Lou, unschuldig und abstoßend, die sich die Bluse vom Leib reißt, um ihm die verschnürte Brust zu zeigen, und dabei alle Perlmuttknöpfe abspringen läßt; Lou mit viel zu roten Lippen und scharfen Vampirzähnchen. Du hörst die Jagdhunde, die den Abgrund umringen, kratzen, scharren, während ihnen Tropfen des Blutes von Aktaion aus dem Maul triefen; denn jetzt beugt Artemis sich in der Höhe aus ihrem Wagen, eine kleine Fliederpeitsche schwingend, und stumm lacht sie über die Menschen, die armen Teufel, im Gesicht den blutrünstigen Ausdruck, den Göttinnen haben, wenn sie zornig werden, dann geben deine Beine nach.

Stunden vergehen, eine Minute oder zwei, die Zeit ist voller Peitschenhiebe und triefendem Speichel.

*Was habe ich mit diesem Mann gemein, den ich beobachte und beschreibe? Ich könnte die banale Antwort geben, daß wir beide wissen, was Verzweiflung in der Liebe heißt, aber damit würde ich es mir zu leicht machen. Da ist noch etwas anderes, obwohl ich noch nicht weiß, was es ist, denn ich brauche Zeit, um meine Figuren verstehen zu lernen; dieser Prozeß durchläuft zunächst eine lange Phase des Nichtwissens, eine Zeit des Zuhörens, die mir unendlich zu sein scheint und manchmal sogar Angstzustände voller Fragen bei mir hervorruft.*

*Vor den Bildern, die gegenüber am Schrank hängen: Wieder öffnen sich diese seltsamen Altartafeln aus Grautönen und lassen mich in das Foto des Kranken eintreten, in jenes Zimmer in Weimar, das still ist wie das Morgengrauen, und ich bleibe neben dem Bett stehen, wo er verwelkt liegt, verloren in einem verborgenen Leben; wie ein Tier, das seinen Winterschlaf hält, nah bei der Ewigkeit.*

Ein Blitz, der in der Nähe einschlägt, reißt dich aus deinen Gedanken. Der Kopfschmerz macht es dir unmöglich, die Zahlen der Uhr zu lesen, die Position der Zeiger zu erkennen. Seit wann steckt ihr hier fest? Der ganze Himmel ist schwarz, nur sekundenlang erhellt vom Rot der Elektrizität in der Luft, die sich im See entlädt.

Du zündest ein paar Streichhölzer an, um ihr Licht zu machen, während eure beiden Schatten euch nachäffen, riesenhaft über die Wände schwanken. In der Dunkelheit, die jetzt alles umgibt, blüht die verwirrende, wächserne Blässe ihres Gesichts mit jedem Blitz wie eine üppige Blume auf, eine Blume von einem unangenehmen, erstarrten Weiß, wie Milch aus einem Krug, der durch eine ungeschickte Bewegung umgekippt ist.

Als du dich wieder rührst, merkst du, daß du sie instinktiv mit einem Arm umfaßt hältst. Dein Herz klopft, unregelmäßig.

Eine Pause, wie zwischen zwei Fechtkämpfern, die sich gegenseitig abschätzen, bevor sie das Florett kreuzen; dann tritt Lou zur Seite, weicht deinen Absichten aus. Rasch, ohne ein Wort des Vorwurfs.

Einen Augenblick lang verläßt dich dein Selbstvertrauen, doch dann streckst du wieder die Hand aus, um ihr Handgelenk zu ergreifen. Inständige Bitten gehen dir über die trockenen Lippen, ohne daß du einen Laut von dir gibst. Der Faden, an dem dein Tag hängt – und der es dir möglich machen wird, einen Weg durch das Labyrinth der Zukunft zu finden –, besteht in ihrem mageren, feingliedrigen Handgelenk, das sich deinem Griff vorerst nicht entzieht.

Hart und kalt ist dieser Steinfußboden für deine kranken Knie. Mit einem Gemurmel, das wie ein Flehen klingt, küßt du ihr die Hand im Handschuh, als wäre sie eine feuchte Blume, die sich soeben geöffnet hat: Ebendies ist das Schicksal eines Frauenkörpers, sich aufzutun. Das Vergnügen zu spüren, wie sie sich entwindet, doch der Kuß ist mitnichten schon zu Ende, und in diesem Augenblick ist es auch gar nicht vorstellbar, daß er je enden und die Welt an ihren Anfang, zu ihrer ersten Unwissenheit zurückkehren könnte; denn obendrein kann ein Mund sich nicht mit einer Hand zufriedengeben. Das Fleisch, ja natürlich, welch eine furchtbare Last; heilige Pflicht ist es, das Fleisch zu verachten, das haben sie dir immer gesagt. Aber warum erscheint dir dann der Körper von Lou in diesem Moment so vergeistigt? Kann denn aus dem schmierigen, unflätigen Schlamm, in dem wir Dunklen begraben sind, keine zarte Rose entstehen? ... Es ist reine Liebe, dieses Blut, das in dir pulsiert, dieses Fleisch, das sich sehnsüchtig ausdehnt. Und warum verteidigt sie dann ihre feuchte, dunkle Höhle? Was bedeuten diese kreischenden Schreie aus flammendem Wind, dieses Heulen einer verletzten Medusa? Du hörst eine schwache Stimme, die sich mühsam, wie ein Schluchzen, aus ihrer Kehle löst und fleht: «Herr Professor, ich bitte Sie, stehen Sie auf.» Eine sengende Hitze am Gaumen. Schlammrose Dämonin, heilige Vampirfrau.

Einen ganzen Tag hast du auf diesen Moment gewartet und darüber gebrütet, was geschehen würde, falls es dir gelingen sollte, mit ihr allein zu sein, aber du hast dir nicht vorgestellt, daß es so ausgehen könnte. Als ihr in diese Kapelle gegangen seid, hast du begriffen, daß sie zu küssen das einzig Sinnvolle wäre, aber jetzt ... was wirst du jetzt tun? Nichts, an alles andere willst du nicht denken, eines Tages wirst du es vielleicht müssen, morgen, aber nicht heute.

Und dennoch würdest du es gerne noch einmal versuchen, noch einen Kuß wagen; doch als du ihr bestürztes Gesicht siehst, ziehst du dich mit einem kleinen hysterischen Schrei zurück, gleichwohl immer noch besessen von dem furchterregenden Bedürfnis, die nur halb ausgeführte Handlung zum Abschluß zu bringen. Ihre frostige Reaktion ist dir unerträglich.

«Mein Fräulein ...», sprichst du mit halberstickter Stimme, «ich ... verzeihen Sie mir bitte. Ich verstehe es nicht, noch nie habe ich mich so vor einer Frau aufgeführt.»

Lou betrachtet den dunklen Himmel über der Kapelle. Also machst du weiter, klammerst dich an eine Rechtfertigung: «Es ist abscheulich, ein dummes Verhalten eingestehen zu müssen, doch ich ...» Der Schatten, den du auf Lous Gesicht entdeckst, läßt dich innehalten.

Nun deine Stimme: «Heiraten Sie mich, ich bitte Sie.»

«Das kann ich nicht.»

«Warum nicht?»

Eine Antwort aus Schweigen, leerer Luft.

«Heiraten Sie mich, ich bitte Sie», beharrst du. «Nur der Form nach, tatsächlich werden Sie frei sein.»

Sie sieht dich an, sehr blaß; das Gesicht ist ernst, angespannt, fast tragisch. Schließlich sagt sie: «Nein.» Ihre Antwort kommt mit äußerster Langsamkeit, es ist fast nicht zu glauben, daß ein so kurzes Wort so viel Zeit brauchen kann, um aus einem Mund zu kommen.

«Sie haben mein Ehrenwort, daß ich Sie nie berühren werde, wenn Sie es nicht wünschen», keuchst du, flehst du.

«Es tut mir leid, Professor. Aber ich glaube, so steht es für uns beide nicht geschrieben.» Und sie fügt hinzu: «Wir würden niemals glücklich sein.» Sie verwandelt sich endgültig in eine schweigende Statue, scharf von allem um sie herum getrennt.

Du quälst dich: Wo hast du einen Fehler gemacht?

*Warum denke ich, daß der Professor einen Fehler gemacht hat? Bin ich vielleicht etwas Besseres als er, daß ich mir erlaube, Gericht über ihn zu halten? Was für Moralapostel wir Autoren doch sind, die wir uns immer stärker fühlen als unsere Figuren ...*

*Doch es ist eine Tatsache, daß mich der Professor, auf Knien vor Lou, an den daniederliegenden Aktaion erinnert. Und ich höre die Hunde, wie sie auf den Befehl des Schicksals warten, bereit, ihn zu zerfleischen. Ich kann nichts dagegen tun: Wer schreibt, kann das Ende einer Geschichte nicht nach Belieben ändern.*

Hinter dem Knacken schlecht zündender Streichhölzer versteckst du deine Beklemmung, während die zu Eis gefrorene Zeit nicht vergehen will.

Lou bittet dich aufzuhören. Du wagst nicht, ihr zu sagen, daß du in diesem Moment furchtbare Angst vor der Dunkelheit hast, aber du machst auch keine Anstalten, es erneut zu versuchen. Außerdem kannst du im Halbdunkel, das die Kapelle jetzt erfüllt, nicht mehr in Lous Gesichtszügen lesen. Du spürst nur, daß sie Angst vor dir hat. Vor dem, was du tun wolltest? Vor den Worten, die du gesagt hättest?

Jeder Traum ist unmöglich. Es wäre ein Widerspruch in sich selbst, von möglichen Träumen zu sprechen. Das verstehst du doch, oder nicht?

Schließlich wird der Wind müde, der See beginnt sich wieder zu glätten, ein Streifen Blau durchzieht das Dickicht der fliehenden Wolken.

Nicht Furcht. Alles beherrschende Angst: ein passiver und tragischer Zustand wie in einem Alptraum. Genug, alles ist zu Ende. Fahr los, mein Wagen.

*Hopp, hopp, hopp!*
*Pferdchen, lauf Galopp!*

Man hat dich für ungeeignet erklärt. Du bist unerwünscht. *Raus.*

Sie möchte aufbrechen und schlägt den Weg zum Ausgang des Gartens ein. Du gehst hinter ihr her. Als du die Hand in die Tasche steckst, sticht dich etwas in den Finger: das Stechpalmenblatt, das Lou dir vor einer Stunde lachend überreicht hat.

Auf der Stelle tot umfallen können.

## ACHT

*Dieser Mann lebt nicht mehr. Oder doch, er atmet noch, stößt rasselnd wirre Wortgebilde aus, dabei schlagen seine Kiefer mit jenem feuchten Ton aufeinander, den weiches und teilweise zahnloses Zahnfleisch erzeugt; etwas ißt er noch, aber immer weniger. Manchmal rüttelt er sich aus seiner Apathie auf, um sich erregt in bösartigen Beschimpfungen zu ergehen, wahrhaftig wie ein Geistesgestörter; und Elisabeth erschauert, wenn sie hört, daß er so vulgäre und giftige Wörter in ihrer Gegenwart benutzt, ausgerechnet vor ihr, die auf die gewöhnlichsten physiologischen Bedürfnisse der Menschen immer nur in französischer Sprache oder mit bildlichen Ausdrücken angespielt hat ... Nein, das ist kein Mensch mehr, der Arzt hat recht: Das ist nur noch Materie, die darauf wartet, in das Nichts zurückzukehren, wo es keine Zeit und keine räumliche Ausdehnung mehr gibt.*

*Es wäre Zeit, daß er jetzt wirklich stirbt.*

*Elisabeth zuckt zusammen, als der Bruder erneut einen Schrei ausstößt, den das Echo in dem leeren Zimmer dröhnend verstärkt. Sie beugt sich über ihn, um dieses Gesicht zu betrachten, das nun schon der Tod beherrscht. Die Atmung ist heiser, zischend, ein tiefes Röcheln wie von abfließendem Wasser, weshalb sich der Mund des Kranken unter immer größeren Mühen öffnet; man sieht die violette Zungenspitze zucken.*

*Man könnte ihn ersticken: Es würde genügen, eine Hand auf dieses erschöpfte Gesicht zu legen, ihm die Kehle mit einem Kissen zuzudrücken ... und alles – das Martyrium der Pflege, die Rolle der guten Schwester, das heimliche Geschwätz und die Kommentare der Dienstmädchen hinter ihrem Rücken –, das alles wäre von einem Augenblick auf den anderen beendet. Deo gratias.*

*Doch eines gibt es noch zu tun, bevor er krepiert.*

## Das lachende Foto
*Bellagio, Juli 1883*
*Abend*

**Isolde**
... in des Welt-Atems
wehendem All –
ertrinken,
versinken –
unbewußt –
höchste Lust!
*Tristan und Isolde*
*Dritter Akt, dritter Aufzug*


Es ist diese Straße gewesen, die den Hügel hinabführt, dazu der See im Hintergrund, was dich an die Motta in Orta erinnert hat. Vielleicht auch die Stunde, die langsame, rosafarbene Passion dieses Sonnenuntergangs hinter den Bergen, dazu der Abendstern, der sich entzündet. Oder die Reaktion dieser kleinen Französin, die in schallendes Gelächter ausgebrochen ist, als du wegen einer simplen Unaufmerksamkeit über einen Stein gestolpert bist.

Du fächerst dir mit der Zeitung Luft zu. So viele Mücken.

Seither ist schon etwas mehr als ein Jahr vergangen, aber es brennt immer noch. Wir hatten den Nachmittag auf dem Sacro Monte verbracht, Lou und ich, nur wir beide; und alles war schiefgegangen. Vielleicht hat ihr unser Altersunterschied angst gemacht oder die Tatsache, daß ich rettungslos in sie verliebt war, wer weiß das schon, aber auf meine direkte Bitte, mich zu heiraten, murmelte sie jedenfalls, ihre Antwort laute nein, sie könne nicht einwilligen. Ich begriff den Grund für diese Weigerung nicht, und sie wollte es mir nicht erklären. So war Lou, so sind übrigens alle jungen Menschen: sie sagte etwas einmal, und das galt für immer, fast als ob Sätze für sie nur eine einzige Bedeutung hätten. Jemand wie ich, der den Worten verfallen und daran gewöhnt ist, stets in ihren zweideutigen Schattenbezirken herumzugraben, kann das nicht begreifen.

Darum dachte ich anfangs noch, ich hätte mich vielleicht nicht deutlich genug ausgedrückt.

Ach zum Teufel, wäre doch nur mehr Zeit zur Verfügung gewesen ...

Du erinnerst dich noch sehr genau an das Gefühl der Befangenheit, das dir den Rückweg die Motta hinunter so peinlich und quälend machte. Du hattest Augen wie ein geprügelter Hund; warst trunken von ihr und von der Verzweiflung. «En vos ma mort, en vos ma vie», so spricht Tristan zu Isolde in dem Gedicht von Gottfried von Straßburg. Du kannst dir nicht vorstellen, daß aus dem Mund eines Mannes jemals größere und verzweifelte Worte für die Geliebte kommen könnten, Worte, in denen die ganze verhängnisvolle Übermacht der Liebe liegt. Hättest du diesen Satz in dem Gebrodel deiner Gefühle damals vor Lou zitiert, ob sie dich wohl verstanden hätte?

Schluß jetzt. Das Problem stellt sich gar nicht, wo doch alles zu Ende ist ... Vor einem Jahr aber, auf der Motta, brachtest du nicht das kleinste Wort heraus. Du hattest dich ganz in deinen Kummer verkrochen, während du Lous schnellen Schritten folgtest; dabei ging dir durch den Kopf, daß sie bei dem Leben, das sie für sich gewählt hatte, bald allen als ein gefallenes Mädchen gelten würde, für immer entehrt.

Im übrigen starrte auch Lou unter dem Regenschirm angespannt vor sich hin, sprach nicht, bewegte nur stumm die Lippen, als flehe sie dich an, sie in Ruhe zu lassen. Doch da ihr eiliges Gehen wie eine überstürzte, unkontrollierte Flucht wirkte, bestätigte dich das in deiner Überzeugung, im Recht zu sein: Wenn ein Mensch vor uns davonläuft, bilden wir uns immer ein, die Vernunft auf unserer Seite zu haben; und du wolltest dieses Mädchen für dich, um sie zu erziehen, für sie zu sorgen, sie zu rühmen, zu verehren, sie deiner Seele anzupassen, aus ihr das treueste aller Abbilder zu machen. Um sie von sich selbst zu befreien und sie gleichzeitig vor der Welt zu schützen.

Als ihr bei der Kirche Mariä Himmelfahrt angekommen wart, hatte diese moralische Rechtfertigung deines Begehrens dich schon wieder fröhlich und zufrieden gestimmt: Im Grunde hatte sie dir ja nicht gesagt, daß sie dich nicht liebte. Du konntest immer noch hoffen, sie zu überzeugen ... Vor dem Haus der Zwerge, dessen Fresken ihr auf dem Hinweg bewundert hattet, machtest du ihr noch einmal einen Heiratsantrag, dabei brachtest du das ins Spiel, was du dir in der Zwischenzeit überlegt hattest, und beharrtest darauf, daß es nötig sei, ihren Ruf zu retten; du seist dir sehr wohl darüber im klaren, daß das Experiment eines Zusammenlebens zu dritt – du, sie und Paul – in den Augen der gewöhnlichen Leute, die in der Mehrzahl sind, keine andere Bezeichnung verdiene als das schlimmste Bordell.

Lou blieb stehen, um dich bestürzt anzusehen; dann schüttelte sie wütend den Kopf. Sie sprach mit vor Erregung geröteten Wangen, wie damals, als sie dir von Gillot erzählt hatte: Von jemandem, der eine neue Moral predige, hätte sie niemals einen derart banalen und spießbürgerlichen Antrag erwartet.

«Und außerdem kann ich nicht so sein, wie Sie möchten, Professor», fügte sie hinzu.

Und schon erwiderst du nein, du verlangst ja gar nichts von ihr, wie sie darauf kommt; dein einziger Wunsch ist, sie glücklich zu sehen.

«Ich werde niemals so sein, wie Sie es möchten, Professor», wiederholte sie. Und auf einmal ereignete sich vor deinen feuchten Augen etwas Entsetzliches: Sie verwandelte sich in eine närrische, kreischende Zwergin, die von einem solchen Lachkrampf geschüttelt wurde, daß ihr der Schirm aus der Hand fiel. Eine heftige Verwirrung überkam dich, fast ein Widerwillen gegen sie. Was für ein harter Mensch, dachtest du, sie kann nicht einmal mehr weinen ...

Denn eine Frau, die weint, ist im Grunde genommen zu akzeptieren. Einer weinenden Frau kann man vergeben, ohne seine eigene Würde zu verlieren; im Gegenteil, es kann sogar zufriedenstellend sein, ihr ein Taschentuch anzubieten, ihr einen kleinen Klaps auf die Hand zu geben und ihr zuzuflüstern: «Schon gut, mein Fräulein, nun machen Sie mal keine Tragödie daraus.» Doch wie verhält man sich bei einer Frau, die lacht? Bei einer Frau, die lacht, ist wirklich alles vergebens. Man kann sie nur lachen lassen.

Sie wollte unter läppischen Vorwänden allein ins Hotel zurückkehren: Ihre Mutter würde sich Sorgen machen, wenn sie euch beide zusammen sähe, Paul wäre beleidigt, wenn er entdecken würde, daß er von dem Spaziergang auf den Sacro

Monte ausgeschlossen gewesen war ... Sie sprach hastig, in schroffem Ton. Weil sie ja nur eine Frau war und als solche nicht aufhören konnte, bevor sie mit ihren Worten am Ende war.

Ich blieb stehen, im Hals einen Knoten aus enttäuschtem Begehren, während sie mit kleinen Schritten die letzten Meter hinunterging, die sie von dem Vorplatz des Hotels trennten, dann bog sie um die Ecke. Die graue Seide ihres Kleides warf in diesem letzten Licht seltsame Reflexe. Mir fiel Angelica ein, die Verräterin, die sich den Zauberring in den Mund legt und Ruggero am Felsen im Stich läßt.

Welch eine Last, diese Erinnerung.

Auf dem kleinen Platz von Bellagio gibt sich die Welt rings um den Professor derweil der Illusion hin, mit dem üblichen, gleichgültigen Leben und Treiben eines jeden Abends einfach so weitermachen zu können.

Unser Mann setzt sich auf eine Bank an der Seepromenade, unter das Laub einer mächtigen Edelkastanie. Er denkt wieder an die letzten Worte Lous auf der Motta, an dieses in so barschem Ton ausgesprochene «Ich habe genug für heute». Er vergewissert sich zugleich, daß auch dieser Satz, wie viele andere Sätze, die sie ihm während der wenigen Monate ihrer Bekanntschaft sagte, wahrscheinlich keine große Bedeutung hatte. Dafür spricht jedenfalls, daß sie sich wiedersahen, erst in Zürich und dann in den Bergen: ein ganzer Sommer voller Briefe, Fotos, Waldspaziergänge, getauschter Notizbücher. Ein paar Monate lang hatte der Professor gehofft, das «Nein» von Orta sei vielleicht doch nicht so endgültig gewesen.

Du erinnerst dich, daß dieses Mädchen während eures Aufenthaltes in Tautenburg, vor allem wenn die Post ankam – wer

schrieb Lou eigentlich? Paul? Du hast es nie herausfinden können –, in helle Aufregung geriet.

«Sind Sie es überdrüssig, hier zu sein?» hast du dich er-
kundigt.

«Woraus schließen Sie das, Professor?»

«Einfach so ... Sie wirken schlecht gelaunt. Im Grunde ist
das verständlich: diese Einsamkeit hier in den Bergen ...»

«Sie sind auch hier allein.»

«Bei mir ist das etwas anderes ...»

«Und warum? Können nur Männer allein sein?» erwiderte
Lou ärgerlich.

«Aber nein», hast du gesagt, im Versuch, die unglückliche
Bemerkung zu rechtfertigen. «Weil Sie eine junge Frau sind ...
nun ja, an diesem abgeschiedenen Ort, in Gesellschaft eines
Mannes, der ... der gewiß kein Jüngling mehr ist. Es tut mir
leid, daß ich mich mißverständlich ausgedrückt habe, ich
hatte nicht die Absicht ... Kurz, ich möchte Ihnen nur helfen.»

«Ich brauche keinerlei Hilfe. Ich möchte nur in Ruhe gelassen werden.»

Regelmäßig beendete Lou eure Wortgefechte mit den gleichen Bemerkungen: Sie wolle ihre Ruhe, sie brauche Zeit, sie
wünsche zu dir eine geistige Beziehung und nichts anderes,
du nehmest ihr die Luft zum Atmen ... *Ach*, du hättest sie nach
Orta nicht wiedersehen sollen.

Jedenfalls dauerte diese spannungsgeladene Zeit nicht
lange an, denn schon bald folgten die Enthüllungen Elisabeths. Lou und Paul hatten angeblich bei Freunden schlecht
über dich gesprochen. Verrücktes Zeug. Anfangs hast du dich
geweigert, es zu glauben. Obwohl etwas Derartiges von Lou
vielleicht zu erwarten gewesen war. Bei ihrem launischen
Wesen. Bei ihrem von Gelächter besudelten Mund ...

Ein Teil von mir haßt dich, Lou. Ich verachte alle Menschen, doch dich mehr als alle anderen auf der Welt. Ich hasse die Unbekannte mit der maskenhaften Schönheit, der ich meine Seele offenbart habe und die mich nicht verstehen wollte. Ich hasse deine Zukunft, von der ich ausgeschlossen bin, die Tatsache, daß du deinen Weg mit einem anderen gehen wirst, während ich für dich nicht mehr existieren oder allenfalls eine Erinnerung sein werde, vielleicht sogar eine lästige. Ich hasse Paul, der mir meine rückhaltlose Freundschaft mit einem doppelten Spiel vergalt. Ich hasse Elisabeth, weil sie sich in den Kopf gesetzt hat, mir die Augen öffnen zu wollen: Auch wenn der Traum von Orta vermutlich ein dummes, falsches Glück war, weil der Mensch immer des Menschen Wolf bleibt, ist blind oder verrückt zu sein in diesem Scheißhaufen von Welt die einzig mögliche Daseinsform.

Mein Leben ist nichts als ein unlösbarer Knoten aus Ressentiments.

Ein Jahr ist vergangen. Wenn du aber morgens aufwachst, verspürst du einen Schwindel, als ob erst wenige Minuten vergangen wären.

Am Bahnhof von Mailand hat es gestern sogar einen Augenblick gegeben, in dem du versucht warst, einen Zug an den See von Orta zu nehmen; denn im vergangenen Winter ist dir in den Stunden tiefster Depression immer dieser Tag am See zurückgekehrt: die nächtliche Bootsfahrt um die Insel, der Frieden des Sacro Monte, das Aquarell des kleinen Platzes im Morgengrauen. Dieser geschützte Garten, weit entfernt vom Getöse deiner Reisen, von der Grausamkeit der Welt, von der schmutzigen Gier nach Geld ... Und darum ist dir gestern dieser verrückte Einfall gekommen, dorthin zurückzukehren:

Du wolltest den Weg nachgehen, den ihr vor einem Jahr gegangen seid, diesen Ort wiedersehen, in den Erinnerungen graben, um besser zu verstehen, was damals geschehen ist. Doch ein Eisenbahner, den du um Auskunft gebeten hast, teilte dir mit, daß die Strecke im Moment unterbrochen sei. Das erschien dir wie ein Zeichen: Der Ort, wo du das Glück kennengelernt hattest, war unerreichbar.

Du seufzt; es ist schrecklich, wenn man nichts als einen Seufzer hat, um der Welt von der schwarzen Ader des eigenen Lebens zu berichten. Beim Packen deiner Koffer gestern in Rom hast du in einer Bücherkiste das Foto gefunden, das in Orta auf dem Monte Sacro von euch gemacht wurde. Im ersten Moment wolltest du es zerreißen, das wäre im Grunde verständlich gewesen, nach allem, was geschehen ist. Doch dann hat dich etwas zurückgehalten: Es war das Foto eines Schattens.

*Wer schreibt, taucht unter in Worten, die fehlen, weil er etwas wiederfinden will, das er nicht kennt, das weder schön noch häßlich ist, ihn aber anzieht oder erschreckt. Das mit der gewohnten Ordnung der Dinge bricht. Denn der Geist eines Schriftstellers arbeitet auf eine seltsame Weise; er ist imstande, sich mit größter Leidenschaft dem zu widmen, was alle anderen vernachlässigen. So wie jetzt, da ich diese bittere und unfertige Geschichte in mir fühle; da ich hier sitze und einem Foto nachsinne, das ich nie gesehen habe, dem Foto, auf dem der Professor sich mit seiner schönen Freundin abbilden ließ.*

Zum Abendessen im Hotel Forelle und gemischter Salat. Die anderen essen genußvoll. Du betrachtest sie aus Augen, die mit Haß überzogen sind, du willst dich von ihnen anwidern lassen, deine Wangen sind aufgebläht, als ob du mit zusammengebissenen Lippen einen Schwall Erbrochenes zurückhieltest. Das Blut steigt dir zu Kopf, er scheint fast platzen zu wollen, so stark pfeift es dir in den Ohren.

Du ringst dir ein gequältes Lächeln ab; trinkst, sie haben hier einen Rotwein, der nicht schlecht ist. Du versuchst dich abzulenken, indem du der Unterhaltung von zwei fetten Mailändern am Nebentisch lauschst. Worüber sprechen sie? Über Geld? Über Politik? Über Delikatessen? Über erotische Abenteuer? Merkwürdig, daß die anderen Menschen so sehr am Leben hängen, daß sie so gerne mit ihren eigenen Angelegenheiten angeben, daß sie großartige Pläne haben. Fast neidisch machen sie dich, diese Musterexemplare der Menschheit. Was treibt die Welt voran? Die Vernunft sicher nicht. Unsere Ideen haben noch niemanden gerettet; eher ist es ihr Gegenteil: die Träume, die absurden Hoffnungen, an die man sich verbissen klammert: die Große Gelegenheit, der Erfolg, das Morgen, das besser sein wird als das Heute ...

Lieber nicht daran denken, noch ein Glas von diesem herben, frischen Wein trinken. Dein Kopf fühlt sich schwer an, wie unter einem ungeheuren schwarzen Alpdruck.


Faszinierend die kleinen Flammen aus den Gasbrennern dieser Leuchten: grünlich mit gelben Punkten, wie die im Körper der Glühwürmchen eingeschlossenen Lichter. Diese Statue im Stil von Canova, der Stuck an der Saaldecke: all das zittert, aber ich behalte es im Auge ... Denn manchmal habe ich den Eindruck, daß die Wirklichkeit mir im nächsten Moment entfliehen, daß sie verzerrte Formen annehmen könnte, wenn ich mich nicht mit der ganzen Willenskraft, zu der ich fähig bin, darauf konzentriere, sie im Gleichgewicht zu halten ... Der Geruch dieses kräftigen Weines ist mir direkt ins Gehirn gestiegen, fast meine ich, sehen zu können, wie er sich nach und nach unter der Schädeldecke ausbreitet und sie weitet; ich fürchte, mir wird der Kopf platzen ... Ich muß gut aufpassen, denn es gibt Momente, wo die Dinge schwanken, Chaos werden, weder Zeit noch Raum sind. Hier zum Beispiel scheint alles normal, ein Speisesaal, wie es viele gibt, aber insgeheim, das weiß ich, gehen hier seltsame Dinge vor. Warum sage ich «seltsam»? Ich müßte sagen «entsetzlich», denn es ist entsetzlich, bemerken zu müssen, daß die Wirklichkeit sich verzerrt, daß sie Wucherungen ansetzt, sobald du dich ablenken läßt. Und darum versuche ich, all meine Kräfte darauf zu konzentrieren, daß alles unverändert bleibt. Denn es ist ja zum Verrücktwerden: Vielleicht beobachtet mich gerade einer, bemerkt, daß ich furchtbar schwitze, und glaubt, mit mir sei irgend etwas nicht in Ordnung, ich hätte womöglich nicht mehr alle beisammen ... Oh nein, das Gegenteil ist wahr: Ich bin es, ich, mit meinem Schweiß, mit meinem Kopfschmerz, ich halte diesen Saal im Gleichgewicht, ich lade die ganze Welt auf meine Schultern, ich lasse nicht zu, daß die Dinge sich wie ein Karussell zu drehen oder aufzulösen beginnen ... Schrecklich, daß mich alle immer mißverstehen. Nehmen wir zum Beispiel diese Frau da, die gerade einen Apfel schält: Sie tut so, als wäre sie ganz auf ihre Tätigkeit konzentriert, die gerunzelte Stirn verleiht ihr einen beinahe strengen Ausdruck. Schon seit einer Weile verfolge ich die Bewegungen ihrer Hände, mit dem leichten Abscheu, den ich immer empfinde, wenn ich sehe, wie eine Frucht geschält wird. Diese mageren Finger, knochig, körperlos, nervös, mit einer gewissen Verwandtschaft zu den Krallen eines Raubvogels. Denn sie ist eine grausame

Frau, zu allem fähig; ich habe nur einen Blick auf sie werfen müssen, um das zu erkennen. Seht sie euch an: Sie scheint zu leiden, während sie sich der Säuberung dieses abscheulichen, runzligen Apfels hingibt, aber ich wittere, nein, ich weiß genau, daß ihre Gesten nur Schauspiel sind; daß sie statt dessen an mich denkt, an die unsägliche Mühe, mit der ich mich konzentriere; und insgeheim lacht sie.

Hör auf mit diesen Spinnereien, du hast zuviel getrunken ... Niemand beachtet dich. Du bist allein; willst du dir das ein für allemal hinter die Ohren schreiben? Du spürst das nervöse Flattern deiner Augenlider, das mit einer Art Muskelkrampf endet, die ganze linke Gesichtshälfte verschiebt sich einen Augenblick lang, dann kehrt sie jedoch sofort an ihren Platz zurück.

Schlagartig siehst du in einem flüchtigen Lichtblitz das ganze Ausmaß des Labyrinths vor dir, in dem du dich windest; dir wird bewußt, daß niemand dir zu Hilfe kommen, dich zum Ausgang geleiten wird. Allein, allein, allein. Mit deinen verworrenen Gedanken.

Kein Freund; oder besser: zu viele Feinde, nicht zuletzt du selber.

Die Frauen sehen dich nicht an, sondern lachen über dich. Sind nur Anspielungen, duckmäuserisch, ironisch. Diese Verräterinnen, verschlagene Ariadnen, die den Faden versteckt haben, um dich wer weiß wofür zu bestrafen, als ob sie dich zwingen wollten, jeden einzelnen der geraden und richtigen Gedanken deines Lebens zu verleugnen. Doch nicht du bist es, der geirrt hat. Du ganz bestimmt nicht. Und mit welchem Recht urteilen sie über dich? Was behaupten sie von dir zu wissen, diese Frauen, die nicht einmal ahnen, wie viele Welten zwischen dir und ihnen liegen, Abgründe, die man wahrhaftig nicht mit Worten überbrücken kann. Zu leichtsinnig, zu jung, um zu erkennen, daß sie neben dem eigenen Schicksal hergehen ... Jedenfalls hast du, der du durch und durch gut und weise bist, ihnen bereits vergeben. Dich entsetzt sogar dein eigenes tiefes Verzeihen, das alle Frauen in diesem Speisesaal mit Schweigen umhüllt; und die anderen dazu: deine Mutter, Elisabeth, Cosima, Lou ...

Vor dem Fenster der See, den die Nacht inzwischen vermummt hat, das dunkle Profil der nur noch zu erahnenden Berge, die ansteigende Wiese mit dem kalten Funkeln der Glühwürmchen.

In dich zurückgezogen, erfindest und fühlst du Lous Anwesenheit an diesem Tisch, diese Russin mit dem mondbleichen, grausamen Gesicht der Artemis, diese Verführerin Delila, die dich als Pferd karikiert hat, die über dein hölzernes Schwert gelacht hat. Gewisse Einzelheiten dieses Tages in Orta haben dir die Erinnerung an ein schwer zu bestimmendes Unwohlsein hinterlassen, eine Art Angst, denn eine Karikatur kann einem Menschen ähnlicher sehen als eine Fotografie.

nun zu euch, die ihr gelacht habt, während ich in den Brunnen der Schwermut stürzte, während ich zappelnd und schreiend ertrank,

nun zu euch, die ihr hier seid, um mein Scheitern zu sehen, meinen nackten Hintern, und fast möchte ich glauben, daß nichts eine Bedeutung hat,

nun zu euch, die ihr über meine kummervolle und fieberhafte Art gelacht habt, ihr Zuckergesichtchen, was bleibt euch noch anderes zu tun, als euch mit Elisabeth zu verbünden, um mit dem Finger in der Wunde zu rühren,

nun zu dir, die du an jenem verfluchten Nachmittag in Orta zwischen den Statuen des Sacro Monte gelacht hast, gleichgültig gegenüber meinen Blicken, eine Atalante, die nichts von ihrer eigenen Grausamkeit weiß,

nun zu euch, die ihr jetzt in diesem Saal lacht, die ihr an eurem maßlosen Gelächter ersticken werdet, wendet den Kopf wenigstens einmal meinem heiligen Zorn zu, denn genau das müßt ihr am Ende tun, damit ihr mich wieder in die Wahrheit dieses schaurigen Banketts zurückversetzt,

doch was könnte man jetzt noch hinzufügen, das nicht nur Oberfläche oder Täuschung wäre

*Der letzte Satz ist wahrhaftig mein Satz, denn dieser Zweifel ist das Schreiben; im Dunkeln, das Fenster den Sternen geöffnet, dem Duft der Rosen, dem Geräusch der Wellen, die langsam an das Ufer schwappen, während ich mich bemühe, gemeinsam mit meiner Figur die Hölle zu durchleben, in die die Erinnerungen an die Stunden in Orta sie führen. Dabei immer das dringende Gefühl, etwas ändern zu müssen an dem, was ich schon geschrieben habe, neu ansetzen zu müssen, mehr Seiten entstehen zu lassen, damit das, was ich im Sinn habe, klarer erscheint, in besser abgefaßten Sätzen, in geeigneteren Worten, in der richtigen Tonlage. So wie man einen Keimling in einen größeren Topf mit besser gedüngter Erde umpflanzt. Ich drehe die Worte hin und her, ne nos inducas in tentationem, ich wäge sie ab, was soll dieser Ausdruck hier?, versuchen wir, ihn an eine andere Stelle zu setzen, aber ohne Eile, ja?, nur um mal zu sehen, wie das wirkt, tausend Vorsichtsmaßnahmen sind nötig, sonst wackelt der ganze Aufbau der Seite, droht einzustürzen ... Die Sätze schwanken vor den Augen, diese Veränderung kann man so nicht vornehmen, Worte sind so lebendig, so bebend ...*

*Ich streiche, ich erfahre, daß auch ich im Büro der nicht abgesandten Briefe sitze – Ah, Barleby. Ah, humanity –, ich knülle die ausgedruckten Seiten zusammen, vernichte, vergesse. Warte weiter darauf, daß die Geschichte den richtigen Abschluß findet, wie zufällig.*

Außergewöhnlich hartnäckiger Kopfschmerz, Atemnot. Eine Traurigkeit, die sich von deinen Phantasien nicht gefangennehmen läßt.

Schlimmstenfalls wirst du dich der Kur des Heraklit unterziehen: Einsamkeit und Misthaufen.

Als der Höhepunkt des Schmerzes erreicht ist, hörst du endlich auf zu denken, denn es gibt Dinge, die sind stärker als die Einbildungskraft: die Gewohnheit, die dich zwingt aufzustehen, die Toilette zu suchen, dir das Gesicht zu waschen, um die Zeichen des eiskalten Entsetzens, das sich deiner bemächtigt hat, so gut wie möglich zu tilgen.

Nachdem du dir das Gesicht abgetrocknet hast, bleibst du vor dem Schrank mit den Handtüchern stehen und zählst die Fläschchen, die auf dem obersten Regal stehen, murmelst die Namen dieser Gegenstände, berührst sie, liest die bunten Etiketten, interessierst dich für diese Sachen, um die andere zu vergessen, die andere Sache ohne Namen, ohne vernünftige Grundlage, dieses Trugbild von Lou, von allen Frauen. Deine Hände zittern.

Die Welt wird nie wieder so sein wie in Orta.

Dir gegenüber im Spiegel entdeckst du ein Gesicht, das schief lächelt, bedeckt von einer Maske mit den verzerrten

Zügen eines alten Pferdes. Die Krähenfüße an den Augen, das Halfter des Schmerzes. Du weißt genau, daß dies dein Gesicht ist, trotzdem erschreckt dich seine ungesunde Hautfarbe. Un-gesund, was für ein ekelhaftes Wort, es gibt kaum häßlichere im Wörterbuch. Es läßt einen an die schlimmsten Dinge des Lebens und auch des Todes denken. Gesund sind die Lebenskraft, das Vergnügen, die Heiterkeit der Seele; ungesund das Fleisch, das sich zersetzt, der Schlamm am Grund des Sees, der übelriechende Abfallhaufen. Die einzige Wahrheit jedes Garten Eden – desjenigen in Orta wie auch aller anderen Paradiesgärten, die ein Mann sich zu erschaffen versucht – ist der Teufel.

Es gibt die ewige Strafe. Und alles, was lebt, wird für eine geheimnisvolle und unbewußte Sünde bestraft. Schweigen und Strafe. Selig, wer nach den ersten Unglücksschlägen dahinscheidet.

Denn als Midas Silen, den Lehrer des jungen Dionysos, gefangennahm, unterwarf er ihn einem Verhör, damit dieser bekannte, welches das beste Schicksal für ein menschliches Wesen sei.

«Dieses Schicksal ist unerreichbar», sagte er. «Es ist, nicht geboren zu sein. Nicht zu sein. Nichts zu sein.»

«Und nach diesem unerreichbaren Schicksal, was kommt dann?» bedrängte ihn Midas.

«Gleich danach», fuhr der weise Silen fort, «ist es das weitaus beste Schicksal, früh zu sterben. Denn der Mensch ist ein elendes und vergängliches Geschlecht, ein Kind des Zufalls und des Leidens.»

Auf deinem Zimmer nimmst du hastig den Sessel, stellst ihn gegen die Tür, auch das Bett schiebst du dagegen, bis sie verriegelt ist, dann wirfst dich zu Tode erschöpft und willenlos auf das Bett, die Augen geschlossen, die Arme um das Kissen geschlungen, das jedoch nicht Lou ist, nichts ist sie.

Auf dem Nachttisch das Foto von euch beiden in Orta, das du wiedergefunden hast und aufbewahren willst. Nicht wie das andere Foto aus Zürich, mit dir und Paul, die ihr den Karren zieht, und Lou, die lenkt und die Peitsche hebt. Nein, das Bild hast du verloren oder zerrissen, du weißt es nicht mehr. Du beißt dir auf die Lippen, denn jetzt erinnerst du dich, du warst es, du hast darauf bestanden, daß ihr euch zusammen auf dem Sacro Monte fotografieren laßt.

«Warum?» fragte Lou.

«Damit wir an unsere Verbundenheit denken, damit wir unsere Freundschaft niemals vergessen», lautete deine Antwort.

Lou sah dich mit einem sonderbaren Blick an. «Wir alle vergessen schließlich», sagte sie. «Früher oder später kommt immer der Moment, in dem man vergißt.»

Trauer lag in diesen Worten. Weniger wegen der Bedeutung, die dieser Satz barg, als wegen des bedrückten Tonfalls, in dem sie sprach, sie mußte mit ihren erst zwanzig Lebensjahren eine ungeheure Leere erfahren haben, um so sprechen zu können. Denn es ist wahr, das Traurigste im Leben ist, daß nicht nur der Mensch nicht ewig lebt, sondern daß auch die liebsten und die furchtbarsten Dinge vorübergehen.

Du aber wirst das Foto aus Orta nicht vergessen, du wirst es für immer aufbewahren.

Du schließt die Augen.


*Plötzlich verstehe ich besser, warum Adam auf Masaccios Fresko in der florentinischen Kapelle Brancacci diese furchtbare Geste macht: Er bedeckt sein Gesicht, um die Erinnerung an das zu schützen, was sein war und alles ist, was ihm nun bleibt; in der winzigen Nacht der Wölbung seiner Hand will er den letzten Blick auf sein Paradies aufbewahren. Und er weint, weil er erkennt, daß es vergebliche Mühe ist, daß das Bild entschwindet, daß nun die eigentliche Verdammnis beginnt: das Vergessen des Paradieses in all dem Schmutz, der zwischen dem Heute und dem Tod herrscht.*

*Meine Ohnmacht dieser Figur gegenüber.*

*Ich konnte mich nie damit abfinden, daß die Krankheit des Professors, die in einer fortschreitenden Gehirnlähmung endete, durch eine banale Syphilisinfektion verursacht gewesen sein soll. Mir ist das immer wie eine Verfälschung erschienen, erdacht von den Philistern, die ihn umgaben. Daß er langsam verrückt geworden ist, wundert mich nicht, bei seinem dünnhäutigen Wesen: Seine übermäßige Empfindlichkeit führte ihn in eine unmenschliche Einsamkeit, eine äußerste Schutzlosigkeit.*

Der übliche Saft aus Choralhydrat.

Warum kehrt dir erneut jede Einzelheit dieses Tages in Orta ins Gedächtnis zurück? Du siehst sogar den doppelten Regenbogen wieder, der einen Augenblick lang zwischen den Bergen und dem See aufleuchtete; den trostlosen Umriß eines toten Baumes, den du betrachtet hast, während du den Hang hinuntergingst. Der Besuch des Sacro Monte lastet auf deinem Herzen wie eine Schmach. Niemals hättest du gedacht ... Das Leben besteht wahrhaftig aus Nichtigkeiten. Die scheußlichen Seiten des menschlichen Wesens nähren sich davon.

Das Spiegelbild deines Gesichtes vor ein paar Minuten, diese Pferdegrimasse ... Das Opium beginnt zu wirken. Du ziehst dir die Decke über den Kopf wie einer, der sich selbst begräbt.

Du hattest in Bellagio nur haltgemacht, um nicht zusammen mit deiner Schwester, dieser Hexe, in die Schweiz zurückreisen zu müssen. Niemals hättest du gedacht, daß der Aufenthalt an diesem dreimal verfluchten See durch die Höllenqualen der Erinnerungen in dir eine solche Krise auslösen würde.

Mit einer unkontrollierten Bewegung hast du den Standrahmen mit dem Foto umgeworfen, er ist mit einem Knall, der wie eine Ohrfeige klang, auf den Rücken gefallen. Noch morgen wirst du glauben wollen, wirst du verzweifelt behaupten, daß heute abend alles so aussah, als sei ein Kind beim Blindekuhspiel gegen die Möbel gestoßen. Aber das ist falsch: Ob du die Augen öffnest oder schließt, es bleibt das gleiche, hartnäckige Bild, auf die eine oder andere Weise ist es immer der gleiche saure Geruch, den Elisabeths Hand ausströmte, als sie sich vor einigen Stunden von dir verabschiedete; es ist immer das gleiche Echo eines unaufhörlichen Weinens, das in völliger Finsternis begann, vor vielen Tausenden von Jahren, im Garten Eden, in einer Welt, die so grundsätzlich anders war, daß sie jetzt genau dieser Welt entspricht, in der du dich befindest: ein Hotelzimmer in Bellagio, am Abend des 31. Juli 1883. Nichts bleibt, nichts beginnt. Die Zeit ist ein riesiger Stein ohne Oberfläche, ohne Kanten.

Du sinkst in den Opiumschlummer, stürzt bis auf den Grund jenes Schlafes, der deine einzige Fluchtmöglichkeit bedeutet oder zumindest die einzige Gegenwehr gegen den Wahnsinn. Du träumst wirr: sehnlichstes Bedürfnis nach einem Körper aus Granatapfel, Eitelkeit eines wachsenden Schnurrbartes, Melancholie eines Sonnenuntergangs über dem See, Angst vor Blut auf schmutzigen Bettlaken, die in der Sonne hängen, Leere von frühlingshaften Stränden, Mühsal mit ausländischen Briefmarken, Widerwillen vor Salongeschwätz, Zärtlichkeit von Walzern, Trauer von Wänden, die mit Seide bespannt sind, Tränen des geschundenen Tieres.

Ein Geräusch draußen, vielleicht ist Lou gerade auf dem Weg zu dir, um dich um Verzeihung zu bitten, vielleicht hat sie dir mit ihrer sanft-kühlen Hand ein Billett mit Entschuldigungen geschrieben, gar eine Liebeserklärung ... Aber du hast noch nie einen richtigen Liebesbrief bekommen, wie in Romanen. Liebesbriefe sind Unsinn, behauptet Elisabeth; doch so etwas sagen nur die Gefühllosen, die niemals geliebt haben, und dir wird zum ersten Mal bewußt, daß das einzig wirklich Lächerliche die Tatsache ist, niemals einen Liebesbrief bekommen zu haben. Du hast auch nie gewagt, einen zu schreiben ... Die Schritte haben sich entfernt, falscher Alarm.

Und wie könnte Lou denn überhaupt hier sein?

Dennoch beschwörst du sie mit ängstlicher Zärtlichkeit, Königin der Nacht, deiner Nacht, Mutter aller traurigen Verzauberungen. Daß sie dir beistehe. In Orta gab es ein Mißverständnis, doch die Sonne wird bald wieder scheinen.

Du wirst einige Minuten lang schlafen, das Gesicht im Kissen versunken, die Beine leicht angewinkelt.

Was ist heute abend passiert? Ein scharfer Riß in deinem Gedächtnis.

Die Fingernägel krallen sich in das Laken. Der Oberschenkel und das Bein wandern an eine kühlere Stelle des Bettes, wo es an die Wand grenzt. Der Rücken ermüdet von der Anstrengung. Dein Herz klopft erstaunlich schnell, und jetzt möchtest du nur noch ausruhen, ohne irgend etwas zu denken.

Du wirst dich plötzlich aufsetzen, in großer Aufregung. Wäre Lou jetzt hier, könntest du ihr erzählen, daß es dir im Traum so schien, als verwandele sich dein Körper in den einer Porzellanpuppe: Er stieß gegen eine Kante und zerbrach ...

Du wirst dich auf den Rand des Bettes setzen und denken, daß dieser Traum eine Art Warnung war: Etwas in dir ist krank, beginnt sich zu zersetzen, zu sterben. Du wirst das Gefühl haben, dir wächst unter der Nackenhaut eine schwärende Wunde aus faulem Fleisch, die während des kurzen Schlafes eben herangereift ist. Wie auf den Bildern vom Triumph des Todes, wo die Pestkranken ihre verfaulenden Körper zeigen. Du wirst dir den Nacken abtasten. Wirst dich verwirrt umblicken.

Du wirst dich fragen, was du getan hast, wenn du auf dem Boden Glasscherben entdeckst, das in zwei Hälften gerissene Foto, Lous Gesicht in Höhe des Mundes entstellt.

Langsam wirst du die zwei Hälften aneinanderlegen, aber sie werden nicht mehr richtig zusammenpassen: Lous Lippen werden leicht geöffnet bleiben, als ob sie lachten.

Du wirst zusammenzucken.

*Im Spanischen gibt es ein Wort, desvivirse, das den Moment bezeichnet, in dem die vitalen Funktionen bei einem Menschen zu arbeiten aufhören. Sich entleben, so könnte man es vielleicht übersetzen.*

*In Fällen wie diesem ist das Schreiben die einzige Möglichkeit, sich an das Leben zu klammern. Ich denke zum Beispiel an Kafkas Briefe an Felice: ein Spinnengewebe aus Worten und Bildern, um das geliebte Wesen anzulocken und es mit den Fingern «eines Kindes oder eines Affen» zu ergreifen. Zugeständnisse wie: «Im Grunde ist es mir gleichgültig, worüber ich schreibe, es genügt, daß ich glaube, dich mit jedem Wort zu berühren», «wenn ich nicht schreiben kann, ist alles ein Traum», «jedem das Seine, du empfängst die Gäste, ich die Gespenster ...»*

*Siehst du, Professor, sag nicht mehr: «Mihi ipsi scripsi», ein Spruch, mit dem du deine Briefe in diesem Jahr häufiger beendet hast, weil du auf die Einsamkeit deiner Arbeit hinweisen wolltest. Auch dein Schreiben war der Versuch, ein Gespräch aus der Ferne mit diesem Mädchen ohne Stiefel zu führen, dessen Foto du jahrelang aufbewahrt hast, erst zerrissen und dann wieder zusammengeklebt.*

*Wenn ich nun noch einmal in dein Foto als kranker Mann eintrete, dann tue ich das, um mich deinem Bett zu nähern und dich flüstern zu hören: Orta.*

*Denn ich bin überzeugt, daß du während jener langen Jahre der Klausur in diesem düsteren Weimarer Zimmer Momente hattest, in denen du um den unsichtbaren Frühling auf dem Sacro Monte wußtest, um seine weder erinnerte noch vergessene grüne Frische. Danach stand die Zeit wieder still, manchmal war es Nachmittag, andere Male Morgen; nur wenige wahrnehmbare Veränderungen gab es in der Dämmerung hinter den stets zuge-*

zogenen Vorhängen. In diesem Dunkel aber sahst du dich von Zeit zu Zeit an einem langvergangenen Tag, der nur dir gehörte, und dann hast du etwas von jenem Foto genuschelt, dem einzigen Sieg, den du der Zeit abgerungen hast.

Und wenn dieses Bild dem eifersüchtigen Zorn Elisabeths dann doch nicht entgangen ist, so zählt das nicht. Im Laufe dieser zwei Jahre, die ich mit dir verbracht habe, um dir auf deinem Pilgergang durch die Erinnerungen an Orta zu folgen, ist es mir gelungen, dieses Foto allmählich zu rekonstruieren. Im Hintergrund das Silber des Sees unter den Nachmittagswolken, mit der Silhouette der Insel San Giulio, den abgedeckten Booten und den Wäscherinnen ... verblaßte Farben, vertrocknet wie das Stechpalmenblatt, das du viele Jahre lang in deinem Baedeker aufbewahrt hast, in einem zusammengefalteten Blatt Papier mit der Aufschrift: «Orta, Monte Sacro, 5. Mai 1882».

Ich klammere mich an dieses hypothetische Bild, das ich mir erschaffen habe, als wäre es eine Brücke zwischen deinem wahren Wesen und mir, eine Verbindung, die über das hinausgeht, was du an schriftlichen Zeugnissen hinterlassen hast. Und während ich mich anschicke, das Ende der Geschichte zu erzählen, versuche ich, ein Leere in meinem Geist zu schaffen. An den Rändern der Seele, wo ich nicht mehr bin.

## NEUN

*Mit einem boshaften Grinsen zieht Elisabeth den Umschlag aus der Bibel, die sie in der Rechten hält; dann bewegt sie ihn vor den Augen des Kranken hin und her. «Rate mal, Fritz, was ich ge-funden habe ...», flüstert sie lächelnd; dann setzt sie ihm die Brille auf. Sie strahlt die böse Ruhe eines Menschen aus, der sich eine allzu lang ersehnte Genugtuung verschafft. Mit absichtlich lang-samen Bewegungen öffnet sie den Umschlag, entnimmt eine Pappe und wedelt triumphierend damit. Es ist ein altes, zusammenge-flicktes Foto.*

*Der Kranke bemüht sich angestrengt zu begreifen, was das «Lama» eigentlich von ihm will. Mit der steifen Hand einer Puppe versucht er instinktiv, nach dem Gegenstand zu greifen, den sie vor ihm hin und her schwenkt. Doch dann ist sie es, die ihm das Foto mit einem hämischen Lächeln direkt vor die Augen hält. Es ist schwer, das Bild scharf ins Auge zu fassen: zwei Gestalten, ein Mann und eine Frau, Gesichter, die ihn an etwas erinnern, aber an was?, seine Sicht trübt sich, die Sonne scheint in diesem Wald, wo niemandem ein Leid geschieht, und wo man nichts braucht, die Bäume erschauern unter der sanften Liebkosung des Windes. Steif liegt der Kranke da, auf die Kissen gesunken, der zitternde Finger zeigt auf eines der beiden Ge-sichter, das aus einer weitentfernten Zeit zurückkehrt; und er* lächelt, als könnte er mit dem Blick etwas abtasten, die Augen sind leer und entrückt.

Dann erhebt sich plötzlich ein Gewitterwind, der den Frühlingshimmel verdunkelt. Was ist los? denkt der Kranke. Er sieht Elisabeths Gesicht wütend über sich gebeugt, doch einen Augenblick später nimmt er es schon nicht mehr wahr.

«Orta ...», zischt Elisabeth. «Es ist das Foto aus Orta ...»

Als der Kranke unter großen Mühen eine Hand bewegt, um den grauen Karton zu berühren, versetzt die Schwester ihm rasch einen ärgerlichen Klaps auf die weißen Finger, wie man es bei unartigen Kindern macht, die etwas Verbotenes anfassen. Schließlich beginnt sie zähneknirschend, das Foto in winzige Stücke zu zerreißen. Die Sonne, die gerade eben zum Vorschein gekommen war, wird von einer dunklen Wolke, der Hand des «Lamas», gewaltsam vertrieben.

Die weinerliche Stimme des Kranken steigert sich heiser zu einem grauenvollen Crescendo, fast ohne Atempausen, sie bläht den Körper grotesk auf, wölbt ihn unter einem unartikulierten Entsetzen. Seine Augen starren angsterfüllt auf eine unbestimmte Ecke zwischen Boden und Wand. Wer weiß, was er da sieht.

Der Gestank um das Bett ist unerträglich. Elisabeth verkrümmt die Finger: Der alte Dreckskerl hat wieder mal ins Bett gemacht. Seht ihn an, Leute! Der große Philosoph ... wie ekelhaft.

Bei dem wütenden Schrei der Schwester verkrampft sich der Kranke, gepeinigt von alten und nur zu bekannten Ängsten. Mit einem Ächzen öffnen sich seine Lippen, legen das runzelige Zahnfleisch bloß. Doch kein Wort, denn er kennt das Gesetz: Schweigen und Strafe ... Er flüchtet sich in das einzige Bild, das ihn besänftigen kann: die behandschuhte Hand einer Frau, die mit sanftem, liebevollem Druck auf seinem Arm liegt. Er weiß nicht mehr, wem *die Hand gehört oder welche Bedeutung diese Geste hat. Es ist die Geste einer unzerstörbaren Bindung, die über die Zeit und die Entfernung hinweg vereint – diese Dinge, von denen die Leute behaupten, sie trennten.*

## Der Dunkle

*Turin, Dezember 1888*
*Nacht*

**Tristan**
In des Tages eitlem Wähnen
bleibt ihm ein einzig Sehnen –
das Sehnen hin
zur heil'gen Nacht,
wo urewig,
einzig wahr
Liebeswonne ihm lacht!
*Tristan und Isolde*
*Zweiter Aufzug, zweite Szene*

Mein sehr geehrtes Fräulein,
meine liebste Freundin,
jeder Schneekristall auf der Piazza Carlo Alberto heute morgen war ein Stern. Heute nacht jedoch verbirgt der Nebel alles, aber schon ertönen unter meinen Fenstern in der Galleria Subalpina die Trompeten, da ich angeordnet habe, daß man sich bereithalten soll, um Sie mit allen Ehren zu empfangen. Ich bin bereit und erwarte vertrauensvoll Ihre Ankunft: Denn ich weiß wohl, daß Sie kommen werden, um mir zu vergeben, wir sind beide so albern gewesen, es ist unbedingt notwendig, daß Sie verstehen, bis man sich ausgesprochen hat, ist nichts wirklich zu Ende, ich will Ihre Haut unter mei-

nen Fingern, ich liebe Sie, als die Vampirfrau, die Sie sind, ich bin bereit, mich Ihnen zu Füßen zu werfen, so wie damals, ja,
    Ihr ergebener Wurm

Du wirst die stumpfe Spitze der Schreibfeder auf den Umschlag drücken, um in schöner Deutlichkeit die Adresse zu schreiben:

ISOLDE
EDEN DES SACRO MONTE
ORTA NOVARESE

Nachdem du den Federhalter in das Tintenfaß gesteckt hast, wirst du wieder auf die Uhr blicken, diesen nutzlosen Gegenstand, der trügerisch die Zeit mißt, die der menschlichen Eitelkeit gewährt ist, ticktack, man hört es sogar dann noch, wenn die Hände die Ohren bedecken, wie unangenehm diese Zeiger, die lästigerweise endlos lange Stunden anzeigen, Stunden, die nur erfunden wurden, um die wahre Zeit zu hintergehen, die mit jener gnadenlosen, tödlichen Schnelligkeit läuft, die keine Uhr jemals wird messen können. Ein Jahrhundert, ein Leben, vierundvierzig Jahre; du wirst dir diese lügnerischen Maße nicht mehr vorstellen können, es wird dir nicht mehr möglich sein, den flüchtigen Staub dieses Ausdrucks mit Händen zu greifen: vierundvierzig Jahre.

Du bist wirklich erschrocken. Die alten Wunden, die du im Lauf des letzten Jahrzehnts so gut wie möglich zu heilen versucht hast, sind alle wieder aufgebrochen, jede Sehnsucht ist verbraucht, zermürbend ist der Kraftaufwand der Selbstbeherrschung, erschreckend die geistige Einsamkeit. Doch was dich am allermeisten ängstigt, ist die Tatsache, daß sich dir, wenn du sprichst oder schreibst, im Geist viele Begriffe verwirren; und daß viele Sätze ohne Abschluß bleiben, offen daliegen wie eine Wunde. Manchmal bemerkst du den zerstörten Mechanismus deiner Gedanken, dann empfindest du dir gegenüber gleichzeitig Mitleid und Abscheu.

Die Nacht wird gekommen sein. Hinter den vier Fensterscheiben wird der Blick auf die Piazza Carlo Alberto von einem dichten, kalten Nebel abprallen wie von einer grauen Mauer: jede Einzelheit versteckt, jeder Sinn verloren. Du wirst im Zimmer auf und ab gehen, dabei mit den Füßen auf den gewachsten Fußbodenfliesen aufstampfen; unschlüssig, ob du zu Hause bleiben oder ausgehen sollst, denn du wirst plötzlich das seltsame Bedürfnis verspüren, dich in diese Nebellandschaft zu begeben, selber zu einem Schatten zu werden. Du wirst dir die brennenden Augen reiben: Im Licht einer der Straßenlaternen von dort draußen nehmen die Bettlaken einen gelblichen Schimmer an. Allein. Du kannst nicht allein leben. Nicht mehr. Jetzt ist der Moment gekommen, wo du verlangen kannst, glücklich zu sein. Wann, wenn nicht jetzt? Du wirst das Bedürfnis haben zu schreien.

Tastend wirst du im Halbdunkel des Zimmers nach der Flasche Cognac suchen, die du dir vor zwei Tagen, als du dich niedergeschlagen fühltest, ohne Wissen von Signor Fino gekauft hast; du hast sie im hintersten Winkel eines Schränkchens versteckt. Ich brauche ihn nicht, um zu vergessen, wirst du dir sagen; nein, eher, um die Erinnerungen schneller wieder aufzuwecken, um die Nächte in meinem Geist zu erhellen. Bald wird deine Freundin zu dir zurückkehren, du fühlst es, und die Mißverständnisse, die Elisabeth heraufbeschworen hat, werden sich zerstreuen; lieber spät als gar nicht, wirst du denken und dabei spüren, wie der Alkohol, den du nicht gewöhnt bist, dir den Magen verbrennt. Du wirst das Gelächter von jungen Leuten hören, das vom Platz heraufschallt; im Halbdunkel des Zimmers wird sich deine vergangene Jugend zeigen. Eines Tages wird einer von diesen Jungen, die jetzt mit lauter Stimme unter deinen Fenstern reden, wehmütig an seine Jugend zurückdenken, so wie du jetzt ... Sie muß zurückkommen. Wer sie? Lou existiert nicht, sie hat nie existiert. Eine phantasievolle Erfindung. Du wirst das Glas auf den Boden schmettern. Denn nur dazu dient der Alkohol, die Lügen zu enttarnen. Die schönen Lügen.

Warum ertönen heute nacht die Trompeten? Hat etwa die Stunde des Jüngsten Gerichts geschlagen? Sie sind alle hier versammelt in der Galeria Subalpina, die Schuldigen und die Unschuldigen, solche, die sich bemüht haben, und solche, die es nicht einmal versucht haben. Werde also auch ich eingeordnet und abgeschätzt? ... Ich werde hier warten, bis sie mich holen kommen, schon sehe ich hinter der Fensterscheibe das leuchtende Gesicht des Erzengels mit dem Flammenschwert: Er trägt sein weißes, strenges Gewand, in der Hand das Buch, in dem von Anbeginn der Zeiten alle Grausamkeiten und alle Schrekken, auch die schlimmsten und die nacktesten, verzeichnet sind.

Warum zittere ich dann? Warum lasse ich mich von der Angst zerfressen und vergiften?

Signora Fino hat darauf bestanden, einen Weihnachtsbaum neben dein Bett zu stellen, und die Kinder haben ihn dann mit Apfelsinen und Schokoladenmünzen in Goldpapier geschmückt; das soll deinem Zimmer einen «fröhlichen Anstrich» geben, hat sie gesagt ... Die arme Kiefer, die abgesägt und in einen Topf gesteckt wurde, fängt an, ihre Nadeln zu verlieren: Ohne Wurzeln stirbt man, *nicht wahr?*

An der Wand gibt es ein beunruhigendes Gebilde, da kannst du dir noch so lange einreden, daß es nur ein feuchter Fleck ist: Es sieht aus wie ein gestürztes Tier, das mit den Beinen in der Luft zappelt, die Gedärme quellen ihm aus einem Riß im Bauch. Und dieser Spiegel, der neben der Tür hängt? Seit einigen Tagen zeigt er dir ein furchterregendes Gesicht. Vielleicht solltest du ihn abdecken.

Selbst auf der Straße mußt du, wenn dir jemand entgegenkommt, genau aufpassen, wem du ins Gesicht schauen kannst, denn in den Zügen einiger dieser Menschen offenbart sich dir gerade dann, wenn du es am wenigsten erwartest, ein abscheulicher Ausdruck von Haß und Wut. Heute zum Beispiel war es schrecklich ... Es schneite heftig, alle Straßen waren mit einem weißen Teppich bedeckt, der die Schienen der Pferdebahn verdeckte und die Geräusche der durch die Straßen rollenden großen Kutschen dämpfte. Du wolltest einen Spaziergang machen, du hast darauf bestehen müssen, denn Signor Davide wollte dir unter dem Vorwand, es sei zu kalt, unbedingt davon abraten. Es war freilich kein angenehmer Spaziergang; eher eine Qual: Die Schneeflocken flogen dir in den Mund, um dich zu ärgern, die Schneeschipper versperrten absichtlich die Straße genau vor dir, in einem Café schüttelte ein Mann seinen Schirm sogar über deinen Schuhen aus. Als du schließlich mitten in eine Schneeballschlacht zwischen Kinderbanden gerietst, traf ein Schneeball deinen Hut. Da hattest du genug; sobald du das mühsame Trappeln der Pferde hinter deinem Rücken hörtest, bist du auf die Pferdebahn aufgesprungen, um dich vor diesem Durcheinander in

Sicherheit zu bringen. Aber es war mitnichten zu Ende, denn der wütende Kutscher brüllte eines dieser armen Tiere an, weil es die Hufe gegen das Pflaster stemmte und ausrutschte. «Blödes Vieh», nannte er es, und «Faulpelz» und setzte, nachdem er sich bei jedem Schimpfwort die Lunge aus dem Leib geschrien hatte, mit der Peitsche eins drauf. Du hast die Szene von der Plattform aus beobachtet, konntest die Wut sehen, die sich im Nacken und Rücken dieses Mannes ausdrückte, und dabei bekamst du eine Gänsehaut, vor allem weil es dir so vorkam, als ob sich sein Zorn gegen dich richte. Plötzlich drehte er sich nämlich um und sprach dich barsch an: «Was gibt's denn da zu glotzen?» Du hast dich mit einem Schaudern abgewandt: Dieser Mann hatte ein Gesicht wie ein Wolf, er war ein Wolf... Dir ist plötzlich eingefallen, daß du mit Paul einmal einen gemeinsamen Freund besucht hast, der nervenkrank war: Dieser Mann hatte ganze Hefte mit sonderbaren Zeichnungen gefüllt, die seinen Körper darstellten, wobei er jedem Körperteil, der ihn schmerzte, das Aussehen eines wilden Tieres gegeben hatte; er sagte, es komme ihm vor, als trage er Bestien in sich, die ihn zerfräßen.

Ich habe zugesehen, wie ein Pferd geschlagen wurde, ich wollte eingreifen, habe es aber nicht gewagt. Ich bin nicht einmal sicher, wie lange es gedauert hat. Ich konnte meine Augen nicht von diesem Tier abwenden. Wie die Peitsche zischte. Ich hätte wenigstens eine Bemerkung zum Kutscher machen können, aber ich habe geschwiegen. Ich bin ein Feigling. Ich habe eine Benommenheit verspürt, eine leichte Übelkeit, die mir vom Magen in die Brust stieg. Mir war, als müßte mein Herz aussetzen. Die Leute, die in die Straßenbahn einstiegen, schienen sich nicht darum zu kümmern. Ich habe mir gesagt: Wenn ich jetzt jemandem erzählen würde, was ich fühle, würde er behaupten, ich sei verrückt.

Doch alles ist ein «Zeichen», das erkenne ich genau, sogar ein Pferd, das ausgepeitscht wird, weil es hinkt. Denn der Schmerz eines Tieres bedeutet in jedem Fall das Große Leiden ... Leben Tod Leben Tod, für immer, die Täuschungen und die Erinnerungen, wenn Lou doch nur für eine Stunde käme, wenn sie mir zuhörte, aber die Uhr zeigt Tod Leben Tod, meine Täuschung und meine Sehnsucht.

Gestern nacht hast du deinen Vater und deinen kleinen Bruder gesehen: Sie saßen dort auf dem Sofa, schweigend. Du wolltest sie so viele Dinge fragen, auch nach den unwichtigsten Kleinigkeiten, du wollest einfach nur ihre Stimmen hören. Doch aus ihren Mündern kam Nebel ... Dann ist dir schlagartig bewußt geworden, daß sie tot waren. Du hast sie mit betrübter Zärtlichkeit angeschaut.

Es tut dir nicht gut, dich fortwährend hier drinnen zu verschließen, Briefe und Tagebuch zu schreiben, dich in diesem gefährlichen Wust aus Ideen zu verlieren. Einverstanden, du wirst ausgehen. Ein Spaziergang ist jetzt genau das Richtige für dich. Du mußt dir das Gesicht waschen, Signor Fino benachrichtigen, dir den warmen Wintermantel anziehen, denn die Nacht ist eisig.

Du läutest die Glocke; hinter der geschlossenen Tür erklärst du deinem verschlafenen Vermieter, was du vorhast. Er fragt dich aufgeregt, ob das wirklich nötig sei. In ärgerlichem Ton antwortest du Ja. Er entschuldigt sich.

Während du dich anziehst, betrachtest du dich im Spiegel. Du entdeckst, daß es wieder passiert ist, es ist kein Streich, den dir das Gedächtnis spielt: Es ist dasselbe Pferdegesicht, das du gestern schon gesehen hast.

*Hopp, hopp, hopp!*
*Pferdchen, lauf Galopp!*

Du zwinkerst mit den Augen, es ist eine Träne, mit dem Handrücken wischt du auf dem Glas etwas fort, das du dir im Spiegel die Wangen hinunterlaufen siehst. Das Gesicht ist zu nah, abscheulich. Sie werden mich nicht weinen sehen, flüsterst du. Es wird spät, beeile dich, verliere keine Zeit. Signor Fini wird schon am Eingang stehen, und er wird nicht lange warten, er wird fluchen, wenn er dich nicht aus dem Zimmer kommen sieht, womöglich wird er wieder ins Bett gehen.

Du nimmst die Handschuhe. Die Adern auf deiner Hand pulsieren; die Töne des Blutes, die schmutzige Musik des Lebens.

Auf dem Boden nahe am Bett siehst du zusammengeknüllte und zerrissene Blätter, doch daran darfst du bis zu deiner Rückkehr nicht denken. Du klammerst dich an den Türrahmen, dir ist, als ob der Brief, den du vorhin in den Papierkorb geworfen hast, irgend etwas schreit; du nimmst dir vor, dich bei deiner Rückkehr darum zu kümmern. Der gute Davide wird nicht allzu lange warten, diese italienischen Vermieter sind zwar geduldig, aber nur bis zu einem gewissen Grad. Vermieter warten nie. Wenn du nicht sofort aus dem Zimmer gehst. Dich ergreift wieder die alte Angst, von den anderen nicht verstanden zu werden; dazu trockene Lippen, der Nacken feucht von Schweiß.

Nachdem du dir in höchster Eile den Mantel angezogen hast, wirst du rasch die Tür öffnen, der Schein der Lampe wird den Salon erhellen und das Klavier von Fräulein Irene, den kleinen See aus Spiegelglas in der Krippe, die die Kinder auf der Anrichte aufgestellt haben, und die mit Lorbeerblättern geschmückten Körbe voller Apfelsinen und Nüsse werden im Licht glänzen. Du wirst deine Tür zweimal abschließen, wirst hören, wie du – *Bitte, bitte ...* – Signor Fino ankündigst, daß du nur kurz draußen bleiben wirst. Deine Stimme klingt nach vielen Stunden des Schweigens verändert. Du wirst fliehen.

Du wirst über den gefrorenen Schnee des Platzes gehen und die Erinnerung an Lou mit dir herumtragen. Sie mag dich ja vergessen haben, du sie jedenfalls nicht: Du wirst genug Kraft haben, um für euch beide zu erinnern. Freilich, wenn du genauer darüber nachdenkst, fühlst du dich tief verletzt bei dem Gedanken, daß du das Andenken an einen Menschen bewahren mußt, der dich aus seinem Gedächtnis gestrichen hat, daß du die ganze Last dieser Verantwortung tragen mußt: wie schwer die Erinnerung wiegt, sie läßt dich im hohen Schnee versinken. Alle haben dich immer wie ein Lasttier behandelt. *Hopp, hopp, hopp,* lauf los, immer weiter durch den dunklen Wald, denn der direkte Weg war verschwunden; auf der Suche nach einem Ausweg, aber das Leiden kennt keinen; du zitterst und weinst, weil du erkennst, daß dich eine tödliche Krankheit befallen hat.

*Wie könnte ich aufhören, über diesen Menschen zu schreiben, den Blick von ihm abwenden, mich von ihm losreißen? Und doch kann es in diesem kurzen Intervall zwischen Tag und Nacht geschehen, daß mir, wenn ich seit vielen Stunden arbeite, der Kopf nach hinten fällt, weil ich eingeschlafen bin.*

*Also sitze ich hier und beschäftige mich zum letzenmal mit sei-*
*nen Fotografien. Das Bild, das ihn angeblich als jungen Mann*
*mit vollem Schnurrbart und einer Miene zwischen Staunen und*
*Verärgerung zeigt, scheide ich aus, ich habe entdeckt, daß es eine*
*Fälschung ist, ein Porträt des «guten» Königs Umberto I. von*
*Savoyen, das durch ein unfaßbares Spiel des Zufalls unter die*
*Sammlung von Nietzsche-Bildern geschmuggelt wurde. Gewiß, da*
*dieses Bild in die Reihe der vielen unglücklichen Mißverständnisse*
*gehört, deren Opfer der Professor wurde, wäre es vielleicht genau*
*das Foto, das am besten zu Turin paßt, das verrückteste. Doch*
*wenn man die Geschichte dieses Fotos erzählen wollte, müßte man*
*das im Tonfall einer Operette oder einer Verwechslungskomödie*
*tun, und der paßt nicht zu der übrigen Geschichte.*

*Darum kehre ich zu dem gewohnten Bild des Zimmers in Wei-*
*mar zurück, zu dem kleinen grauen Gespenst im Bett.*

Die Piazza Carlo Alberto ist verschwunden, vom Nebel verschluckt, aber was kümmert dich das? Zwischen diesen dichten, eisigen Dämpfen erwartet dich die Verkündigung von etwas Großartigem: Heute nacht wird es kommen, und Frieden
wird sein. In einem Umkreis von drei, vier Schritten umgibt
der Nebel alles, weiter kannst du nicht sehen, niemand ist auf
der Straße, obwohl es noch gar nicht spät ist. Um so besser: Du
könntest gemächlich und ungestört bis zum Flußufer oder zur
Mole Antonelliana gehen. Die Kälte lähmt dir die Hände, der
Dampf, der aus deinem Mund kommt, schlägt sich auf deinem
Bart nieder. Das Leuchten des Schnees unter der Straßenlaterne, dieses Weiß, das das Gehirn erfrieren läßt ... Nebel regt
deine Phantasie an, weil du nichts mehr erkennen kannst und
er dir jede Orientierung nimmt; es gefällt dir, Turin um dich
herum zu wissen, ohne es sehen zu können.

Schließlich setzt du dich auf eine Bank, baumelst mit den Beinen und wartest auf Lou: Sie wird sich nicht sehr verspäten, sie hat es dir versprochen.

Und tatsächlich, da ist sie. Mit ihren sonderbar schönen Augen starrt sie deine Bank an. Und du spürst, wie du in den diffusen Schattengebilden dieses Nebels versinkst, ein See in der Nacht ist er, ein umfriedeter, nur für euch beide angelegter Garten. Inständig wünschst du, daß Lou gekommen ist, um dich mit der Unschuld eines wilden Tieres zu lieben oder um eine unbedingte Leidenschaft mit dir zu teilen.

«Dies ist die Nacht der Begegnungen», sagt sie, als sie einen Meter vor dir Gestalt annimmt, und ihre Stimme ist einschmeichelnd, verlangend.

Doch da wendest du brüsk den Kopf ab, voller Zorn, *nein, nein, nein,* denn jetzt erinnerst du dich, wie sehr du ihretwegen schon gelitten hast: die Wunden der Eifersucht, die sich niemals schließen werden, die Demütigung, um einen Blick zu betteln, die Qualen des Unverständnisses. Du möchtest ihr gerne ins Gesicht schreien, daß dir lieber sei, sie existierte nicht, doch auf einmal fehlt dir der notwendige zornige Elan, um den Mund aufzumachen.

Von einem unsagbaren Ekelgefühl gepeinigt, krümmt sich der Professor zusammen, den Kopf auf den Knien. Es wäre klüger, nach Hause zurückzugehen, es ist zu kalt. Er atmet, so langsam er kann. Ins Bett zurückgehen, das müßte er; mit Signor Fino sprechen, die Pillen nehmen, die ihm der Arzt verschrieben hat, damit er ausruhen kann, zu schlafen versuchen und morgen an Köselitz schreiben, damit er kommt und ihn abholt. Aber er hat Angst: Er wird es nicht schaffen, all diese Dinge in Angriff zu nehmen, oh nein, er fühlt sich dazu wirklich nicht imstande. Ihm ist, als würde ihn die Last der Verantwortung erdrücken, daß er seine Krankheit behandeln lassen muß, ja sogar, daß er leben muß. Es braucht Zeit, hat der Arzt gesagt. Ach, verfluchte Zeit. Denn zu allem Überfluß weiß der Professor, daß er auf diesem verwünschten Platz bleiben muß, um auf Lou zu warten: Sie hat sich heute nacht mit ihm verabredet, sie wird nicht mehr lange auf sich warten lassen. Er blickt sich um: Überall nur dieser fahle Nebel, man sieht keine Menschenseele ... Ein jäher Schreckensschauer: Wie soll er Lou nach so vielen Jahren wiedererkennen?, er glaubt sich nicht mehr imstande, ihr Gesicht zu beschreiben, vielleicht könnte er sich nicht einmal mehr an ihre Stimme erinnern; nein, anders: Er meint zu wissen, wie sie aussieht, und ist sich dann doch wieder nicht so sicher: Wo verläuft die Grenze zwischen Erinnerung und Täuschung?

Statt dessen kommt sie zu dir aus der Tiefe dieser Nebelmauer oder aus der Unterwelt; sie ist da, mit dem gewohnten violetten Jäckchen über dem Kleid aus grauer Seide. Sie sagt, daß sie nur gekommen ist, weil sie unbedingt eine Klärung will; sie sagt, du kannst ihr nur traurige Geschichten erzählen, wie die vom Dunklen, der sich im Misthaufen begraben läßt, eine grauenvolle Geschichte, die du nur erfunden hast, um ihr angst zu machen.

Du antwortest ihr, daß du sie gewarnt hast, daß sie von dir kein fröhliches Märchen mit glücklichem Ausgang erwarten darf, wie man es Kindern erzählt; daß ihr beide keine Kinder mehr seid.

Sie erwidert, daß sie dann überhaupt keine Geschichten,

gleich welcher Art, mehr hören will; daß sie von nun an wirklich leben möchte; daß sie müde ist; daß sie wenigstens einen Augenblick lang glücklich sein will; daß Männer so schmutzig sind.

«Und die Frauen nicht?» fragst du mit einer hauchdünnen Stimme. Und du hörst Elisabeth, die hinter deinem Rücken lacht.

In Nebel gehüllt, wirkt die Piazza Carlo Alberto so geheimnisvoll: das befremdliche Echo eines Schrittes, der sich entfernt, ohne daß man jemanden sieht, ein Husten dort hinten in einem Winkel, Spuren im Schnee, eine Katze, die irgendwo miaut, liebestoll ...

*A B C*
*Die Katze lief im Schnee.*
*Und als sie dann nach Hause kam,*
*da hat sie weiße Stiefel an.*

der leere Platz schmerzt in meinen Augen, doch ich warte standhaft auf den Racheengel: Zu euch wird er kommen, die ihr mir Böses wollt, wie Feuerregen wird er sein, wie Erdbeben wird er die Säulen eurer falschen Tempel einstürzen lassen, nur die Mole wird unversehrt bleiben, ich habe ihre geniale Anlage sofort erkannt, denn sie ist das einzige Monument, das den Himmel durchbohren kann, darum habe ich sie auch Ecce homo genannt

welcher Mann?

ein Mann, der seine Frau in sich trägt, die lacht

ein Mann mitten in der ungeheuren Einsamkeit dieses Platzes, im Ozean aller Nebel der Welt, ein Mann, der weiß, daß es keine Häfen mehr für ihn geben wird und kein Amerika, das er entdecken könnte, überhaupt kein anderes Schicksal mehr als das des Fliegenden Holländers, nichts anderes als navigare necesse est

ein Mann, der sich vom zartesten Kindesalter an tief in seinem Innersten schuldig fühlen mußte, weil er nicht fähig gewesen war zu sterben wie sein Bruder Joseph, denn überleben bedeutet, zu Strafe und Schweigen verdammt zu sein

denn ihr müßt wissen, daß mich gestern morgen einige Ärzte untersucht haben, Signor Davide hat so sehr darauf bestanden, daß ich ihm nicht den Kummer machen wollte abzulehnen, sie sprachen leise, aber ich habe sie hinter der Tür belauscht, niemand weiß besser, daß er verrückt ist, als ein wirklich Verrückter, die Leute, die denken, daß ein Geisteskranker seinen Zustand nicht erkennen kann, sind die eigentlich Wahnsinnigen, was für Trottel, die das glauben, sie wollen mich in eine Klinik außerhalb von Turin bringen, Dummköpfe, versucht ihr mal zu ertragen, was ich in meinem Leben zu erleiden hatte, erst dann habt ihr das Recht, mir idiotische Fragen über vermeintliche erbliche Belastungen zu stellen, so behandelt man keinen Philosophen

ein Mann, der sich fragt, ob die peinliche Szene dieser ärztlichen Untersuchung nicht vielleicht ein Marionettentheater gewesen ist; ob das ganze Leben nicht eine Farce auf einer Bühne mit nackten, grellen Lichtern ist; ob er wirklich in manchen Momenten – vor langer Zeit, in Orta oder anderswo – geglaubt hat, er wolle heiraten – welch ein naiver Irrtum war das rückblickend – und wen denn außerdem; oder ob es nicht vielleicht nur die banale Wirkung dieser Nacht aus Eis ist, die Folge seines bitteren Bedürfnisses nach ein wenig menschlicher Wärme, wenn er jetzt denkt, etwas Gutes sei noch möglich im Leben, zum Beispiel die Liebe, von der blablabla die Unglücklichen sprechen

ein Mann, für den der Tod eine zufällige, vielleicht neben-sächliche Tatsache ist und der sich nicht erklären kann, warum die Leute Ärzten und Medikamenten so viel Bedeutung bei-messen, aber der Dunkle tat wahrhaftig etwas ganz anderes, als er die Rolle des Wurmes wählte

ein Mann, der sich nicht von äußeren Umständen ablen-ken lassen will: zum Beispiel von einer Frau, die lacht

ein Mann, der ein ziemlicher armer Teufel ist, denn inzwi-schen ist mein Herz alt und müde, denn es ist schwer, bis zum Morgen durchzuhalten, aber niemand soll glauben, daß ich verrückt geworden bin, gestern war ich es vielleicht ein biß-chen, heute nacht habe ich mich vollkommen in der Gewalt

ein Mann, der, in voller Kenntnis des Gesetzes, nicht zö-gert, sich vor euch zu entblößen, allem beraubt, von jedem menschlichen Anschein befreit

nur darum

und also erkläre ich

der ich heilig bin, weil ich kein Mensch mehr bin, daß der Traum die wahre Wirklichkeit ist, der Tod das Wahre Leben, credo quia absurdum

komm, Bruder Wahnsinn, ich, der vom Leben Ausge-schlossene, der vom Leiden Erleuchtete, rufe Dich an, Zärt-lichster: komm, *bitte*, komm und lausche zusammen mit mir dem Klatschen der Wellen am See von Orta, all diesen Was-serhänden, die an das Ufer gleiten

komm und beschütze mich vor dem Schmerz

*Ich erfinde nichts, ich sehe dich.*

Ein Wagen neben einer beleuchteten Haustür. Ein altes Pferd, das müde aussieht. Dir fällt die Szene mit dem betrunkenen Kutscher ein, der mit einem Ausdruck brutalster Verachtung im Gesicht auf sein eigenes Pferd pißt; und das Tier, armes, geschundenes Wesen, schaut mit einem sanften, fast dankbaren Blick um sich: Wann hast du diesen Traum geträumt? Du warst das Pferd, man hat sogar ein Foto von dir gemacht, und sie hielt eine Peitsche aus Flieder in der Hand. Was redest du denn da? Diese Szene stammt aus dem fünften Kapitel von *Schuld und Sühne* von Dostojewskij ... ja, natürlich; aber ist die Literatur etwas anderes als ein Traum?

Der Dunkle hebt den Kopf aus dem Schlamm, in den er untergetaucht ist.

Du fragst ihn: «Hast du gesehen, daß die Sterne verschwunden sind?» und stockst sofort, denn du siehst ein, daß deine Bemerkung unsinnig war: Bei dem Nebel kann es natürlich keine Sterne geben; wenn das so ist, dann gibt es auch keine Häuser, keine Straßen von Turin, keine Kutschen und keine Menschen mehr. Nur dich, den Dunklen und das Pferd.

«Seit Tagen schon fühle ich mich verloren», fährst du fort. «Ich sehe die Dinge vorüberfließen, ich kann sie nicht aufhalten, nicht vergessen.»

Er schweigt.

«Es gelingt mir nicht einmal mehr, an mich selbst zu glauben», seufzt du; dir ist, als wäre dir das Hirn erfroren. «Ich habe mich oft gefragt», fährst du nach einem Augenblick des Schweigens fort, denn in dieser Nacht fällt selbst das Atmen schwer, «ich habe mich gefragt, was du der Welt damit zeigen wolltest, daß du dich im Mist begraben ließest.»

Der Dunkle schweigt weiter, vielleicht hört er dir nicht mal zu.

«Ich habe verschiedene Antworten erwogen», und schon beginnst du, die verschiedenen Vermutungen, die dir eingefallen sind, planlos und ungeordnet vor ihm auszubreiten.

Er verzieht keine Miene.

«Ich habe mir wirklich den Kopf zerbrochen, um eine Erklärung zu finden, aber ich sehe einfach keinen Sinn darin», bekennst du müde zum Schluß.

Und nun wendet der Dunkle wirklich den Kopf zu dir und schaut dich an; es ist kein Lächeln, nein, weil er nicht mehr lächeln kann, doch in seinen Augen blitzt etwas auf: ein Zucken, das nichts verbirgt und nichts offenbart, sondern nur andeutet.

Welche andere Antwort verlangst du?


Du gehst auf das Pferd zu, streckst die Hand aus, als wolltest du den warmen Dampf streicheln, den seine Nüstern ausströmen. Es hat den Blick eines alten, kranken Tieres. Seltsam, daß die Müdigkeit, wie das Feuer von Baum zu Baum, sich von einem Wesen auf das andere überträgt. «Schau, wie einfach es ist», scheint dieses Tier zu sagen, «schau: Das leidende Herz bittet nur darum, nicht mehr schlagen zu müssen.» Und du bist Franz von Assisi, Franz von Orta, in jedem Geschöpf, das leidet, ist etwas von dir, auch in dem niedrigsten Pferd, das zu Tode geprügelt wird. Wer weiß, was dir die Tränen in die Augen treibt, vielleicht ist es das Mitleid mit dem Straßenbahnpferd von heute morgen oder die Erinnerung an eine sechs Jahre alte Fotografie oder sogar die Wiederkehr einer Zeit, als du ein Kind warst und jemand dich auf seinen Knien galoppieren ließ:

*Hopp, hopp, hopp!*
*Pferdchen, lauf Galopp!*

Ein dünner Strahl Blut quillt dir aus der Nase, ein dunkler Wurm, der dir das Kinn in zwei Teile schneidet und auf das Hemd tropft; die Zähne knirschen, der Mund verzerrt sich, öffnet sich; dein Blick erlischt.

Du stehst am Rand einer großen, schwarzen Leere, wo Lou tanzt, glühend. Dann verschwindet ihre Erscheinung. Ein Strudel saugt dich nach unten, immer tiefer. Wie gerne würdest du dich stocksteif fallen lassen. Deine Beine krümmen sich. Du schwankst, streckst aufs Geratewohl die Hände aus, tappst umher, um dich an irgend etwas festzuklammern, über dem Abgrund schwebend. Unvermittelt stürzt dein Körper mit einem dumpfen Aufprall zu Boden wie ein Sack Getreide. Die Beine gespreizt, an die Erde gekreuzigt, ecce homo, auf dem Straßenpflaster des Platzes. Alles um dich herum ist Reglosigkeit und schwindelerregendes Schweigen.

*Die Vorstellung von einem Tag des Jüngsten Gerichts flößt mir Ehrfurcht ein. Ich vermute, ich schreibe tatsächlich nur für das Morgengrauen dieses Tages. Dies irae, Tag des Zorns, der gnadenlosen Strenge: das denke ich, wenn ich das Foto des toten Professors betrachte, es hat jenen vollkommenen Frieden, der von Statuen ausgeht, dabei spüre ich, daß ich jetzt schweigen muß, daß noch das Geräusch des kleinsten Wortes unnützer Lärm wäre, sich in Staub verwandeln würde. Ich glaube an ein absolutes Gericht, vor dem alle, die gelitten haben, endlich Gehör finden. Dies ultionis. Ich glaube an den Tag, an dem die geheimen Schmerzen ans Licht kommen, die Beleidigungen abgewaschen, die Qualen wiedergutgemacht werden. Ego retribuam, dicit Dominus. Ich will mich dazu verpflichten, an dieses Versprechen zu glauben.*

*Die Gefangenschaft, in der mich Nacht für Nacht der Wunsch zu schreiben hält, der Hunger nach Geschichten, der Spiegel, die Worte, die mir entfliehen. Die Gier, durch die Figuren meiner Geschichten zu leben.*

*Ich liebe die Figuren, die, obwohl sie vor Angst zittern, jenem Tag der Nacktheit, der Wahrheit, des blendendhellen Lichts, direkt entgegengehen. Die die Nacht suchen und das Schweigen; mit anderen Worten, den Tod.*

Aus dem dichten Schatten der Bogengänge taucht ein Fuhrmann auf, kommt angelaufen, beugt sich vor, hockt sich neben dich auf den Boden, die Hände auf die Knie gestützt.

Ein Stückchen der weißlichen Zunge kommt zwischen deinen aufgesprungenen Lippen hervor. Der Mann untersucht dich, beugt sich weiter vor und zieht dicht vor deinem Mund Luft durch die Nase ein, um zu prüfen, ob du getrunken hast.

Ein Schrei im Nebel. Aus einem Restaurant läuft jemand herbei. Sie drehen dich um. «Das ist der Mieter von Fino, dort hinten an der Ecke», sagt ein Kellner. «Manchmal kommt er bei uns essen.»

«Was macht er hier am Boden?»

«Was weiß ich, vielleicht träumt er ja.»

«Er hat beinahe eine Visage wie ein Pferd.»

Sie lachen grölend. Einer beugt sich erneut vor, um zu riechen, ob du betrunken bist. Du verkrampfst dich; ein heiserer, tiefer Seufzer entweicht dir zwischen den Lippen, die Zunge hängt immer weiter aus dem Mund heraus.

«Vielleicht hat er getrunken. Man muß ihm einen Kaffee geben.»

Sie schütteln dich, und da scheinst du mißtrauisch deine Bewegungen und deine Stimme auszuprobieren.

«Er spricht, daß man rein gar nichts kapiert.»

«Na klar, ist doch 'n Krautfresser.»

«He, du verstehst doch deutsch, was sagt er denn?»

«Keine Ahnung. Lacht, sagt er, sie lacht ... Oder sowas ähnliches.»

«Sind alle verrückt, diese Deutschen.»

Sie stellen dich wieder auf die Beine. Du bedankst dich verlegen. Jemand bringt ein Bänkchen, sie setzen dich hin. Andere sind losgegangen, Signor Fino zu rufen. Doch du machst ihnen ein Zeichen, sie sollen dich in Ruhe lassen, denn nur wenn du allein bist, kannst du dich wieder zu diesem Platz umwenden, der ein See ist, zu Lou, der Undine von Orta, als ob sie wirklich dort wäre; und den Kopf des Heraklit grüßen, der aus seinem Haufen Unrat – oder aus den Abgründen in dir – auftaucht, mit zwei sternenfunkelnden Augen. Und vor allem kannst du mit der Zungenspitze diesen Nebel kosten, der immer dichter wird: Er hat den gleichen süßen Geschmack nach Asche wie die für immer verlorenen Tage. Danach wirst du endlich lachen können: Denn der Dunkle hatte recht.

# Inhalt